Richard Wiemers · Mord in der Tuba

Richard Wiemers wurde 1957 in Paderborn geboren. Er absolvierte ein Studium der Schulmusik und Anglistik, ist Leiter einer Bigband und tritt als Kontrabassist und Pianist auf. Wiemers ist verheiratet und hat drei erwachsene Kinder. Der Autor lebt in Altenbeken, dem Schauplatz der Handlung.

Richard Wiemers

Mord in der Tuba

PENDRAGON

1

„Mir könnt ihr nicht verscheißern!“, wetterte Heinz Struck. „Mir nicht!“

Er richtete sich zu voller Größe auf. Sein Gardemaß betrug stattliche 1,62 Meter, vom Scheitel bis zur Sohle, 162 robuste Zentimeter, die durchaus humorlos sein konnten, wenn er merkte, man wollte nicht auf ihn hören. Mit ihm war nicht zu spaßen.

„Wenn ihr das nicht für wichtig haltet, dann gehe ich zum Bürgermeister! Ja! Könnt ihr glauben! Montag geh ich zum Amt, und dann kläre ich das endgültig!“

„Das kannst du jetzt gleich schon haben“, sagte Kurt und klopfte ihm auf die Schulter. „Da hinten steht er. Brauchst nur hinzugehen.“

„Was redet ihr denn da?“, empörte sich Struck. „Heute Abend geht das nicht! Der hat doch dafür jetzt gar keine Zeit! Und keinen Kopf!“

„Den hat er morgen auch nicht“, grinste Willi. „Dann ist sein Kopf zu dick.“

„Zu dick?“ Struck brauchte einen Moment, bis er verstand. Dann stemmte er die Hände in die Hüften und rumpelte los. „Ihr wollt mir wirklich verscheißern? Ihr lenkt mich ab. Aber nicht mit Heinz Struck! Ich durchschaue alles. Ich sage euch, lasst euch das gesagt sein!“

„Schon gut“, beschwichtigte Kurt, um das Thema fallen zu lassen, und nippte an seinem Bierglas. Willi verbarg sein Grinsen hinter einer Hand und schaute Richtung Boden. Die Männer standen, zusammen mit einigen anderen, am Tresen im Festsaal des *Landgasthaus Westfälische Bierstube*. Die Form des eichenen Schanktisches glich einem langgezogenen S. Er schwang sich über fast zehn Meter von der Eingangstür bis zum Treppenaufgang zu den Toiletten und bot einer Menge Gästen Platz. Die Rückwand dahinter war fast vollständig von einem mit Zinnornamenten eingefassten Spiegel bedeckt, auf dem in geschwungenen weißen Lettern die Angebote zu lesen standen: *Saurer Paul DM 1,50, Pils 0,2 DM 1,10, Tabasco DM 2,50, Bockwurst/Brötchen DM 2,80*. Dass sie schon längere Zeit nicht mehr aktualisiert worden waren, kümmerte niemanden, weil es jeder wusste. Der Saal wurde ohnehin nicht häufig öffentlich genutzt, und wenn doch einmal, boten diese Preise höchstens Anlass zu ein paar lustigen Bemerkungen, wenn sie denn überhaupt wahrgenommen wurden. Die Wirtsleute wussten jedoch sehr wohl, was sie taten, indem sie daran nichts änderten. Diese und andere kleine Skurrilitäten trugen nämlich zu einer Art Vintage-Image des Lokals bei, das sich die beiden gern für ihre Eigenwerbung zunutze machten.

Im Übrigen galten an diesem Abend überhaupt keine Preise, denn Essen und Trinken war frei für alle, die auf der Gästeliste standen. Geladen hatte Hartwig Kersting, der Bürgermeister der 5000-Seelen-Gemeinde, aus Anlass seines 55. Geburtstages, und erschienen waren knapp 100 Gäste: Vertreter der Politik und der Vereine, Nachbarn, Freunde, Familie. Und die Presse natürlich, denn auf eine regelmäßige Berichterstattung, vor allem auf die zu seinen Gunsten, legte der Bürgermeister den allergrößten Wert.

Er stammte aus Altenbeken. In den Trümmerjahren nach dem Krieg hatte es seine Eltern in den Ort verschlagen, wo sein Vater eine Stelle als Bauzeichner bekam, schlecht bezahlt, aber immerhin. So blieb die Familie dort hängen. Viel Geld zum Leben hatten sie nie, sodass Hartwig als jüngstes von sieben Kindern in bescheidenen Verhältnissen aufwuchs. Die Konkurrenz im eigenen Haus und die Gesetze der Straße lehrten ihn schon früh sich durchzusetzen. Vor allem seine Fähigkeit, seiner Umgebung so lange auf die Nerven zu fallen, bis sie tat, was er wollte, kam ihm dabei zugute. Folgerichtig begann er als junger Erwachsener sich für Politik zu interessieren, vor allem für die Gegenbewegung zu den Linken nach den 68ern. Bald erkannte er, dass es nur weniger Mittel bedurfte, beruflich und politisch Karriere zu machen. Er legte sich einen feinherben Herrenduft zu, nebst passenden farbigen Oberhemden mit steif gebügeltem Kragen und einer farblosen Freundin. Daneben lernte er ein paar gescheit klingende Phrasen auswendig.

Damit waren die Voraussetzungen für eine erfolgreiche Laufbahn geschaffen. Nach seinem Schulabschluss machte er eine Ausbildung zum Versicherungskaufmann, wobei ihm seine Kindheitsgeschichte als nervtötender Quälgeist zu beachtlichem beruflichen Erfolg verhalf, und heiratete seine Freundin. Auch politisch ging es steil bergauf. In den bewegten Zeiten der Siebziger und Achtziger schaffte er den Aufstieg zum Vizechef der Jugendorganisation seiner Partei auf Kreisebene, sowie später zum Fraktionsvorsitzenden im Gemeinderat. Auch andere verantwortungsvolle Aufgaben trug man ihm an, zähneknirschend, wenn es sonst niemanden gab, der sie übernehmen wollte: stellvertretender Notenwart beim heimischen Fanfarenzug, zweiter Schriftführer bei der Gymnastikabteilung des Turn- und Sportvereins von 1898, Kuratoriumsmitglied der Ortsheimatpflege, Sportwart bei den Taubenzüchtern, Vorsitzender des Vergnügungsausschusses im Wanderverein. Schließlich, als die Stelle des hauptamtlichen Bürgermeisters vakant wurde und man sich im Ort nur über eines einig war, nämlich darüber, dass man niemanden von außerhalb an dieser Stelle wollte, warf er seinen Hut in den Ring. Als die linke Opposition im Rat sah, was da auf sie zukam, bot sie eilends eine Gegenkandidatin auf, eine gewisse Herta Rügenwald, Fleischereiverkäuferin im Supermarkt. Sie kam sozusagen aus der Wirtschaft und sollte die Faktoren Volksnähe und Weiblichkeit verkörpern. Diese waren jedoch, zusammen mit ihren eigenen, die einzigen Pfunde, mit denen sie wuchern konnte. Der Verbalakrobatik ihres Kontrahenten, der sie bei Wahlkampfauftritten komplett unter den

Tisch diskutierte, hatte sie leider nichts entgegenzusetzen und fiel bei der Abstimmung durch.

Damit war Hartwig Kersting in Amt und Würden. Er brauchte nicht lange, um zu begreifen, dass eine gezielte Öffentlichkeitsarbeit für den Erhalt seiner Position und damit seines Einkommens viel wichtiger war, als Taten zum Wohle der Bürger. Und so schaffte er es in Kürze, den Chefredakteur und den zuständigen Reporter des Lokalblättchens auf seine Seite zu ziehen, die seither Lobeshymnen über ihn vergossen, wann immer sich die Gelegenheit bot. Seine Strategie ging auf: Nach einer etwas turbulenten Anfangsphase, in der sich alle Beteiligten erst an seine Plattitüden gewöhnen mussten, saß er fest im Sattel, dem er seither auch nicht mehr entstieg. Sein Führungsstil entsprach dem eines feudalen Landesherrn. Zu seinem politischen Kalkül, das mitnichten auf Innovation und Integration, sondern einzig auf Machterhalt ausgerichtet war, gehörten auch Geburtstagsfeiern, bei denen er sich mit ausgewählten Teilen des Volkes umgab und sie, für lokale Verhältnisse, fürstlich bewirten ließ.

„Pils?"

Vor Kersting stand eine Frau barocken Ausmaßes. Sie war in einen früher einmal weißen Kittel gehüllt, der oben noch weit genug offenstand, um ihr außerordentliches Dekolleté freizulegen. Die kurzen Ärmel ließen ihre massigen Oberarme frei. In den Händen trug sie ein mit Biergläsern dicht gefülltes Tablett, für sie offenbar ein Kinderspiel. Abwesend griff Kersting zu, ohne sie nur eines Blickes oder eines Wortes zu würdigen. Er hatte Besseres zu tun. Er war umringt von einem Schwarm von Günstlingen der Jugendorganisation seiner Partei. Sie alle waren glatt rasiert, bestens frisiert und trugen farbige Oberhemden mit steifem Kragen zu einem fragwürdigen Herrenduft. Immer wieder lachten sie laut auf, sorgsam darauf bedacht, ihrem großen Meister zu signalisieren, dass sie seinen geistreichen Humor schätzten. Und während seine auch mit den Jahren nicht farbiger gewordene Gattin wie immer etwas abseits stand und das Schauspiel gleichmütig beobachtete, genoss er das Bad in der Menge.

Die barocke Frau kümmerte sich nicht darum, sondern ging weiter ihren Geschäften nach. Brunhilde hieß sie und war eigentlich Angestellte in der Gastwirtschaft ihrer Mutter. Doch jedermann wusste, dass im Grunde die Tochter den Laden betrieb, weil die alte Dame nicht mehr in der Lage dazu war. Nur noch gelegentlich ließ sie sich im Schankraum sehen, und selbst dann hielt sie sich meist zurückgezogen in einer Ecke auf und saß dort in ihrem Sessel, auf ihren Gehstock gestützt, versunken in Erinnerungen an ihren viel zu früh verstorbenen Mann. Sie sah, dass die Gaststätte unter den Händen ihrer Tochter florierte, und ließ ihr freie Hand.

Bruni, wie sie jeder nur nannte, war nicht mehr ganz jung. Ihre Schönheit war die vergangener Tage, doch sie gab sich ehrliche Mühe, den verbliebenen Rest zu retten. Alles an ihr war irgendwie üppig. Ihr dichtes, langes Haar hatte sie wasserstoffblond gefärbt und zu einem dicken Bauernzopf geflochten, den sie vorn auf der Schulter trug. Ihre Wangen waren von Natur aus rosig, wobei sie immer gern noch ein wenig nachhalf. Ihre gesamte Erscheinung war die einer kraftstrotzenden Walküre.

Um seinen Gästen, das heißt seinen Wählern, einen angenehmen Abend zu bieten, war dem Bürgermeister nichts zu teuer. Für die musikalische Unterhaltung hatte er DJ Ronny engagiert, einen Altenbekener, dessen guter Ruf aber weit über die Ortsgrenzen hinausreichte. Denn Ronny wusste, was er tat, wenn er seinen Job machte. Er wusste, wie er die Leute, egal welchen Alters, auf die Tanzfläche ziehen konnte und wie er einen Saal zum Kochen brachte. Und er wusste auch, welche Gesellschaften vor allem eine leichte Geräuschkulisse wünschten und ansonsten weghörten. Solche waren ihm die liebsten, denn für die konnte er sein Standardprogramm starten und sich anschließend einen schönen Abend machen. Auch die Geburtstagsgesellschaft des Bürgermeisters war eine solche.

Es dauerte ein wenig, bis die Gäste bemerkten, dass die Musik plötzlich ausgesetzt hatte. Ein Mann hatte zuvor nämlich die kleine Bühne betreten, auf der Ronny seine Arbeit verrichtete. Der saß in seinem Regiestuhl, hatte seine Kappe vors Gesicht gezogen und war eingenickt. Als der Mann ihn antippte, schreckte er auf.

„W-was? Ey, was … ach Alfred, du bist's. Sag das doch."

„'n Abend, Ronny", sagte Alfred. „Mach mal 'n paar Minuten Pause. Du weißt schon."

„Is' klar", antwortete Ronny, rieb sich die Augen und stoppte die Musik. „Ist es schon wieder soweit?"

Statt einer Antwort griff Alfred zum Mikrofon und wartete, bis die Gäste das plötzliche Fehlen der Musik wahrgenommen hatten. Es war im Ort gute Tradition, dass er immer dann, wenn jemand zu einem Jubelfeste geladen hatte, ein Stegreifgedicht zum Besten gab, eine aus dem Moment heraus geschaffene Laudatio auf den Jubilar und den Abend. Nicht, dass er jemals dazu eingeladen wurde. Er kam quasi von selbst, und er kam gern, um für einen Höhepunkt des Abends zu sorgen. Denn seine Beiträge erfreuten sich stets großer Beliebtheit.

Alfred, ein beleibter Mittsiebziger mit nichts als ein paar zu langen Resthaaren auf dem Kopf, faltete die Hände vor dem Körper, so gut es ging, und hob an: „Sehr geehrter Herr Bürgermeister, oder wie ich wohl sagen darf, nicht wahr, lieber Hartwig, denn wie ihr ja alle hier wisst, sind wir fast Nachbarn, und wir haben wohl auch schon das eine oder andere Fass, äh, Glas zusammen geleert, nicht wahr, Hartwig, du immer vorneweg, du alte Schnapsdrossel, jaja, die Kurzen, die lässt du auch nicht stehen, und Jung und Alt sind hier zusammengekommen zu deinem Jubelfeste, nicht wahr, und da möchte auch ich es mir nicht nehmen lassen, meinen bescheidenen Beitrag beizu … äh … also zu beitragen … ich meine, das ist doch auch was Schönes. Die folgenden Zeilen seien also dir gewidmet, ganz persönlich.“ Er räusperte sich kurz, blickte in die Runde, breitete die Arme aus und begann:

„Uns alle wir hier heute bei dir … äh,
uns versammelt haben,
um uns auch recht herzlich bald zu laben
an den von dir hoffentlich
reichlich dargebotenen Gaben.“

Der Motor stockte noch ein wenig.

„Ein Strauß Blumen wir dir mitgebracht,
damit in diesem Raum die Sonne uns lacht.
Schon wieder wirst du ein Jahr älter,
und wird die Blumen und die Haut auch welker,
sieht die Jahre dir auch an man im Gesicht,
gräme dich nicht.
Das Schicksal blüht uns alle hier im Saal …“

Er war bei der freien Grammatik angekommen, ein Zeichen, dass er allmählich Fahrt aufnahm.

„… und heute Abend ist uns sowieso alles egal.
Irgendwann geht über jeden der Deckel zu,

und dann biste kalt und hast deine Ruh.
Darum dir unser Mitgefühl sei gewiss.
Schreiten wir lieber also zum Imbiss
und hoffen, dass bald wir gesättigt uns haben
an die leckeren Gaben.
Denn dann können heben das Glas
mit Gezapftem wir zum Trunke
in diese heimelige Spelunke.
Gäb's Flaschenbier nur, wärst du ein Halunke …"

Der Dichterexpress rollte. Schritt für Schritt näherte Alfred sich seiner Bestform. Einen Reim auch in der aussichtslosesten Lage aus der Hüfte zu schießen, war seine Spezialität.

„… führen es mit Bedacht zum Mund
zu gießen hinein das köstliche Nass
in den gar durstigen Schlund.
Doch auf einem Bein kann man nicht stehen,
drum, Hartwig, lass jetzt mal gehen,
lass anzapfen schnell die nächsten Runden
noch für ein paar frohe Stunden,
voll mit Gesang und Geselligkeit.
Und ist's dann mal spät und wird es bald Zeit,
lassen die Alte krakeel'n wir zu Haus.
Wir gehen nicht eher,
als bis vom Viadukt die Lampen sind aus.
Dafür haben wir alle die Lampe an … äh …"

Er hatte sich verrannt und zögerte einen Moment auf der Suche nach einem Ausweg. Doch plötzlich sah er etwas, das sein Gesicht aufleuchten ließ.

„... und der Heinz da hinten in der Ecke,
der futtert vom leckeren Schnitzel
sich 'ne Wampe an."

Der Schalk in seinem Nacken war aufgewacht. Alfred grinste breit zu Heinz herüber. Eine kleine humoristische Einlage, in netter Form, zur rechten Zeit und vor allem auf Kosten der richtigen Person, und der Jubel der Zuhörerschar war ihm gewiss. Er war auf dem Höhepunkt seiner Brillanz angelangt. Der Angesprochene jedoch mochte Alfreds Verständnis von Humor nicht teilen. Struck wollte gerade das Wort ergreifen, um Vergeltung für die Verbalinjurie zu fordern, als ihm eine Hand von hinten auf die Schulter griff und eine Stimme raunte: „Lass gut sein."

So konnte Alfred unbehelligt fortfahren und zum Schwung für ein Finale furioso ausholen.

„Drum nun zu deinem Jubelfeste
wir alle dir hier wünschen dir nur das Allerbeste."

Nichts konnte ihn mehr aufhalten, schon gar keine Nebensächlichkeiten wie Worte, die er kurz zuvor schon gesagt hatte. Die Ziellinie war in Sicht.

„Und deine Gattin Gerda, die holde Fee,
sie grüßen wir tun mit kräftigem Juchhe.
Denn sie hat morgen hier genug zu tun,
und du sollst dich dann ja auch ausruh'n.
Tisch, Bruni, tu du uns auf nun recht fleißig,
denn hier haben alle Kohldampf wir, das weiß ich.
Ein Hoch auf unsern Bürgermeister!"

„Hoch! Ein Hoch!", schmetterte es spontan aus durstigen und hungrigen Kehlen, die lange genug abgewartet hatten. Und abermals: „Hoch!" Anschließend fiel man in einen kurzen, aber heftigen Gesang ein: „Hoch soll er leben! Hoch soll er leben! Dreimal hoch! Er lebe hoch! Er lebe hoch! Er lebe hoch! Er lebe hoch! Hoch! Hoch! Er lebe hoch! Hoch! Hoch! Er lebe hoch! Er leee-beee- hoch!"

Bei der vorletzten Silbe des Liedes machte Struck, einstmals wackerer Tenor im Kirchenchor, zunächst den Ansatz, eine zweite Stimme zu singen, besann sich im letzten Moment jedoch eines Besseren. So musste der Gesang enden, ohne dass der Schlusston noch durch eine überraschende, unvorhergesehene Harmonie geadelt worden wäre.

Doch nun war es für den Jubilar an der Zeit, das Wort zu ergreifen.

„Liebe Mitbürgerinnen und Mitbürgerinnen!", rief er in die Menge. Er hatte im Vorfeld schon ein wenig getrunken. „Liebe Freunde von nah und fern! Ich weiß gar nicht, was ich sagen soll. Mir fehlen die Worte!

Ihr seht mich gerührt, fassungslos!" Dabei fuhr er mit dem Handrücken durchs Gesicht, als wische er sich eine Träne ab. „Und daher will ich auch gar nicht viele Worte machen. Ich freue mich außerordentlich, dass ihr heute hier seid und ich zu euch sprechen darf. Wie ihr alle wisst, leben wir in einer Zeit der Herausforderungen, und das nicht allein auf kommunaler Ebene. Nein, liebe Freunde, diese Aufgaben der Gegenwart sind globaler Natur, und sie zu bewältigen heißt unser Auftrag, denn nur so kann unsere Gemeinde und kann Deutschland fit gemacht werden für die Zukunft. Die fetten Jahre sind vorbei, und nun heißt es anpacken. Wir stehen alle in der Pflicht. Gemeinsam müssen wir uns jetzt auf die Kraft der Freiheit besinnen, den Mut zu Veränderungen finden und unsere Verantwortung entschlossen wahrnehmen."

Die Umstehenden sahen einander an und atmeten tief ein. Was nun folgen würde, wussten sie.

„Der Weg ist steinig, liebe Mitbürger und Mitbürger." Seine Klasse als Redner zeigte sich auch im souveränen Umgang mit Endsilben. „Die Veränderung in unserer Gesellschaft geht uns alle an. Den Handwerker, den Lehrer, den Agrarökonomen, den Bankier, den Ingenieur, die Hausfrau, alle. Und mit Recht erwartet die Bevölkerung Antworten. Diese wollen und werden wir geben. Dafür stehe ich, und das sage ich hier und jetzt, mit meinem Wort, liebe Freunde, so wahr ich hier stehe."

In den hinteren Reihen begannen die Ersten, sich

still umzudrehen und in Richtung Buffet davonzuschleichen.

„Wir sagen nicht einfach nur Ja dazu, wir handeln auch. Wir wissen, dass das seinen Preis hat. Aber wir sind bereit, diesen Preis zu zahlen und diesen Weg zu gehen, weil wir davon überzeugt sind, er ist der Richtige."

Das Interesse bröckelte zunehmend. Man wusste, der Bürgermeister war vorerst gut beschäftigt. Zeit, die man schon mal nutzen konnte, sich mit den besten Happen zu versorgen, ehe das Gros der Gesellschaft sich wie die Geier über die Auslagen hermachen würde. Die Zuhörer, die ganz vorn standen und das Pech hatten, im Blickfeld des Redners zu stehen, bekamen davon nichts mit, oder sie wagten nicht, ihn zu brüskieren.

„Wir müssen die Rahmenbedingungen verändern, für die Menschen im Lande und in unserer Gemeinde. Denn geht es Deutschland nicht gut, geht es auch uns nicht gut. Nur gemeinsam können wir es schaffen. Und wir werden es schaffen, wenn wir es wollen. Dafür lasst uns kämpfen und unserer Verantwortung gerecht werden."

Die folgenden Passagen der Rede, die sich noch einige Zeit hinziehen sollte, rauschten wie Schwaden eines heißen Saunanebels an den bedauernswerten Zuhörern der ersten Reihen vorbei, ohne dass sie sich Luft verschaffen oder dem Schwall entziehen konnten. Der Rest des Auditoriums hatte sich dafür aus dem Staub gemacht und war bei guten Gesprächen zu Leckereien und Fassbier angelangt. Schleichend und unbemerkt hatte sich das Buffet gewissermaßen selbst eröffnet. Damit nahm der Abend seinen Lauf, und alle waren zufrieden: Die Gäste waren am Ziel, der Bürgermeister in seinem Element, und Brunis Bierumsatz nahm Fahrt auf.

2

„Hör mal."

Keine Antwort.

„Nun hör doch mal!"

Er drehte sich barsch um. „Was?"

„Warum bist du so unfreundlich? Ich will doch nur mit dir reden."

„Nur reden. Schon klar. Lass mich einfach in Ruhe!"

„Aber da gibt es etwas, das du wissen solltest."

„Die alte Geschichte. Kenne ich. Weißt du was? Du nervst, und wie!"

„Du kannst es nicht ewig ignorieren."

„Ich will davon nichts mehr wissen. Das geht schon viel zu lange. Hau ab! Hast du nichts zu tun?"

„Und wenn, was machte das für einen Unterschied?"

„Dann hättest du dich verpisst, und ich hätte meine Ruhe an diesem Abend."

„Ich will, dass du mir zuhörst."

„Nein!"

„Es ist nur zu deinem Besten. Du weißt das. Du weißt das genau. Also …"

„Wohl eher zu deinem, schätze ich. Wann kapierst du endlich, dass du nichts als nervst? Verschwinde aus meinem Leben!"

„Aber …"

„Und wenn du mich nicht endlich in Frieden lässt, gehe ich zur Polizei."

„Das wirst du nicht tun."

„Oh doch!"

„Oh nein. Du weißt, du würdest es bereuen. Bitter bereuen."

„Du drohst mir … du … Was soll das?"

„Das weißt du doch."

„Lass es einfach! Ein für alle Mal!"

„Ach komm, tu nicht so."

„Ich tue nicht … Hey! Fass mich nicht an!"

3

Es war schon etwas nach Mitternacht, als ein hoch aufgeschossener Mann durch den Regen auf das *Landgasthaus Westfälische Bierstube* zustrebte. Er ging zügig, denn der Regen war dicht. Er hatte vor etwa einer Stunde eingesetzt und seitdem nicht aufgehört. Kurz bevor der Mann den Eingang erreicht hatte, schaute er nach Westen zum Viadukt herüber, doch der lag verborgen in der Schwärze der Nacht. Seine Beleuchtung war eben erloschen, und die wenigen orangefarbenen Lichtpunkte der Straßenlaternen waren viel zu schwach, ihn sichtbar zu machen.

Der Mann griff zum Knauf, um die Tür zu öffnen, da wurde sie von innen aufgestoßen, und ein Rollwagen bewegte sich ihm entgegen, hoch und wackelig beladen mit zwei wuchtigen Lautsprecherboxen und einigen Scheinwerfern.

„Ronny!“, rief der Mann. „Was machst du denn da?“

„Ach, du bist's, Lobo. Na, wonach sieht's denn aus?“, fragte der DJ, der den Wagen schob.

„Du baust schon ab? Nix mehr los da drinnen?“

„Viele sind schon gegangen. Aber nix los würde ich das nicht nennen. Ich werde nur nicht mehr gebraucht. Und ich bin froh über jede Stunde, die ich früher ins Bett komme.“

Damit nahm er zwei Scheinwerfer vom Wagen und wollte sie in seinen Bulli packen, der offen an der Straße stand.

„Soll ich dir helfen?“, fragte Lobo.

„Nee, lass mal stecken. Geh du ruhig da rein. Da drinnen tobt der Bär. Und Freibier kriegst du auch noch“, grinste Ronny. „Garantiert. Ich fahr dann mal. Schönen Abend noch.“

Und in der Tat. Jetzt hörte Lobo schon von draußen, was ihm vorher nicht aufgefallen war: Der Saal kochte. Er ging hinein und sah, dass sich eine Menschenmenge in der Raummitte singend und johlend um einen Tisch herum angesammelt hatte. Sämtliche Stühle im Saal waren unbesetzt. Offenbar hatte es niemanden mehr auf seinem Sitz gehalten. Auf dem Tisch, im Zentrum des Geschehens, im Auge des Hurricans, stand ein bärtiger Akkordeonist, der das Ruder an sich gerissen hatte, umringt von 50 leuchtenden Gesichtern, die an seinen Lippen hingen und lauthals schallend mitsangen, was immer er anstimmte. Gerade waren die Schlusstakte von *Mendocino* verklungen, da rief jemand aus der Menge: *„Use Bauer Alerich!“*

„Ja, use Bauer Alerich! Use Bauer Alerich!“, fielen die anderen lärmend ein. Der Akkordeonist ließ sich nicht lange lumpen, und kaum hatte er die ersten drei Worte des Liedes begonnen, grölten alle das schon unzählige Male, seit Jahrhunderten im Dorf gesungene Lied mit:

„Use Bauer Alerich,
hei wollt' Soldate wer'n,
hei wollt' Soldate wer'n.
Da hadder keinen Schilde nich,
da kudder keiner wer'n.
Da nahm die Mutter en Piesepott,
setzt' ihn Alerich op den Kopp.
Piesepott op den Kopp.
Was das nich 'ne schöne, schöne Reiterei?“

„Jau!“, brüllte die Meute, ging einmal kollektiv in die Knie, mit unbändigem Vergnügen, und johlte weiter: *„Das war 'ne schöne, 'ne schöne Reiterei!“*

Lobo sah sich das Schauspiel eine Weile an, ohne jedoch einzustimmen oder sonst eine Regung zu zeigen. Schließlich besann er sich auf seine ursprüngliche Absicht und ging an die Theke. Davor stand Bruni, rücklings an den Tresen gelehnt, und schaute vergnügt zu.

„Bruni!“, rief er, plötzlich vom Pathos erfüllt, breitete seine Arme aus, nahm die Hände zurück an die Brust, um sie dann wieder auszubreiten. „Das Erhabene in mir grüßt das Erhabene in dir!“

Ihre Begrüßung fiel ziemlich unpathetisch aus.

„Na, Lobo, auch hier?“, sagte sie und schlug ihm auf die Schulter, dass es spritzte. „Regnet's?“

Er trug einen hellblauen, ausgewaschenen Jeansanzug, der sogar für seine schlaksige Figur viel zu klein und eng war. Auf dem Kopf saß eine Wollmütze in Jamaikafarben. Seine strohigen grauen Haare klebten nass und strähnig auf den Schultern, und am Schnurrbart, der wie eine dichte Schuhbürste aussah, hingen Tropfen.

„Keine Feier ohne Geier, was, Lobo?“

Er war auf dem Boden zurück und missverstand die Bemerkung. „Ja, sieht ganz so aus, als hätte der Günter alles im Griff hier.“

„Kann man so sagen“, antwortete Bruni und schaute wieder dem munteren Treiben zu.

Es verging einige Zeit des Schweigens und schlichten Daseins, bis Lobo in die Tiefe des Raumes hinein sagte: „Ganz schön trockene Baustelle hier." Seine Schuhbürste wippte im Rhythmus der Worte auf und ab. Als er bemerkte, dass Bruni nicht reagierte, atmete er voll Inbrunst ein und sagte: „Erwarte niemals etwas von anderen, dann kann dich auch keine nicht erfüllte Erwartung enttäuschen."

Bruni sah ihn kurz an, lächelte, griff hinter sich, wo ein paar angezapfte Gläser Bier standen, und reichte ihm eines herüber.

„Hier. Ich weiß ja, warum du hier bist."

Lobos Hals wuchs aus seinem Hemdkragen in die Höhe, und sein Tonfall änderte sich. „Willst du damit sagen, ich bin ein Schnorrer?"

„Würde mir im Traum nicht einfallen. Prost!", sagte sie und stieß mit ihm an.

Vor dem Haus hielt ein Reisebus an der Straße an und stellte den Motor ab.

Etwa die Hälfte der Gäste hatte sich im Laufe des Abends verzogen, als das Buffet weitgehend abgegrast war und dem Bürgermeister sämtliche Aufwartungen gemacht waren. Seine CDU-Parteigenossen vergossen die üblichen Lobeshymnen auf ihren starken Mann, und die Vertreter der oppositionellen SPD gratulierten artig, mochten sich aber ein paar ironische Spitzen nicht verkneifen und schenkten ihm einen Gutschein für eine linke Kabarettveranstaltung. Von den Nachbarn gab es ein Ständchen, von den Vereinsvertretern Alkoholisches. Die Taubenzüchter überreichten ihm eine Spezialität einer nahen Schnapsbrennerei, einen Traubenbrand. Als Kersting im Dämmerlicht des Saales und im Dämmerzustand der fortgeschrittenen Zeit das Etikett laut vorlesen sollte, sah er nur oberflächlich hin und las: „Taubenbrand", womit der *running gag* des Abends geboren war.

Auch Gerda Kersting, seine farblose Gattin, war schon früh gegangen, wie meistens. Ihr waren diese Veranstaltungen zuwider, der ganze Aufwand, all die Menschen, mit denen sie nichts zu tun hatte. Repräsentieren war nicht ihr Ding. Auch bei Wahlkampfauftritten ihres Mannes zog sie es vor, sich im Hintergrund zu halten oder am besten ganz fernzubleiben. Im politischen und gesellschaftlichen Leben ihres Mannes spielte sie keine Rolle und akzeptierte dies auch klaglos. Zu Hause gab es auch genug zu tun.

Lobo hatte das Buffet entdeckt. Die besten Stücke, Forellenhäppchen, gebratene Hühnerbeine, Filetstücke, waren nicht mehr da, aber das Vorhandene reichte für ihn allemal. Schweigend und kauend stand er vor den Resten, während die verbliebenen Gäste weiter lärmend und lachend um Günter herum standen, der stimmlich und am Akkordeon alles gab.

„Use Bauer Alerich,
hei wollt' Soldate wer'n,
hei wollt' Soldate wer'n.
Da hatter keinen Pferde nich,

da kudder keiner wer'n.
Da nahm die Mutter en Hippenbock,
setzt' den Alerich oben drob.
Hippenbock, Alerich drob,
Kappesblatt unters Chatt,
Gartentür vorne für,
Piesepott ..."

Draußen hatten sich die Türen des Busses geöffnet. Langsam stiegen einige merkwürdige Gestalten aus. Ihre Kleidung sah aus, als wären sie in weite bunte Lumpen gehüllt. Auf dem Kopf trugen sie eine Art weichgewordene, viel zu große Pizza. Eine Gepäckraumklappe ging auf.

Es war ein gutes Dutzend Männer und Frauen, das sich vor dem Bus angesammelt hatte. Viel sprachen sie nicht, ein paar einzelne, dahingeworfene Worte, das war alles. Einige von ihnen hatten wuchtige Trommeln vor den Bauch geschnallt, andere hielten lange Naturtrompeten, und einer von ihnen, ein vierschrötiger, nicht allzu großgewachsener Kerl ohne Hals, entrollte eine Fahne, eine Standarte, auf der ein riesiges Wappen prangte. Sie schienen auf etwas zu warten.

Heinz Struck hielt ein Bierglas in der Hand. Er war schweißnass. Der Steinboden im Saal, die zugezogenen karierten Vorhänge, die niedrige Decke, die vielen Menschen, die sangen und feierten, all das ließ die Luftfeuchtigkeit auf schwer erträgliche 100 Prozent ansteigen.

„Mensch Heinz!“, sprach ihn Kurt an. „Du schwitzt ja wie ein Affe. Trink nicht so viel Bier!“

„Was soll ich?“ Struck drehte sich zu ihm um.

„Nicht so viel trinken. Guck dich doch mal an. Dein Hemd ist total schweißgetränkt.“

Struck fühlte, er musste sich verteidigen. „Von dem Bier hier“, konterte er und hielt Kurt sein halb leeres Glas hin, „von diese Plörre wird Heinz Struck nicht besoffen! Der kann was vertragen. Ich sag dir das. Und guck dir das Bier doch mal hier an im Glas! Da kannste durchgucken! Das schmeckt nicht nur wie Spülwasser, das ist auch Spülwasser. Ich sage dir, das machen die hier mit voller Absicht!“

„Was?“

„Das Bier mit Wasser verlängern. Damit machen die Umsatz! Aber mir können die nicht verscheißern. Ich hab denen was voraus.“

„Ach. Was denn?“

„Ich bin clever.“

Da flog die Tür auf, mit einem Schlag. Der eichene Türflügel, der mit der Gewalt eines durchgehenden Kampfstiers aufgerissen wurde, krachte gegen die Wand des Ganges zwischen Saal und Schankraum und riss einen wuchtigen Zinnteller herunter, der polternd zu Boden schepperte. Im nächsten Moment brach ein lärmendes Inferno über den Saal herein. Was ein zufällig anwesender unwissender Gast für das

Einsetzen der Apokalypse halten musste oder zumindest für die Eruption eines nahen, bisher völlig unbekannten Vulkans, war für den Einheimischen ein nur zu bekanntes Szenario, das man den ganzen Abend befürchtet hatte. Wobei die Hoffnung mit der Zeit gewachsen war, dieses Mal darum herum zu kommen.

„Ach du Scheiße", sagte Willi vor sich hin, ohne dass es jemand in dem Lärm hören konnte. „Die Kanoniere."

In der Tat: Im Saal standen die Musiker des heimischen Fanfarenzuges *Feldherr-von-Tilly-Kanoniere.* Sie waren gekommen, um dem Bürgermeister das verdiente Ständchen zu bringen.

„Muss das denn schon wieder sein?", seufzte Kurt und schaute Willi an, der kein Wort verstand, aber die Achseln zuckte.

Links außen hatte der Vierschröter ohne Hals mit der Standarte Posten bezogen und blickte mit dem gebührenden Ernst unter seiner Pizza hervor, die ihm etwas zu tief ins Gesicht gerutscht war. Neben ihm hielten die Trompeter in ihre Hörner, und die Trommler schlugen zu. Zwischen beiden Gruppen standen zwei Frauen mit Parforcehörnern und gaben alles. Die Vorhänge vor den Fenstern flatterten ungebändigt im Dampfstrahl des Gebläses.

Die Gäste waren starr vor Schreck und unfähig, sich zu bewegen. Wer konnte, hielt sich an der Theke fest oder klammerte sich, so gut es ging, an seinem Stuhl fest. Einige Frauen mussten gestützt werden.

Nur so war die Urgewalt dieser Offensive zu überstehen.

Unvermittelt endete die Musik krachend mit einem Donnerschlag von den Landsknechttrommeln. So etwas wie eine Melodie war sowieso nicht zu erkennen gewesen. Doch zum Aufatmen war es noch zu früh.

Der Vierschröter stampfte zweimal mit der Stange seines Banners auf den Boden.

„Achtung!“, brüllte er.

Willi stieß Struck an und raunte ihm zu: „Mann ohne Hals meldet: Angetreten sind 15 Kanoniere und ein Mann ohne Hals.“

Doch Struck war für Witzchen nicht aufgelegt.

„Wieso kommen die erst jetzt?“, fragte er. „Ich hatte schon gehofft …“

„Eigentlich wollten sie gar nicht kommen. Sie waren vorher in Bad Lippspringe beim Stadtfest. Platzkonzert am Markt, anschließend musikalische Unterhaltung beim Umtrunk. Waren aber wohl schon etwas früher als geplant fertig.“

„Hm. Schade eigentlich.“

Aus den Reihen des Fanfarenzuges trat ein bärtiger Mann hervor, warf sich in Pose und ergriff das Wort.

„Verehrter Herr Bürgermeister!“ Dabei blickte er um sich und suchte den Jubilar in der Menge. Seine Verunsicherung, als er ihn nicht sofort erblickte, währte nur einen Moment. Ein kurzes Räuspern, und er hatte sich gefasst. Von so einer Nebensächlichkeit, entschied er, wollte er sich nicht aus der Bahn werfen lassen. Er fuhr fort: „Alle Jahre wieder jährt sich Ihr Jubelfest, und da ist es auch für uns eine Ehre und die lassen wir uns nicht nehmen, Ihnen wieder ein kleines Ständchen Ihnen zu Ehren bringen zu dürfen. Wir hoffen, unsere Darbietung wird Ihnen auch diesmal wieder gefallen." Schließlich nahm sein Gesicht dienstliche Züge an, und er erhob die Stimme. „Und damit begrüßen Sie und alle Anwesenden hier die Mannen vom goldenen Via..."

„...dukt!", brüllte die Masse der Musiker, ihren üblichen Begrüßungsspruch ergänzend, und die Kraft ihres Rufes stand der ihrer Musik in nichts nach. Damit rissen sie ihre Instrumente hoch, und der Orkan war zurück.

Vier oder fünf Beiträge später war plötzlich Ruhe. So genau wusste man es nicht, denn die Lautstärke des Dargebotenen ließ eine Unterscheidung der Stücke nicht ohne Weiteres zu. Aber es spielte auch keine Rolle. Die Hauptsache war, es war vorbei. Nur für eine allgemeine Erleichterung war es noch zu früh, zu tief war der Eindruck, den der Vortrag hinterlassen hatte.

Die Musiker stellten ihre Instrumente in einer Raumecke ab und entledigten sich ihrer Kopfbedeckungen. An der Theke, wo Lobo inzwischen wieder stand, erwartete sie frisch Gezapftes.

„Na, Lobo", begrüßte ihn einer der Kanoniere, „auch hier? Keine Feier ohne Geier, was?"

„Das habe ich heute schon mal gehört“, sagte Lobo beleidigt. „Was meinst du damit?“

„Nichts, nichts. Möchtest du nicht beim Buffet vorbeigehen? Siehst hungrig aus.“

„Danke. Mir ist nicht ganz wohl.“

Der Mann sah ihn an. „Ja, du siehst irgendwie grün aus. Magenbitter?“

„Oh ja, gern.“

Weiter hinten im Raum am Fenster saßen zwei Frauen mittleren Alters, vor sich auf dem Tisch ihre halb gefüllten Teller.

„Ich mag nicht mehr“, sagte eine.

„Mir ist auch der Appetit vergangen, nach der Tortur“, sagte die andere, schaute einmal kurz auf ihren Teller und schob ihn dann schnell beiseite.

„Schade eigentlich um das schöne Essen.“

„Schon, aber ich krieg nichts mehr rein.“ Um sich abzulenken, machte sie sich am Fenstervorhang zu schaffen, der völlig verwirbelt war. „Alles durcheinander“, sagte sie und warf der anderen einen Blick zu.

„Hast ja recht“, sagte sie. „Was glaubst du, wie oft ich meinem Toni schon gesagt habe, er soll lieber zum Angeln gehen als zur Musik.“ Sie betonte das Wort auf der ersten Silbe. „Da hätte er seine Ruhe und wir auch. Aber nein! In dem Verein hat er seine Leute, sagt er. Und soziale Kontakte. Wenn ich das schon höre! Er könnte doch auch passives Mitglied werden. Dann könnte er seine Leute auch um sich haben, wenn er wollte, und müsste nicht ständig mitmarschieren. Und dieser Krach immer! Es reicht mir schon, wenn er meint, er müsste zu Hause auf seiner dicken Trommel herumhauen. Das knallt durchs ganze Haus, kann ich dir sagen! Er müsste üben, sagt er dann. Aber doch nicht zu Hause! Und wir haben so ein hellhöriges Haus. Da hörst du sowieso jedes Husten. Ist es denn nicht genug, wenn er mittwochs immer zur Probe geht und da seine Ohren schädigt? Muss er mir und den Kindern das auch noch antun? Muss erst unser Gehör geschädigt werden? Er hört ja schon seit Jahren nicht mehr, wenn ich was sage. Ich sage ja wirklich nicht viel, aber wenn ich mal etwas sage, will ich auch, dass er mir zuhört. Das willst du von deinem Uwe ja auch. Aber er hört nicht. Ich sage dir, das kommt von der Musik. Aber das will er ja auch nicht hören. Er hätte das im Griff, sagt er. Und ich wollte ihm nur den Spaß verderben. Er sei eine Stütze der Kapelle. Angeln, das sei etwas für Senioren. Das könnte er auch noch anfangen, wenn er 70 ist. Außerdem sei es langweilig, an den Fischteichen unten an der Beke zu sitzen, nur um darauf zu warten, bis so ein Viech anbeißt. Ich sollte mal bedenken, wie wichtig die Kanoniere für Altenbeken sind. Für das kulturelle Leben in der Gemeinde. Als einziger Musikverein weit und breit. Wenn die nicht immer spielen würden, wäre doch überhaupt nichts mehr los hier. Als ob das Musik wäre! Das klingt doch alles gleich, was die spielen. Und sie würden auch Farbe ins Spiel bringen, sagt er, in ihrem Outfit.

Das seien echte Landsknechttrachten nach historisierenden Vorbildern, eigens für sie kreiert. Für mich sind das nur bunte Lappen. Sag doch mal selbst! Der Kostümdesigner hat da doch seinen gesamten Malkasten bei dem Entwurf eingesetzt. Den mit den 24 Farben. Und viel zu groß ist seine Uniform auch. Wie ein Paradiesvogel im Kartoffelsack sieht er aus. Du würdest deinen Mann gar nicht aus dem Haus lassen. Aber ich, ich bin einfach zu gutmütig. Oder zu blöd. Ja, sag es nur. Ich bin zu blöd. Oder beides. Ach, ich weiß auch nicht. Jetzt sag doch auch mal was!"

„Ja, so ist das", sagte die andere.

Mittlerweile hatte der Saal sich zu leeren begonnen. Bruni hatte den Service am Tisch eingestellt. Bier gab es nur noch an der Theke. Die Höhepunkte des Abends waren vorbei. Schon beim Auftritt der Kanoniere hatte Günter sein Akkordeon eingepackt. Er wusste, nach ihnen konnte es nichts mehr geben, und mit ihnen sowieso nicht. Die Stimmung war gekippt, und es hätte keinen Zweck gehabt, es noch einmal zu versuchen. So hatte er ein Einsehen und war abgezogen. Einige Paare standen noch zusammen, um einander zu verabschieden oder sich für den nächsten Tag zu verabreden. An der Theke waren nur noch wenige Männer übriggeblieben: Kurt und Willi, Heinz und zwei der Uniformierten. Nicht mehr dabei war Lobo. Sein Hunger und sein Durst waren zu seiner Zufriedenheit gestillt. Außerdem hatte ihn mit der Zeit das Gefühl beschlichen, die Bemerkungen der Anderen würden spitzer und spitzer. Das musste er nicht haben. Also hatte er sich getrollt.

Auch die beiden Musiker wandten sich nun zum Gehen.

„Was denn?", fragte Kurt. „Ihr wollt schon nach Hause?"

„Es ist spät genug", antwortete einer der beiden. „Der Tag war lang."

„Stimmt auch wieder. Sag mal, Gerd, war Alfons heute gar nicht dabei?"

„Hier nicht, nein. Nur am Anfang in Lippspringe. Von da aus ist er schon vor zwölf gefahren. Es ging ihm nicht gut."

„Gesoffen gestern?", fragte Willi.

„Weiß nicht. Glaube nicht."

„Er sprach von Kopfschmerzen", sagte Hubert, der andere der Musiker. „Aber es geht ja auch ohne ihn ganz gut. Bei Auftritten brauchen wir ihn im Grunde gar nicht."

Die Männer stellten ihre Biergläser auf die Theke.

„So", sagte Gerd. „Das war's. Ich gehe jetzt."

„Ich komme mit", sagte Hubert.

„Ich auch."

„Ich auch."

„Und was ist mit dir, Heinz?", fragte Gerd.

Struck hatte schon einige Zeit geschwiegen. Etwas beschäftigte ihn.

„Willst du hier überwintern?"

„Wartet mal“, sagte Struck langsam. „Mir ist etwas aufgefallen. Ja, guckt mich nicht so an.“

„Was ist denn?“

„Hier stimmt etwas nicht.“ Er runzelte die Brauen und schob die Zunge in eine Wange.

„Ach.“

„Hier ist etwas faul.“ Er wechselte die Wange.

Kurt runzelte die Stirn.

„Faul? Na wenn du meinst. Dann geh doch direkt zum Bürgermeister. Das wolltest du doch eh.“

„Das ist es ja“, sagte Struck. „Der Bürgermeister. Ist euch das nicht aufgefallen?“

„Nun mach's mal nicht so spannend“, sagte Hubert.

„Der Bürgermeister ist nicht mehr da.“

„Ach so“, sagte Willi und blickte sich mit einer großen Bewegung um. „Tatsächlich.“ Er grinste.

„Kann es vielleicht sein“, fragte Kurt langsam, „dass er schon etwas früher gegangen ist?“

„An seinem Geburtstag?“ Struck protestierte. „Ich sage euch, irgendetwas ist hier im Busch. Glaubt an meine Worte.“

Willi legte seine Hand auf Strucks Schulter. Er schob ihn sanft vorwärts und sagte beim Hinausgehen: „Wenn das so ist, Heinz, dann wirst du es bestimmt noch herausfinden.“

4

„Josef“, sagte die Frau, „Josef, Schatzi, ich glaube“, sie nuschelte etwas, „ich glaube, ich kann nicht mehr.“ Schwer atmend hängte sie sich an die Schulter ihres Mannes, der auch nicht mehr den sichersten Stand hatte. „Halt mich fest, Schatzi. Sei mein starker Held.“

Josef schwankte, als seine Frau an ihm hing, und stolperte, sodass sie fast fielen.

„Huch!“, kiekste Angelika und fing sich mühsam, um sofort darauf in ein ungebremstes Lachen auszubrechen.

„Hoppla“, rief Josef. „Hehe! Da wären wir doch fast“, bei dem Wort kiekste seine Stimme, „wären wir da doch hin-hingefallen, hehe!“

Schwer angeschlagen und gezeichnet vom Fest, aber voll innerer und vor allem äußerer Heiterkeit taumelte das Pärchen hin und her, bemüht, etwas Strecke auf ihrem Heimweg zurückzulegen. Ein ums andere Mal scheiterten sie, was jedoch ihrer Fröhlichkeit und der Lautstärke ihres Gelächters keinen Abbruch tat. Schließlich, sie waren in einem dunklen Winkel einer Seitenstraße nahe einem Pferdestall, lallte Angelika, ihren Kopf auf seine Schulter gelehnt: „Liebling, ich glaube, wir haben uns verlaufen, Liebling.“ Die Konsonanten waren kaum zu verstehen.

„Wassagstduda?“

Sie piekste ihm mit dem Zeigefinger auf die Brust.

„Wir haben uns versaufen, äh, ver- äh, na, nu' sag schon …"

„Laufen!", prustete er wiehernd. Das weckte die Pferde im Stall auf, die den unerwarteten Gruß sogleich erwiderten. „Wir haben uns verlaufen!" Bei der vorletzten Silbe brach seine Stimme wieder aus.

Im Obergeschoss des Hauses, das an den Stall grenzte, flog ein Fenster auf. Ein glatzköpfiger Mann im Unterhemd erschien und brüllte: „Ruhe da unten! Ihr macht mir ja alle Pferde scheu! Verdammt noch mal!"

„Wunderschönen guten Abend!", rief Josef ihm wiehernd zu. „Habt ihr vielleicht noch ein Bier?"

Angelika kicherte. „Oder einen Hugo, Schnuckiputzi?", kiekste sie.

„Das könnte euch so passen!", donnerte der Mann und drohte mit der Faust. „Ihr könnt gleich etwas ganz anderes haben! Geht nach Hause, oder ich vergesse mich!"

Damit schlug er das Fenster zu. Laut wieherten die Pferde im Stall auf. Plötzlich öffnete sich das Fenster noch einmal, und der Mann brüllte hinaus: „Und euer Schnuckiputzi bin ich schon gar nicht!"

Krachend und scheppernd wurde der Fensterflügel zugeworfen.

Josef und Angelika sahen sich an, ihre Nasenspitzen berührten sich.

„Uiii", sagten sie gleichzeitig. „Der ist aber böse."

Sie hielten sich die Hände vor den Mund und prusteten hinein, um nicht laut loszulachen.

Das Licht im Fenster erlosch, und es wurde ruhig. Die Straße selbst war auch kaum beleuchtet. Die beiden hielten sich nun im Arm und standen still schwankend eine Zeit lang da, ohne dass einer etwas sagte.

Erst jetzt bemerkte Angelika, dass es die ganze Zeit schon geregnet hatte. „Oh," hickste sie, als sie fühlte, dass sie nass bis auf die Knochen war. „Und wer bringt uns jetzt nach Hause, Mausi? Ich kann nicht mehr."

Von der Adenauerstraße, der Hauptstraße, die von Westen her durch den Viadukt in den Ort führt, bog ein roter Kleinwagen in die Straße ein. Es war ein Renault Twingo, an dessen Steuer ein Mann saß. Als er das Pärchen bei dem Stall stehen sah, hielt er an und ließ die Seitenscheibe herunter.

„Hey! Was macht ihr denn hier?"

Die beiden sahen wortlos zu ihm herüber.

„Es regnet doch! Wollt ihr nicht nach Hause gehen? Wo kommt ihr überhaupt her?"

„Vom Bürgermeister", hickste Josef.

„Und uns nimmt ja kein Schwein mit", sagte Angelika.

„Wir haben uns nämlich verlaufen", sagte er, und die Stimme brach.

„Und jetzt können wir nicht mehr", kiekste sie.

„Kunststück“, sagte der Fahrer. „Ihr seid ja völlig aus der Richtung geraten. Ihr wohnt doch ganz woanders. Na los, steigt ein, ich fahr euch nach Hause.“

Mühsam quälten sich die beiden ins Auto, Angelika nach hinten, Josef auf den Beifahrersitz, doch ihre Heiterkeit war ungebrochen.

„Dasisaberenghier“, nuschelte Angelika von hinten.

„Von wegen“, widersprach der Fahrer. „Dieser Wagen ist nämlich ein Raumwunder. Nur, dass du das weißt. Ich glaube eher, du hast ein bisschen viel Bier getrunken.“

„Habe ich Bier getrunken, Hasi?“, fragte sie ihren Mann.

„Ich glaube“, antwortete er, und seine Stimme war viel zu laut, „ich glaube, du hast ein Bier getrunken.“

„Wenn du das sagst … jawohl, Herr Polizei, ich habe ein Bier getrunken, ich gestehe“, lachte sie.

„Ich habe auch Bier getrunken“, grölte Josef und hielt drei Finger hoch. „Zwei Bier.“ Es klang wie *sswei.*

„Schnall dich besser an“, sagte der Fahrer.

Josef versuchte in all seiner Leibesfülle und der daraus resultierenden Unbeholfenheit, sich auf seinem Sitz in die richtige Position zu ruckeln.

„Sag bloß, jetzt soll ich mich noch anschnallen? Wie finde ich das denn?“

„Du sollst.“

„Ich auch?“, fragte Angelika von hinten, auch zu laut.

„Ja. Bitte.“

„Ich kann mich aber nicht anschnallen", kiekste sie. „Ich bin eingeklemmt. Und hier ist überhaupt keine Schnalle."

„Da ist eine. Ich mag es nicht, wenn man sich in meinem Auto nicht anschnallt. Also los jetzt. Und du auch, Josef. Hier ist das Gurtschloss. Greif mal hier rüber. Nein, nicht rechts. Links. Das andere Links. Hier unten."

„Und was ist, wenn ich noch etwas weiter zu dir rübergreife? Hihi." Josef zog den Gurt heraus und verhedderte sich sofort darin.

„Du bist ein Schelm."

„Ich kann das aber tun. Ich schaffe das. Du musst es nur wollen. Ich mach auch ganz schnell."

Er hielt die Luft an und drohte zu platzen, als er den Fahrer ansah. Seine Brille war tief auf die Nase gerutscht und saß schief, sodass er mit einem Auge über das Glas hinwegblickte.

„Nein danke. Bis hierher und nicht weiter. Nun mach schon."

Dann konnte Josef nicht mehr an sich halten. Prustend lachte er auf, seine Frau auf dem Rücksitz fiel ein, und sie hörten auch nicht mehr auf, als der Wagen sich in Bewegung setzte und sie in ihr Wohngebiet brachte, das oberhalb der Kirche lag, keine 500 Meter von ihrem Fundort entfernt. In der Dunkelheit des Abends und vor allem im Nebel, der sich über ihre Sinne gelegt hatte, hatten sie völlig die Orientierung verloren.

An ihrem Haus angelangt, bugsierte der Mann das lachende und lärmende Pärchen mit einiger Mühe aus dem Auto heraus vor die Haustür und klingelte. Die Tochter, eine blonde Mittzwanzigerin, öffnete.

„Ach Papa. Ach Mama. Wie seht ihr denn aus?"

„Der Kerl dort", johlte Angelika, „der Kerl will einfach nicht, dass Josef zu ihm rübergreift!"

„Nee!", krakeelte Josef. „Und er sagt, auf dem Rücksitz sitzt seine Schnalle!"

„Meine Güte! Dann kommt mal rein. Herrjemine!"

Halb zog sie die beiden herein, halb schob der Mann sie, bis sie endlich glücklich über die Türschwelle manövriert waren.

„Dabei ist das doch meine Schnalle!", rief Josef aus dem Haus heraus.

„Danke", sagte die Tochter, zu dem Mann gewandt.

„Was macht man nicht alles", antwortete er. „Schönen Abend."

Er fuhr ein kurzes Stück weiter, hielt schließlich vor einer Art Anbau an ein größeres Gebäude, aus dem Geräusche auf die Straße drangen, stieg aus, nahm etwas aus dem Kofferraum, schloss die Eingangstür auf und ging hinein. Eine kleine Treppe, vier, fünf Stufen, führte hinauf in den Hauptraum des Anbaus. Seine Rechte griff um den Türrahmen herum nach dem Lichtschalter. Doch es blieb dunkel.

„Hm“, sagte er vor sich hin. „Muss auch mal einer reparieren. Gerätewart. Egal.“

Vorsichtig betrat er den Raum, zog sein Handy aus der Tasche und schaltete die Leuchte an. Der Lichtkegel fiel zuerst nach rechts auf eine kleine hölzerne Theke, die sich die Nutzer des Raumes für ihre Abende nach getaner Arbeit selbst angefertigt hatten. Das Regal dahinter war gefüllt mit Gläsern und Flaschen. Der Vorhang vor dem Fenster neben der Theke war geschlossen, wohl, um keinen Einblick in den Raum von außen zuzulassen. An der linken Wand zog sich eine Reihe von Kleiderhaken entlang, auf der hier und da ein paar gleichartige Kleidungsstücke hingen, Säcken gleich. Im Hintergrund schließlich standen, sorgfältig sortiert, etliche Trommeln unterschiedlicher Größe. Einige mochten einen guten halben Meter, andere fast mannshoch sein. Der Korpus der meisten war in einer Holzoptik gehalten, und die Felle waren mit außen liegenden weißen Schnüren aufgespannt. Zwei von ihnen wiesen ein auffälliges, rot-gelb geflammtes Muster auf. Hinter dieser Instrumentenparade hing ein Regal an der Wand, in dem sich die dazu passenden Filzschlegel befanden, sauber aufgereiht, nach Größe geordnet.

Der Mann legte das Handy auf einen der Barhocker, die vor der Theke standen, zog den Überwurf aus, den er am Körper trug, und wollte ihn an einem der Kleiderhaken aufhängen. Dabei streifte er das Handy. Es fiel zu Boden, und für einen Augenblick fiel der Schein der Leuchte auf etwas, das den Mann aufmerken ließ. Er stutzte und hob das Handy auf, um noch einmal in die Richtung zu leuchten, in der ihm etwas aufgefallen war.

„Nanu?“

5

Wer die Landstraße von Paderborn nach Altenbeken nimmt, gerät auf dem letzten Stück in einen Talkessel hinein, der sich über einige Kilometer zwischen zwei bewaldeten Anhöhen entlang erstreckt. Es ist das Tal der Beke, eines kleinen Baches, der vor Urzeiten ein reißender Fluss gewesen sein muss, stark genug, das Gelände über Jahrmillionen auszuhöhlen und die Schneise hineinzufräsen, die heute weit über 50 Meter tiefer liegt als die umgebenden Höhen. Kurz vor dem Ort endet plötzlich die beidseitige Bewaldung, und am Ende der sich nun ausbreitenden Lichtung erhebt sich unvermittelt eine Wand vor dem Ankömmling, nicht sonderlich hoch wohl auf den ersten Blick, aber dennoch auffällig. Näherte er sich, erkannte er eine langgezogene Brücke, einen Eisenbahnviadukt. In einem mit leichter Hand kreierten Schwung geführt, schafft dieser die Verbindung zwischen den beidseitigen Erhebungen, von den Einheimischen Winter- und Sommerberg genannt.

Mitte des 19. Jahrhunderts hatte der Preußenkönig Friedrich Wilhelm IV. die Notwendigkeit einer durchgehenden Bahnverbindung von Westen nach Osten erkannt und schaffte mit dem Bau des Viadukts den notwendigen Lückenschluss. Er ließ ihn aus gewaltigen Sandsteinquadern errichten, mit insgesamt 24 weitläufigen Bögen, und schuf ganz nebenbei, glaubt man den Statistiken, die dem Ortsheimatpfleger vorliegen, die längste Kalksandsteinbrücke Europas.

Die Landstraße führt durch einen der ersten Bögen, deren wahre Höhe man erst ermisst, wenn man direkt unter einem steht. Und nicht nur das: Auch die Akustik unter den Bögen ist einzigartig. Mehr als 100 Jahre lang war der Viadukt von den Einheimischen gar nicht als Besonderheit wahrgenommen worden. Bis eines Abends ein gelackter Impresario mit langer grauer Mähne im Jaguar E, auf dessen Beifahrersitz sich ein langbeiniges blondes Etwas räkelte, vorfuhr und übernachten musste. Schnell erkannte er das touristische Potenzial der Brücke, vor allem das zugunsten seines Bankkontos, und sprach am nächsten Morgen beim Bürgermeister vor. Man vereinbarte einen Lokaltermin, stellte sich unter einen der Bögen, der Langmähnige klatschte zweimal in die Hände und hob den Zeigefinger, die Langbeinige schmatzte laut ihren Kaugummi und stöhnte gelangweilt, und schon war die sensationelle Akustik entdeckt. Flugs wurden Hände geschüttelt und Verträge unterzeichnet.

Erste Maßnahme war die Installation einer Abendbeleuchtung, die einem Loireschloss zur Ehre gereicht hätte. Zur feierlichen Einweihung der Anlage legte sich die Verwaltung des Städtchens ins Zeug, stellte eine Bier- und eine Würstchenbude auf, lud den WDR zur Berichterstattung ein und beauftragte einen ortsansässigen Gelegenheitskomponisten, im Hauptberuf Realschullehrer für Leibeserziehung und Textiles Gestalten, eine Art Tusch zu diesem Anlass zu schreiben. Er sollte den Auftakt bilden zu einer Reihe klassischer Konzerte unter den Bögen und künftig immer zu deren Beginn sowie zu Feiern am Viadukt erklingen. Der Mann gab alles, engagierte ein Dutzend Blechbläser und verfasste die *Viadukt-Fanfare*, 45 Sekunden prachtvoll gemeinten, doch arg sauertöpfisch daherkommenden Grauens, die bei der Einweihung unter einem akustisch besonders wertvollen Bogen zur Aufführung gelangten. Die Musik wäre wohl sehr zum Befremden des Publikums ausgefallen, wenn man sie denn gehört hätte. Der Bogen lag nämlich gut 100 Meter von den Buden entfernt, um die sich die Leute versammelt hatten. Die waren es außerdem gewohnt, sich zu musikalischen Beiträgen bei Volksfesten vor allem laut zu unterhalten, und so fiel der Beitrag der Bläser nicht weiter auf. Der anwesende WDR wartete eine Zeit lang darauf, dass sich etwas Offizielles tat, eine Enthüllung, eine Taufe oder wenigstens eine Rede. Als nichts davon geschah, schoss das Team noch eine kurze Filmsequenz vom Viadukt, zog schließlich unverrichteter Dinge von dannen und ließ das Material als unbrauchbar im Archiv verschwinden. Damit fehlte dem Projekt die nötige Öffentlichkeit, und so fiel die Fanfare wie auch die Idee der Konzertreihe schnell und auch mit einigem Recht der Vergessenheit anheim.

Den Altenbekenern aber gefiel die weitläufige Szenerie des Viadukts mit dem umgebenden Gelände, wo man bei gutem Wetter entspannt Bier und Würstchen zu sich nehmen konnte. Sie verhandelten erfolgreich mit dem Bauern, der die umliegenden Wiesen besaß, und riefen dort ein großes Volksfest ins Leben, das seither regelmäßig veranstaltet wird und Besucher aus Nah und Fern anzieht.

Schon rechtzeitig vorher hatte der langmähnige Impresario sich die Verwertungsrechte an den Konzerten und allen weiteren Veranstaltungen am Viadukt pauschal und zur Vorauszahlung gesichert. Kaum war der Deal in trockenen Tüchern, hatte er es plötzlich sehr eilig, verfrachtete sein langbeiniges Blondchen auf den Beifahrersitz und machte sich aus dem Staub.

Es war kurz nach Mittag. Direkt hinter dem Viadukt am Ortseingang stand eine kleine Tankstelle, die schon bessere Jahre gesehen hatte. An den beiden einzigen Zapfsäulen fraß der Rost, und das eigentlich durchsichtige Welldach schimmerte grün von Algen und Moos. Ein blau-weißes Polizeifahrzeug bog ein und hielt an einer Säule. Ein großer Mann stieg aus und betrat den Laden.

„Hallo? Niemand da?"

Der Raum war nahezu kahl. Darin befanden sich lediglich ein angestoßener Resopaltisch in Nussbaumoptik mit einer mechanischen Registrierkasse, zwei Stühle an einem kleinen runden Metalltisch, auf dem zwei volle Aschenbecher und eine halb geleerte Kaffeetasse standen sowie ein langes Blechregal mit ein paar Dosen Motoröl und einem kleinen Stapel Tageszeitungen, sonst nichts.

„Hallo? … Hm."

Eine Eisentür führte in einen Nebenraum. Er öffnete sie und stand in einer Werkstatt, nicht viel größer als eine Garage. In der Mitte hing ein gelber VW-Bus älterer Bauart auf einer Hebebühne. Ein Monteur im grauen Kittel und mit Schlägermütze stand unter dem Motor und fluchte wie ein Bierkutscher.

„Was ist das nur für eine verdammte Scheiße!"

Er schlug mit einem großen Schraubenschlüssel gegen den Motor.

„Wie soll ich das denn machen? Wer soll denn da drankommen? Und dann noch über Kopf? Die ticken doch nicht ganz richtig bei VW! Wer baut nur so was? Das sind doch Ingenieure! Das sind Experten! Die müssen doch wissen, wie das geht! Nee nee! Es ist nicht zum Aushalten! Ich habe keinen Bock mehr auf so ’ne Scheiße! Ich hab überhaupt keinen Bock mehr! Ich mach den Laden dicht!“

Damit riss er sich die Kappe vom Kopf und warf sie dem Mann vor die Füße. Dann erst sah er ihn.

„Was wollen Sie denn hier? Was machen Sie überhaupt da? Wer hat Ihnen erlaubt, durch die Tür zu gehen? Das ist privat, kapiert? Da vorn“, er wies auf die Einfahrt, „geht’s rein für Kunden!“

„Ich bin aber kein Kunde.“

„Sondern?“

Der Mann zog einen Ausweis hervor und hielt ihn dem Monteur vors Gesicht.

„Hauptkommissar Breitenbach. Kriminalpolizei. Guten Tag. Und Sie sind …“

„Polizei“, grummelte der Monteur. „Warum sagen Sie das nicht gleich?“

„Sind Sie der Inhaber dieser Tankstelle?“, fragte Breitenbach statt einer Antwort.

„Und der Werkstatt, ja, wenn’s recht ist.“

„Und der Name?“

„Harteisen.“

„Vorname?“

„Wilhelm. Wenn’s recht ist.“

„Wirft wohl nicht viel ab, Ihr Betrieb, was?“

„Mir reicht’s!“ Harteisens Zorn war noch nicht verraucht. „Also, was wollen Sie?“

„Nur eine Auskunft.“

„Sehe ich aus wie ein Auskunftsbüro oder was?“

„Ich suche das *Landgasthaus Westfälische Bierstube.*“

„Habt ihr bei der Polizei kein Navi? Heute hat doch jeder Hans und Franz eins. Das muss doch da im Auto sein."

„Ist es auch. Leider ist es gerade defekt."

„Kein Wunder! Diese ganze Elektronikscheiße! Nichts als Ärger hat man damit! Früher gab es mal Landkarten. Die Generalkarte. Stadtpläne. Schon mal gehört?"

„Die gab's an Tankstellen", bemerkte der Kommissar. Harteisen überhörte die Spitze.

„Da hatte jeder im Auto 'ne Straßenkarte im Handschuhfach. Und die konnte auch jeder lesen. Und du hast immer gefunden, wo du hinwolltest. Wenn meine Frau und ich in den Urlaub fahren, klappt das perfekt. Die Zusammenarbeit, meine ich. Ich fahre, ich meine, da lasse ich auch keinen anderen ran, und sie hat die Karte auf dem Schoß und navigiert. Hundertprozentig, sage ich Ihnen. Und heute mit diesen Geräten? Entweder hängt die Satellitenverbindung, oder die Karten sind nicht aktuell, oder das Gerät schickt dich auf irgendwelche Feldwege, wo dir einer mit demselben Problem entgegenkommt, und dann steht ihr voreinander! Ist doch alles Mist!"

„Also, wie komme ich denn jetzt zum Gasthaus?"

„Meine Güte, was weiß denn ich! Irgendwo da im Ort, wo denn sonst! Finden Sie schon! Ich hab ganz andere Probleme! Hier! Gucken Sie sich diese Scheiße mal an!"

Er schlug mit dem Schraubenschlüssel wieder gegen den Motor, dass es krachte.

„Völlig verbaut! Da kommt doch kein Schwein mehr zum Reparieren dran!"

„Richtung Ort, sagen Sie? Und dann?" Der Kommissar zeigte sich unbeeindruckt.

„Ach, das sehen Sie schon. Liegt doch fast direkt an der Hauptstraße. Ist nicht zu verfehlen. Da muss man schon richtig blöd sein! Machen Sie einfach die Augen auf! Kann ja so schwer nicht sein, verdammt noch mal! Ich habe hier wirklich andere Sorgen, das können Sie mir glauben, weiß Gott!"

„Verkaufen Sie mir noch eine Tageszeitung im Laden?"

„Dafür habe ich jetzt überhaupt keine Zeit! Ich habe zu tun! Das sehen Sie doch! Nehmen Sie sich einfach eine, legen Sie einen Euro auf den Tisch, und dann passt das schon! Aber lassen Sie mich in Gottes Namen meine Arbeit machen!"

„Danke für die Auskunft. Schönen Tag."

Das Gasthaus war in der Tat leicht zu finden. Um das Haus und den Anbau herum war rot-weißes Absperrband gespannt, und zwei breitbeinige Uniformierte mit verschränkten Armen sorgten dafür, dass niemand der umstehenden Menschen in den Sperrbereich eindrang. Zwei Einsatzfahrzeuge mit eingeschaltetem Blaulicht standen am Rand. Breitenbach war kaum ausgestiegen, da eilte ein Mann auf ihn zu.

Er hatte ein verlebtes Gesicht, braunes, glatt zurückgekämmtes Haar und trug eine verwaschene Jeans und eine braune Lederjacke. An der Seite trug er eine große Kameratasche, und am Hals hing eine Spiegelreflexkamera mit aufgestecktem Stabblitzgerät.

„Herr Breitenbach!“, rief er und hob die Kamera. „Herr Breitenbach! Einen Moment!“

Der Kommissar blieb stehen.

„Beyer! Sie hier! Lassen Sie das! Keine Fotos!“

„Immer aktuell, Herr Kommissar. Immer am Puls des Geschehens.“

„Sagen Sie mal, wie machen Sie das immer? Allmählich habe ich den Verdacht, der *Paderborner Anzeiger* hat einen Informanten bei der Polizei. Das geht doch nicht mit rechten Dingen zu.“

Der Reporter zuckte die Schultern.

„Tja“, sagte er lapidar, „in unserem Metier musst du auf der Höhe der Zeit sein. Dazu gehört auch, zugängliche Quellen auszuschöpfen. Oder sich einen Zugang zu ihnen zu verschaffen. Können Sie schon sagen, wer der Tote ist?“

„Wie bitte? Woher wissen Sie das denn nun schon wieder? Allmählich werden Sie mir unheimlich, Beyer.“

„Dienstgeheimnis. Also? Die Bevölkerung drängt auf eine Antwort.“

„Natürlich. Später. Tschüss … Hey Sie!“, rief er einen der beiden Uniformierten zu sich. „Wo?“

„Dort hinein, in den Anbau“, antwortete der. „Eine

kleine Treppe rauf, dann sind Sie im Hauptraum. Da ist es. Ganz hinten."

„Danke."

Drinnen standen zwei Frauen und ein Mann vor den aufgereihten Trommeln um eine gigantische Tuba herum, die auf dem Boden lag.

„Alle Wetter!" entfuhr es Breitenbach, noch in der Tür. „Was ist das denn? So einen Koloss habe ich noch nie gesehen!"

„Guten Tag, Herr Kommissar", schnappte eine schmucklose Dauerwellenträgerin im engen Kostüm, die Kriminalassistentin. Ihre Nickelbrille war zu klein und saß zu tief.

„Äh, ja, Tach erst mal, Kollegen", grüßte Breitenbach, als er auf sie zuging. „Habt ihr das Opfer schon identifiziert?"

„Wie denn?", fragte die andere Frau. Sie war noch nicht besonders alt und attraktiv. Ihr glattes, dunkles Haar trug sie hinten zusammengebunden. Neben ihr stand ein Koffer mit einem Instrumentarium, das sie als die Gerichtsmedizinerin auswies.

„O Gott. So schlimm?"

„Mitnichten. Sehen Sie doch selbst."

Sie wies auf die Tuba. Aus dem Schalltrichter ragten zwei Beine einer Leiche heraus. Der übrige Körper steckte tief in dem Instrument. Eine Identifikation war so unmöglich. Es war wahrscheinlich ein Mann. Er trug schwarze Lederschuhe und eine graue

Anzughose. Dafür sprach auch die starke Beinbehaarung, die unter den Hosenbeinen sichtbar war.

„Kein Outfit für jeden Tag“, bemerkte die andere Frau, als sie sah, dass Breitenbach die Kleidung beachtete. Sie tippte etwas in ihr Tablet und kniff ihren Mund zusammen, was zu ihrem engen Kostüm passte.

Er antwortete nicht. Er verfügte über jahrelange Routine in der Mordkommission der Kripo Paderborn. Die hatte ihn geprägt, hatte Furchen in sein Gesicht und seine Persönlichkeit gefräst. Nach der Polizeischule und der Beförderung in den gehobenen Dienst hatte er seine Bestimmung für sich definiert: Die Aufklärung des großen Verbrechens. Er würde sie fangen, die Massenmörder, die Attentäter, die Terroristen. Unerbittlich würde er jeden einzelnen von ihnen verfolgen, bis er sie stellen würde, am Rand einer Klippe, am toten Ende eines Kanalschachtes, am Ende der Welt. Dort, wo sie ihm nicht entkommen konnten und seine Überlegenheit schließlich anerkennen mussten. Allerdings wurde er nach Paderborn versetzt, vor 16 Jahren. 16 Jahre, die ihre Spuren hinterließen. 16 Jahre im Schreibtischsessel, Jahre der Büroarbeit, der Eintönigkeit, der immerwährenden Reizlosigkeit, des fortgesetzten Stumpfsinns, ohne einen einzigen Mord. Sicher, es gab ein paar Fälle von Verstorbenen, die auf seinem Tisch landeten. Doch alle stellten sich als natürliche Tode oder als Selbstmorde heraus, ohne dass er zu der Aufklärung etwas hätte beitragen müssen. Auch eine Katze und ein Wellensittich waren dabei.

Und nun das: Eine Leiche! Und dazu noch in einer Tuba! Der scharfe Analytiker erwachte in Breitenbach, der Musterschüler der Polizeischule, der Einser-Absolvent sämtlicher Fortbildungen. Wie der Mann dort hineingeraten sein mochte, war völlig unklar. Ganz zu schweigen davon, wie man ihn wieder herausholen konnte. Wer immer ihn dort hineingeschoben haben mochte, so tief, musste außerordentlich kräftig sein. Doch wenn es so war, was wäre das Motiv des Mörders für eine derart bizarre Tat? Eifersucht? Geldgier? Und dazu die Tuba als Tatwaffe? Ergab das einen Sinn? Oder war die Tuba gar nicht die Waffe, sondern vielmehr der Fundort, der nicht mit dem Tatort identisch zu sein brauchte? Die Leiche wäre also bewusst hierher transportiert und in die Tuba eingeführt worden? Warum? ‚Nein', dachte er, ‚das ist abwegig, widersinnig, absurd.'

Er ließ sich Zeit, die Position der Tuba und der Leiche genauer zu prüfen. Auf den ersten Blick war kein Anzeichen zu erkennen, dass dem Mann das Instrument gewaltsam übergestülpt wurde. Aber wie geschah es dann? Betrat er das Instrument aus freien Stücken? Und wenn ja, aus welchem Grund? Betrat er es zu Reinigungszwecken? Folgte er einem Tier? Oder einer unbekannten Spur? Suchte er überhaupt etwas? Oder wollte er im Gegenteil etwas verstecken? Auch diese Thesen bargen Ungereimtheiten. Er grübelte.

„Herr Breitenbach?“, fragte die kostümierte Frau über ihre Lesebrille hinweg. „Haben Sie die Lage der Tuba beachtet? Sie muss vorher schon gelegen haben. Im Boden gibt es keinerlei Spur, dass sie umgefallen ist. Also wurde sie bewusst hingelegt.“ Sie schob ihre Brille hoch und tippte etwas in ihr Tablet.

Bewusst hingelegt. Angestrengt dachte Breitenbach nach. Kein Kampf also, kein Umsturz, keine Gewalt. Vermutlich auch keine Fremdeinwirkung. Was hatte das zu bedeuten? Da flackerte ein unheilvoller Gedanke in ihm auf, kurz nur, ein Wetterleuchten, mehr nicht, bevor er von ehernem Gleichmut abgelöst wurde. Es konnte nur eines bedeuten. ‚Na ja‘, dachte er. ‚Was sonst.‘

„Koslowski“, sprach er die Frau an, „ich fürchte, wir müssen wieder von einem Suizid ausgehen.“

6

„Habe ich mir die ganze Zeit schon gedacht“, sagte die Kriminalassistentin, ihrem Chef einen Schritt voraus.

„Ja, Koslowski“, antwortete Breitenbach, den die Langeweile seiner Routine eingeholt hatte, „das sieht ganz danach aus. Wie dem auch sei, der Tote muss jetzt identifiziert werden. Wer hat ihn gefunden?“

„Eine Frau Kersting. Gestern Abend hat nebenan im Saal eine Geburtstagsfeier stattgefunden. Ihr Mann, der Bürgermeister, wurde 55. Sie war heute morgen nochmal hier, um ein paar Sachen zu holen, die sie gestern vergessen hatte."

„Und wieso hat sie diesen Raum betreten?"

„Das hier ist der Probenraum einer Bläsergruppe. Eines Fanfarenzuges, um genau zu sein. Ich habe das bereits recherchiert. Sie heißen *Feldherr-von-Tilly-Kanoniere Drums und Brass des 5. Regiments von 1628.*" Sie sprach Drums wie Rums aus und Brass wie Bass. „Bekannt und beliebt bei Jung und Alt."

„So. Und warum war sie in diesem Raum?"

„Sie haben mich unterbrochen, Herr Kommissar", schnappte sie. „Ich war gerade dabei, Ihnen zu berichten." Sie machte große Mundbewegungen und legte den Kopf schief. „Ein traditioneller Fanfarenzug ist eine Musikgruppe, deren Musiker Naturtrompeten und Landsknechtstrommeln spielen. Einige Fanfarenzüge haben eine erweiterte Besetzung mit Nebeninstrumenten, die meistens aus Parforcehörnern, Kesselpauken, kleinen Trommeln, großen Trommeln oder Becken bestehen. Eine weitere Art der Fanfarenzüge ist der moderne Fanfarenzug. In diesen Fanfarenzügen werden hauptsächlich Es-Ventilfanfaren verwendet. Die weiteren Musikinstrumente unterliegen …"

„Vielen Dank, Koslowski. Aber nun möchte ich wissen …"

„Sie hören mir überhaupt nicht zu!", blitzte sie ihn an.

„Wir klären das später. Was machte die Frau hier?"

Koslowski war beleidigt und verschränkte die Arme.

„Der Fanfarenzug hat in der Nacht ein Ständchen für den Bürgermeister gespielt. Danach haben ein paar von ihnen ihre Instrumente im Saal gelassen. Frau Kersting war so nett und wollte sie kurz in den Probenraum bringen. Sie scheint sehr hilfsbereit zu sein. Dabei sah sie, dass Beine aus der Tuba herausragten."

„Wo ist die Frau jetzt?"

„Zu Hause."

„Konnte sie sagen, wer der Tote ist?"

„Nein. Als sie ihre Entdeckung machte, muss sie total panisch reagiert haben. Jedenfalls ist sie schreiend nach vorn in die Gaststätte gelaufen, von wo sie die Polizei vor Ort verständigte. Als die Kollegen kamen, haben sie ihre Aussage aufgenommen und sie nach Hause gebracht. Sie war wohl fix und fertig."

„Kein Wunder. Wir kümmern uns später um sie. Wann war das?"

„Am späten Vormittag. Genaueres wissen die Kollegen. Sie sind draußen."

„Hab sie schon getroffen, ja. Hoffentlich halten sie uns diesen Schmierenreporter vom Hals. Der taucht überall als Erster auf, und kein Mensch weiß, wie er das macht."

Er wandte sich der Gerichtsmedizinerin zu.

„Wissen Sie schon etwas Näheres? Todesursache, Todeszeitpunkt?"

„Schwer zu sagen", antwortete die Frau. „Dazu müsste ich die komplette Leiche vor mir haben und nicht nur Einzelteile."

„Gut. Koslowski, der Tote muss aus der Tuba raus. Kümmern Sie sich darum."

Die Assistentin zog ein Gesicht und zupfte an ihrem Kostüm. Doch das sah er nicht mehr, als er ging. Draußen hatte sich in der Zwischenzeit eine kleine Menschenmenge angesammelt. Einsatzfahrzeuge mit Blaulicht stehen nicht jeden Tag in Altenbeken, und die Information hatte sich im Handumdrehen verbreitet. Den beiden uniformierten Beamten, die weiterhin unbewegt auf ihrem Posten standen, gelang es aber, die Leute in Schach zu halten.

Als Breitenbach vor die Tür trat, stürzte Beyer auf ihn zu.

„Nun? Wer ist es? Ein Mann? Eine Frau? Jemand aus Altenbeken?"

„Später", wimmelte der Kommissar ihn ab und wandte sich an die Umstehenden. „So, meine Damen und Herren", rief er laut, „die Show ist hier zu Ende. Bitte gehen Sie jetzt alle nach Hause. Hier gibt es nichts zu sehen. Sie behindern höchstens die Arbeit der Polizei, wenn Sie hier stehen bleiben und gaffen. Also: Jetzt ganz fest an zu Hause denken und dann einfach losmarschieren!"

Die Leute gehorchten der Autorität und begannen, sich zu verziehen.

„Und für Sie, Beyer, gilt dasselbe, klar? Sie haben sicher noch einige andere Termine heute. Alles, was Sie wissen müssen, erfahren Sie zu gegebener Zeit von unserer Pressestelle. Guten Tag!"

„Schon klar, Herr Kommissar. Ich gehe. Aber ich komme wieder!"

Er zwinkerte ihm zu und ging zu seinem Auto.

Breitenbach wandte sich an einen der Polizisten.

„Sind Sie der Dienststellenleiter hier?"

„Jawohl! Polizeihauptmeister mit Zulage Franz-Josef Sischke!"

„Ich brauche in der nächsten Zeit alle Ihre Leute vor Ort."

„Jawohl! Alle beide?"

„Oh … äh … ja. Alle. Gut, Sischke. Weitermachen. Ich fahre jetzt nach Paderborn zurück und komme später wieder. Sie leiten in der Zwischenzeit den Einsatz hier und halten die Stellung, verstanden?"

Der Polizeihauptmeister wuchs und straffte sich.

„Jawohl, Herr Hauptkommissar!"

Zwei Stunden später fuhr Breitenbach wieder an der Gaststätte vor. Bis auf die beiden Beamten war das Areal menschenleer. Offenbar war es ihnen gelungen, Neugierige vom Tatort fernzuhalten. ‚Gute Arbeit, Sischke', dachte er. Er hatte noch nicht zu Ende gedacht, als er innehielt. Direkt am Absperrband stand ein orangefarbener, angerosteter Ford Transit älterer Bauart. Die zweiflügelige Hecktür stand offen.

„Was …", stieß er hervor, schüttelte den Kopf, warf die Tür auf und stob auf Sischke zu.

„Sagen Sie mal, was soll denn das?", herrschte er

ihn an. „Ich hatte den Tatort ausdrücklich geräumt! Was ist denn das für eine Schlamperei? Was macht denn dieses Fahrzeug hier? Wie können Sie es zulassen, dass einer hier wild parkt? Das ist das Letzte, was wir jetzt und hier gebrauchen können! Sie hatten doch Anweisung …“

„Gehen Sie rein und sehen Sie selbst, Herr Kommissar“, meldete Sischke und wies mit dem Daumen zum Eingang.

Breitenbach runzelte die Stirn. Was meinte Sischke damit? Er ging hinein, um nachzusehen. Bestimmt wusste Koslowski mehr. Doch sie war nicht zu sehen. Dafür kniete an der Tuba ein Mann, umringt von einem Haufen Werkzeug, den er auf dem Boden ausgebreitet hatte. Er trug einen grauen Kittel und eine Cordkappe und machte sich an dem Instrument zu schaffen. Im ersten Moment war Breitenbach unfähig, das Geschehen zu begreifen. Wer war dieser Kerl? Und was zum Teufel machte er da? Er eilte wieder hinaus und stoppte vor dem Transit. Dann sah er die Aufschrift, die ihm vorhin gar nicht aufgefallen war.

Lötewilli's Multiservice. TV-Anschluss. Autoreparaturen. Installation. Kanalreinigung. Gas, Wasser, Scheiße.

Daneben war das grinsende Konterfei des Inhabers abgebildet, mit Cordmütze und hochgestrecktem Daumen. Und etwas kleiner stand darunter, kursiv und in Anführungszeichen gesetzt: *Willi Harteisen verspricht: „Sag es mir, ich mach' es dir!“*

Er lief wieder ins Haus und stellte Harteisen zur Rede, der unter allerlei aufwendigem Werkzeugeinsatz damit beschäftigt war, den Toten aus der Tuba herauszupraktizieren. Er setzte den Schweißbrenner an, ein Lied pfeifend.

„Ja, sagen Sie mal", polterte er los, „was fällt Ihnen ein? Was haben Sie da zu schaffen? Hören Sie sofort damit auf! Das ist ein Tatort hier! Wer hat Ihnen überhaupt erlaubt, hier hereinzukommen?"

„Die Dame da hinten an der Theke", antwortete Harteisen, ohne seine Arbeit zu unterbrechen.

Breitenbach drehte sich um. Dort saß Koslowski auf einem Barhocker, blickte über ihre Brille und legte den Kopf schief.

„Schauen Sie mich nicht so an", sagte sie schnippisch. „Sie haben mir den Auftrag gegeben, mich darum zu kümmern, dass der Tote herausoperiert wird. Was lag da näher, als einen lokalen Spezialisten zu beauftragen?"

„Einen Spezialisten?"

„Er wurde mir empfohlen. Und er war innerhalb von fünf Minuten da. Jetzt schauen Sie doch nicht so!"

„Aber dafür haben wir doch unsere eigenen Spezialisten! Ausgebildete Leute! Vereidigte Beamte!"

„Bis die aus Bielefeld hätten anreisen können, wäre es Abend gewesen. Es musste doch schnell gehen. Die Leiche wird schließlich auch nicht frischer."

„Habt ihr euch jetzt beruhigt da hinten?", fragte

Harteisen. „Und kann ich endlich in Ruhe meine Arbeit machen?“

„Beruhigt?“ Breitenbach war alles andere als beruhigt. „Wir führen hier kriminalpolizeiliche Ermittlungen durch!“

„Richtig. So macht jeder seine Arbeit. Ihr macht eure, und ich mach meine.“

Mittlerweile hatte er ein großes Blech aus der Tuba herausgetrennt, das er rasselnd zur Seite warf. Er wandte sich der Ventilmechanik zu. Sanft glitt er mit der Hand darüber.

„Hm“, sagte er, „da steckt handwerkliche Kunst dahinter. Viel zu schade, um da etwas kaputtzumachen.“

Er prüfte die Gängigkeit der Mechanik, und sein Gesicht begann zu leuchten.

„Da geht noch alles wie geschmiert. Das Instrument steht doch schon Jahre herum und wird nicht genutzt. Und trotzdem. Das ist richtige Wertarbeit.“

Seine Stimmung war blendend, ganz im Gegensatz zu der, die Breitenbach zuvor am Mittag erlebt hatte. Und die Folge seiner Arbeitsschritte glich einer Parade der Krimimelodien der Sechziger und Siebziger: *M Squad, Der Kommissar, Stahlnetz* und viele andere pfiff er vor sich hin und arbeitete dabei ruhig, aber stetig weiter. Ab und zu stand er auf, dabei immer zum *Kriminaltango* wechselnd, ging zu seinem Fahrzeug, um ein Werkzeug auszutauschen, ein neues Gerät zu holen oder einfach nur einen Schluck Kaffee zu trinken.

Einmal, als er zurückkehrte, *Ironside* auf den Lippen, sprach Koslowski ihn an. Ihr missfiel, was sie hörte.

„Sagen Sie mal, Ihr sonniges Gemüt in allen Ehren, aber finden Sie es nicht etwas deplatziert, hier irgendwelche Melodien von Verbrecherfilmen zu pfeifen? Das hier ist Ernst."

Breitenbach, der neben ihr auf einem Barhocker saß, erstarrte jäh. Er hatte die ganze Zeit die Melodien leise durch die Zähne mitgepfiffen, ohne dass sie es bemerkt hätte.

Die Kritik glitt an Harteisen ab. „Ihr macht eure Arbeit", entgegnete er, „und ich mach meine. So einfach ist das." Damit ließ er sie stehen und machte sich wieder ans Werk.

Eine gute Stunde später legte er seine Rohrzange beiseite, stand auf, rieb sich die Hände an einem schmuddeligen, öligen Tuch ab, pfiff noch die Titelmelodie von *Gestatten, mein Name ist Cox* zu Ende und sagte: „So!"

Der Kommissar und seine Assistentin sprangen von ihren Barhockern auf und sahen sich das Szenario an. Die Leiche war freigelegt, um sie herum eine Mondlandschaft von Blechteilen, Metallsplittern und Werkzeugen, in deren Mitte Harteisen. Er war mit sich zufrieden. „Da ist er. Armer Kerl. Bedauernswert. Sieht 'n bisschen mitgenommen aus."

„Donnerwetter", sagte Breitenbach. „Guter Mann, gute Arbeit!"

„Ja“, sagte Harteisen, nahm die Kappe kurz ab, um sich den Schweiß von der Stirn zu wischen, und setzte sie wieder auf. „Wenn ich was mach, dann mach ich das.“

Koslowski nahm eine dienstliche Prüfposition ein, zwei Finger am Kinn, zurückgelehnter Oberkörper, tief heruntergeschobene Brille, und atmete ein.

„Da haben wir ihn ja. Dann müssen wir jetzt schleunigst das Identifikationsverfahren einleiten, Herr Kommissar. Ein Portrait können wir schlecht veröffentlichen, so wie der Mann aussieht, das kann man ja keinem zumuten, aber wir brauchen jetzt Zeugen hier und die KTU. Die Kleidung analysieren, die Körperhaltung, Biometrik, DNA, das ganze Programm. Ich werde mich darum kümmern.“

„Nicht nötig“, sagte Harteisen.

Koslowski und Breitenbach sahen ihn an.

„Jetzt glotzen Sie nicht so. Das ist nicht nötig. Ich kenne den Mann.“

„Ach!“, sagte Koslowski.

„Sicher?“, fragte der Kommissar. „Er sieht reichlich verknautscht aus.“

„Sicher. Das ist Hartwig Kersting, unser Bürgermeister … Was macht ihr eigentlich mit dem Schrott? Der wird doch wohl nicht entsorgt? Ich würde ihn euch abnehmen. Das kann man alles noch gebrauchen.“

7

„Gut, Koslowski", hatte Breitenbach am Ende gesagt. „Wir wären dann soweit. Wenn die Rechtsmedizinerin auch fertig ist, machen wir hier den Abflug, schreiben noch ein Protokoll, und damit kann der Fall zu den Akten. Wie immer. Und kein Wort an die Presse, verstanden?"

„Selbstverständlich", sagte die Assistentin.

Am nächsten Morgen titelte der *Paderborner Anzeiger* auf der ersten Seite des Lokalteils:

Krise in der Egge nach Freitod des Bürgermeisters? Politische Motive nicht auszuschließen. Wie geht es weiter? – Bericht von Rolf Beyer (by)

Der Schlagzeile folgte ein halbseitiger Aufmacher:

Gestern morgen wurde Hartwig Kersting, Bürgermeister von Altenbeken, tot aufgefunden. Am Abend zuvor hatte er im Saal der Gaststätte Westfälische Bierstube *noch in großer Gesellschaft seinen 55. Geburtstag gefeiert. Am Morgen betrat seine Ehefrau Gerda Kersting den angrenzenden Probenraum der* Feldherr-von-Tilly-Kanoniere, *um einige Instrumente zurückzubringen, die während der Nacht im Festsaal nach dem Ständchen des Fanfarenzuges zurückgelassen worden waren. Dabei fand sie den Toten, der später als ihr Ehemann identi-*

fiziert wurde, kopfüber in einer Tuba feststeckend. Die Befreiung des Leichnams, der in die Gerichtsmedizin überstellt wurde, geschah durch einen lokalen Fachunternehmer. Über die näheren Umstände der Geschehnisse wurde bis zum Abend nichts bekannt. Jedoch geht die Paderborner Kriminalpolizei davon aus, dass Kersting sich das Leben nahm. Der leitende Beamte, Kriminalhauptkommissar Horst Breitenbach, war bis zum Abend für eine Stellungnahme nicht zu erreichen. Nach Informationen, die dieser Zeitung vorliegen und als gesichert gelten dürfen, stehen die Ermittlungen zum Tathergang bereits unmittelbar vor dem Abschluss. So soll die Freigabe des Leichnams bereits in den nächsten Tagen erfolgen.

Das Mitgefühl der gesamten Bevölkerung der Eggegemeinde gilt, wie zu erfahren war, natürlich den trauernden Angehörigen, die um Rücksichtnahme und Respektierung gebeten haben. So war Frau Kersting auch bis zum Redaktionsschluss trotz vielfacher Anfrage nicht zu einem Interview bereit.

Doch der Tod des Bürgermeisters wirft bereits erste Fragen nach seinen Beweggründen auf sowie nachfolgend, wie es in der Gemeinde ohne ihn weitergehen kann. Anzeichen für private Motive, den Freitod einzugehen, sind nicht zu erkennen. Allem Vernehmen nach führte er eine glückliche Ehe, und das Ehepaar Kersting wurde als freundliche Bürger geschätzt. Oft wurden sie beim Löwenzahnstechen an der Grundstücksgrenze gesichtet oder am Gartenzaun im Gespräch mit den Nachbarn bei einer Flasche Bier.

Die Spekulationen gehen daher in eine andere Richtung. Was, wenn seine unpopulären politischen Entscheidungen der letzten Zeit eine Rolle gespielt haben? Was geschah wirklich hinter verschlossenen Türen der Fraktionssitzungen seiner Partei? Hatte gar hinter seinem Rücken das Postengeschacher um seine potenzielle Nachfolge eingesetzt?

Tatsache ist, dass Kersting in den vergangenen Monaten einige einsame Entscheidungen getroffen hat (der Paderborner Anzeiger *berichtete), die ihn politisch isoliert haben könnten. Das eigentlich nicht mehrheitsfähige Bauprojekt zur Renovierung des Schwesternhauses in der Ortwaldstraße wurde ebenso durchgedrückt, wie die umstrittene Neugestaltung der historischen Fassade des Hauses Halsband. Im abgelaufenen Winter war die Grundsteuer gegen massive Proteste verdoppelt worden. Eine von den Anliegern als dringend notwendig eingeforderte Verkehrsberuhigung des Scholandsweges sowie des Schwarzen Weges wurde trotz mündlich erfolgter Zusage immer wieder aufgeschoben. Hatte Kersting sich damit nach und nach selbst ins Abseits manövriert? Jedenfalls wurde es politisch um ihn herum rauer. Von Seiten der Opposition blies ihm ein kräftiger Gegenwind ins Gesicht. Unbestätigten Meldungen zufolge entbrannte bereits vor Längerem eine offene Diskussion um seine Nachfolge. War all das zu viel für ihn? Litt er unter einer Depression und flüchtete sich in die Einsamkeit, aus der er letztlich keinen Ausweg mehr sah?*

Wie es im Fall Kersting sowie im Leben der Gemeinde weitergeht, lesen Sie ab jetzt täglich exklusiv an dieser Stelle dieser Zeitung.

Der Artikel wurde von einem fast halbseitigen Foto begleitet, das den Tatort mit dem Kommissar im Hintergrund zeigte. In einer unteren Ecke war klein, aber unübersehbar das Portrait des *PA*-Erfolgsreporters eingefügt, der eine Andeutung eines triumphalen Lächelns im Gesicht trug.

Horst Breitenbach saß vor dem Schreibtisch, dem Polizeichef gegenüber. Er saß geduckt, in den Sessel gepresst. Der Chef hatte die Tageszeitung in der Hand und schlug mit dem Handrücken darauf, dass die Seite riss.

„Ich verlange eine Erklärung!“, tobte er.

„Herr Grabowski …“

„Das ist doch ein Schmierentheater! Wie konnte all das an die Presse geraten? Sie hatten ausdrückliche Anweisung, keine Eigenmächtigkeiten zu begehen!“

„Bitte, Herr Grabowski …“

„Wir haben eine Pressestelle für die offiziellen Verlautbarungen! Alle anderen Stellen und Personen sind nicht autorisiert, irgendwelche Informationen an die Öffentlichkeit weiterzugeben!“

„Das habe ich auch nicht!“

„Sie tragen dafür die Verantwortung, Breitenbach! Die volle Verantwortung! Und dann posieren Sie auch noch auf dem Foto! Wahrscheinlich hat dieser Zeitungsschreiber … dieser Meier oder Geier … mein Gott, wie heißt denn der Kerl?“

„Beyer. Hören Sie …“

„Beyer, richtig! Wahrscheinlich hat der noch ein Fotoshooting mit Ihnen gemacht und sich die beste Aufnahme mit Ihnen gemeinsam ausgesucht! Damit Sie auch gut wegkommen!“ Wieder schlug er mit dem Handrücken auf die Zeitung, dass es klatschte. „Wie stehen wir denn da, die Polizei, als Behörde? Was soll ich nun dem Staatsanwalt sagen? Der zerreißt mich in der Luft und Sie gleich mit! Aber das Eine sage ich Ihnen: Wenn noch mehr Details an die Presse geraten …“

„Herr Grabowski!“ Breitenbach donnerte mit der Faust auf den Tisch. „Jetzt hören Sie mir bitte zu!“

Der Polizeichef fuhr zurück.

„Ich versichere Ihnen, nichts, aber auch gar nichts an diesen Schmierfinken weitergegeben zu haben! Er drängelte, klar, aber von mir hat er nichts erfahren.“

„Und wer war es dann? Koslowski etwa?“

„Ausgeschlossen. Die hat eine vorbildliche Dienstauffassung. Aus der presst nicht einmal die Mafia etwas heraus, selbst wenn sie ihr schon einen Betonschuh verpasst haben. Ich habe eine andere Vermutung.“

„Eine undichte Stelle im Präsidium?“

„Nein. Ich glaube, er hört den Polizeifunk ab.“

„Was?“

„Und den Funkverkehr der Feuerwehr. Wenn etwas passiert, ein Einbruch, ein Brandherd, ein Unfall, egal, ist er immer der erste Pressemann vor Ort. Und er stellt genau die richtigen Fragen. Mit dem Ergebnis, dass sein Bericht in der Zeitung am nächsten Tag gespickt ist mit Insiderwissen. Das kann kein Zufall sein."

„Oh, der Herr Hauptkommissar Breitenbach hört das Gras wachsen und die Flöhe husten! So einen Unsinn habe ich ja noch nie gehört! Machen Sie mal halblang! Und wie soll er, bitteschön, auf die Frequenzen kommen? Die sind nicht frei zugänglich."

„Die Geräte dafür gibt's im Internet. Oder schon mal beim Händler tief unter der Ladentheke, für Amigos. Sie verstehen? Und wie man die Frequenzen knackt, kriegt man auch raus, mit einschlägigen Kontakten."

„Hören Sie auf, Breitenbach! Sie glauben wohl an die ganz großen Verschwörungstheorien? Das Philadelphia-Experiment? Nine-eleven war nicht das Werk von al-Qaida, sondern ein Komplott der CIA, wie? Das World Trade Center wurde gar nicht von Flugzeugen getroffen? Die sind in die Fernsehbilder hineinmontiert worden? Und die Gebäude sind kontrolliert gesprengt worden? Die Mondlandungen der Amerikaner – alles Fake? Und die Erde ist eine Scheibe? Wachen Sie auf, Breitenbach! Das ist doch alles Humbug! Sie konnten Ihr Mundwerk nicht halten. So wird es gewesen sein! Im Übrigen können wir die

Akte sowieso bald schließen, wenn sich Ihre Selbstmordtheorie bestätigt. Sorgen Sie dafür, dass sich ein derartiger Vorfall nicht wiederholt. Habe ich mich klar ausgedrückt? Und nun habe ich zu arbeiten. Und Sie auch. Vor allem Sie. Guten Tag."

Struck hielt an und stieg vom Rad. Er schob es in den Fahrradständer neben der Treppe, die zum Rathaus hinaufführte. Die 200 Meter die Bahnhofstraße hinauf machten ihm trotz seines Alters von Mitte 70 nichts mehr aus, seit er ein E-Bike besaß, das die Anstrengung von allein meisterte. Er war Lokführer gewesen. Seit seinem Eintritt in den Ruhestand vor 22 Jahren hatte er das Amt des radfahrenden Gemeindeboten bekleidet, der bekannt war bei Jung und Alt und zum Ortsbild gehörte wie die Lokomotive vor dem Museum und die Beke. Und er übte es immer noch aus, auch wenn es in den neuen Zeiten von Internet und E-Mail weitgehend überflüssig geworden war und er nur noch selten Aufträge auszuführen hatte. Das hinderte ihn jedoch nicht, Tag für Tag um Punkt elf Uhr morgens im Bürgerbüro zu erscheinen und zu fragen, ob es Arbeit für ihn gab.

Vor dem Gebäude hing heute die Fahne der Gemeinde auf Halbmast. Er öffnete die Glastür und schritt auf den Schreibtisch im hinteren Teil des Raumes zu, wo eine Frau mit blondem Bobschnitt gerade das Telefon abhob.

„DieGemeindeAltenbekenIhrBürgerbüroMein-

NameistVanessaOswaldGutenTagWaskannichfür-Sietun?", sagte sie mit professionell gestelzter Freundlichkeit und ausgeprägter Sprechmelodie. Danach hielt sie das Mikrofon zu und wandte sich an Heinz Struck, ohne ihn jedoch anzusehen.

„Einen Moment bitte, ja? Ich bin gleich für Sie da. Ja bitte?" Sie hörte eine kleine Weile zu, was ihr Gesprächspartner zu sagen hatte. Schließlich antwortete sie im selben Tempo wie vorher, aber mit deutlich kühlerem Tonfall: „Hören Sie. Tragen Sie Ihr Anliegen in schriftlicher Form vor und reichen Sie es fristgerecht ein. Vierfach, auf grünem Vordruck. Das habe ich Ihnen letzte Woche schon gesagt. Wie oft soll ich es Ihnen denn noch sagen? Zimmer 23, 2. Stock rechts, bis zum Ende durchgehen, die letzte Tür auf der linken Seite. Donnerstags von 14:30 bis 16 Uhr. Dann ist die Kollegin zu sprechen. Eintreten ohne anzuklopfen. Das ist alles, was ich für Sie tun kann. Guten Tag."

Damit drückte sie das Gespräch weg, drehte sich auf ihrem Stuhl dem Ankömmling zu und sah hoch.

„Oh, Herr Struck. Sie sind es."

„Guten Morgen, schöne Frau. Na, du hast dich ja heute wieder schick gemacht für mich."

Sie trug eine knallrote Bluse, einen neongrünen kurzen Rock und lila Pumps. Dazu war sie frisch blondiert und grell geschminkt mit dick aufgetragenem pinkfarbenen Lippenstift. Sie sah aus wie ein Papagei.

„Tss, tss, Sie schmeicheln mir, Sie Schwerenöter", antwortete sie, ruckelte ihren Busen zurecht und lächelte mit gespielter Koketterie.

„Hast du heute etwas für mich?" Aus dem Alter, auf ihre Posen zu reagieren, war er heraus.

„Nein, leider wieder nicht. Aber vielleicht ja morgen. Bestimmt sogar. Wenn alles vielleicht wieder etwas ruhiger läuft."

„Du hast die Zeitung schon gelesen?"

„Ja, natürlich. Schrecklich! Selbstmord! Wir alle hier sind total geschockt. Alles hätte man erwartet, aber nicht das. Ich weiß noch gar nicht, was ich sagen soll. Die meisten hier brauchten auch heute nicht zur Arbeit zu kommen. Nur im Bürgerbüro muss es ja weitergehen, nicht wahr? Und einer muss ja die Arbeit machen."

„Mädchen, ich sage dir, da ist was nicht in Ordnung."

„Was meinen Sie?"

„Heinz Struck spürt das. Ich bin gescheit. Wenn Heinz Struck etwas spürt, dann ist da was dran."

„Ist das so eine Art Ziehen im Bein?"

„Ach, veräppel mir doch nicht! Meinst du, ich merke das nicht? Wart's ab. Da ist etwas im Busche. Da kommt noch was hinterher."

In der Eisdiele unter den Arkaden mitten im Ort herrschte Hochbetrieb. Alle Tische drinnen und im Außenbereich waren voll besetzt. Die Stühle reichten längst nicht mehr aus, allen Gästen Platz zu bieten, und so hatten sich um jeden Tisch herum dicht zusammengedrängte Trauben von Stehenden gebildet. Mit hochrotem Kopf flog die Bedienung, eine viel zu dürr geratene junge Wachtel mit polnischem Akzent, zwischen den Tischen und der Theke hin und her. Ihre ursprüngliche Frisur, ein ordentlich gefasster Pferdeschwanz, war längst dahin. Übrig geblieben war ein gerupftes Huhn. Sie war allein. Niemand hatte im Vorfeld mit einem derartigen Ansturm gerechnet und mehr Personal bereitgestellt. Vergeblich hatte sie, als das Unglück sich abzeichnete, in ihrer Not Kolleginnen angerufen, sie zu verstärken, denn ihr Chef war nicht zu erreichen. Und nun versuchte sie redlich zu retten, was zu retten war, doch ihre bedauernswerten Bemühungen waren auf tragische Weise zum Scheitern verurteilt. Zu ihrem Glück nahmen die meisten sie gar nicht wahr. Man war ja nicht für einen Cappuccino oder eine schnöde Kugel Schokoladeneis gekommen, sondern um Neuigkeiten zu erfahren und auszutauschen und vor allem lautstark zu diskutieren. Es ging zu wie auf einem Basar.

„Ich sage euch“, wetterte ein großer Mann im karierten Sakko, „ich sage euch, da steckt doch etwas dahinter! Man bringt sich nicht aus heiterem Himmel um! Einfach so!“

„Kurt“, fiel ein anderer ein, „du kannst nicht in den Kopf eines Menschen hineingucken! Das kannst du nicht!“

„Der Kurt hat Recht!", widersprach ein Dritter. „Das muss einen Grund haben!"

Thema am größten Tisch auf der Außenterrasse waren mögliche politische Motive. Man brüllte.

„Ihr könnt mir sagen, was ihr wollt", rief einer, „der Hartwig war politisch isoliert!"

„Das ist doch völliger Schwachsinn!", ereiferte sich ein anderer. „Der war immer noch die Nummer eins! Dem machte keiner was vor! Nicht in Altenbeken!"

„Was weißt du denn?", warf ein Dritter ein. „Bist du etwa in seiner Partei? Oder im Gemeinderat? Na bitte!"

„Darum geht es doch gar nicht!"

„Geht es wohl!"

„Du hast ja keine Ahnung!"

„Aber du! Aber du!"

„Hab ich auch!"

„Ich kenne Hartwig seit 40 Jahren! Ich weiß, wovon ich rede!"

„Halt du doch die Schnauze!"

An einem kleinen Tisch im Innenraum ging es ruhiger zu. Ein Mann mit einem imposanten Schnauzbart, weit geöffneten Augen und sonorer Stimme hatte das Wort ergriffen. Er sprach leise und gesetzt.

„Denkt an meine Worte", sagte er langsam. „Ich sage euch, mit der Gerda und ihm, da war nicht mehr alles im Reinen."

Die anderen hingen an seinen Lippen.

„Ich sehe das schon lange. Die hatten sich nicht

mehr viel zu sagen. Der Hartwig hatte sein Leben und sie hat ihres."

Die bedauernswerte Wachtel trat an den Tisch.

„Und für dich, Horst?", fragte sie den Mann. Sie klang hohl und entfernt. Außerdem schwitzte sie. „Was darf's sein?"

„Wie immer, Liebes", antwortete er und zwinkerte ihr zu.

„Sehr gern", antwortete sie automatisch und verzog sich.

Er beugte sich vor. In seinen Augen leuchtete Magie, und tief drangen seine Blicke und seine Worte in seine Gesprächspartner hinein. „Lasst euch das gesagt sein. Denkt an meine Worte."

Der benachbarte Frauentisch wurde von einem anderen Thema beherrscht. Alle redeten mehr oder weniger gleichzeitig, was die Zuordnung der Gesprächsbeiträge zu einzelnen Personen erschwerte. Zum Glück war man sich weitgehend einig.

„Also, ich hab das ja nie wirklich gesehen, nicht wahr, aber das eine kann ich euch sagen, ihr könnt mir sagen, was ihr wollt."

„Genau."

„Ich fress' 'nen Besen, wenn der keine Freundin hatte."

„Genau."

„Und mit dem Zwiespalt, zwei Frauen und so, ist er auf die Dauer nicht mehr klargekommen."

„Ich hab mir das gleich gedacht."

„Wollte sie nicht immer auch Kinder, und er wollte keine?"

„Dafür war er kein Typ. Karrieregeil, das war er."

„Und da lacht man sich schon mal bei Kongressen ein Häschen an. Oder zwei."

„Ja, und eine von denen wollte dann mehr."

„Wahrscheinlich wollte er weg, doch seine Frau hat ihn nicht gelassen."

„Wäre nicht der Erste, der daran kaputtgegangen ist."

„Ja. Habt ihr euch mal seine Frau angesehen? Die guckt doch immer so verbiestert."

„Und trinkt nie einen mit."

„Meist hockt die doch sowieso zu Haus vor der Glotze."

„Und er, er konnte es doch mit allen."

„Ja klar. Und nein sagen konnte er auch nicht."

„Genau."

„Wer weiß, auf wen er reingefallen ist."

„Sag mal, hattest du nicht mal was mit ihm?"

„Ach, das war doch lange vor seiner Hochzeit. Wieso?"

„Ich mein ja nur."

Draußen vor dem Eingang hatte sich eine Handvoll alter Männer und Frauen gruppiert.

„Unheilbar krank, ja …", sinnierte ein Mann.

„Ich kannte mal jemanden", ergänzte eine Frau, „der wollte das alles seiner Familie ersparen. Der glaubte, er hatte Krebs, und wollte nicht, dass seine

Lieben ihn pflegen mussten, jahrelang womöglich. Und da hat er sich die Pulsadern aufgeschnitten."

„Tja ..."

Sie fuhr fort: „Wer weiß? Vielleicht glaubte er ja auch nur, dass er krank war."

„Oder er war es wirklich, und keiner hat es gewusst. Er wollte seine Familie nicht belasten. Wie ritterlich von ihm ..."

„Jedenfalls habe ich den Kersting in den letzten Jahren häufiger beim Arzt gesehen."

„Und könnt ihr euch an die alten Brinkmanns erinnern? Die hatten beide MS, und das war doch kein Leben mehr für die beiden. Und dann haben sie sich aufgehängt."

An der Theke stand Lobo, einen Ellenbogen aufgestützt. Er hatte sich strategisch an der Stelle platziert, wo die dürre Wachtel auf ihrem Weg zu den Tischen und zurück hindurch musste.

„Stress, was, Kleine?", sprach er sie an.

Sie flog an ihm vorbei, ohne zu antworten.

„Du wirkst überlastet. Chill erst mal. Easy", sagte er ruhig, als sie zurück war.

Sie warf ihm einen Blick zwischen Irritation und Verzweiflung zu und hastete hinter die Theke, wo sie sich am Espressoautomaten zu schaffen machte.

„Mach's wie ich. Lass dich einfach nicht stressen", sagte Lobo. „Immer cool bleiben."

„Entschuldigung, ich muss da mal vorbei", hechelte sie mit zwei Espressotassen in der Hand.

„Ist ja schon gut, Baby“, sagte er, hob entschuldigend die Hände und trat zur Seite. Er sah ihr nach, wie sie durch die Menschenmenge wuselte, kassierte, neue Bestellungen aufnahm und sich ihren Weg zurück zur Theke bahnte. Sie blieb vor ihm stehen, denn er hatte sich ihr wieder in den Weg gestellt.

„Bitte schön?“, schnaubte sie entnervt, als er ihr nicht auswich.

„Ich glaub ja den ganzen Quatsch nicht, den sie hier alle erzählen“, begann er. „Glaubst du das?“

„Was? Wie?“

„Der hatte einfach keinen Bock mehr auf die ganze Scheiße hier. Kleinbürgerpolitik. Kleinbürgerleben. Kleinbürgernachbarn. Da hat er sich gesagt, mach ich halt die Biege. Aber nicht einfach so. Wenn ich schon gehe, dann aber richtig. Da mach ich ’nen richtig großen Abgang daraus. Und der ist ihm gelungen.“

Sie stand mit offenem Mund vor ihm, unfähig, ein Wort zu sagen.

„Versenkt der sich mal eben in einer Tuba. Das musst du erst mal bringen. Das hat Größe, sag’ ich dir. Das hat Stil. Der Mann hatte Niveau.“

Als sie immer noch nicht reagierte, winkte er sie näher zu sich her und raunte ihr zu: „Lass dir das gesagt sein. Du, du hast doch sicher ’nen Kaffee übrig da in deinem Automaten, oder? Schieb doch mal rüber.“

8

Die nächsten Tage waren geprägt vom allgemeinen Bemühen um Normalität. Sicher, der Freitod eines Mannes aus dem Ort war kein alltägliches Ereignis, über das man einfach so hinwegsehen konnte, und der des Bürgermeisters erst recht nicht. Wo immer man sich im Dorf traf, wurde natürlich diskutiert und spekuliert. Der eine wusste dieses zu berichten, der andere jenes, und am Ende war man sich stets einig: Man stand vor einem Rätsel. Alles war jedoch getragen vom Bestreben, die Wogen zu glätten und zum Alltag zurückzukehren. So war der am häufigsten geäußerte Satz in diesen Tagen: „Das Leben geht weiter."

Die Polizei machte kein großes Aufheben mehr um die Angelegenheit. Die Abwicklung des Falles war Routine. Alle Umstände sprachen klar für die Selbstmordtheorie. Die Absperrung vor dem Fundort wurde noch zwei Tage aufrecht erhalten, scharf bewacht vom Polizeihauptmeister mit Zulage Franz-Josef Sischke, ohne dass Passanten viel hätten sehen können. Irgendwann tauchte mal ein Polizeifotograf auf, das war alles. Er schoss einige abschließende Fotos von der Lokalität und der Umgebung, aber eher der Form halber. Sie würden gespeichert werden, ein paar Ausdrucke gezogen und der Akte beigelegt, bevor sich der Deckel über ihr schließen und sie für immer ins Archiv wandern würde. Nennenswerte Mühe gab er sich daher nicht. Vor allem gähnte er unentwegt bei der Arbeit. Als er ein gutes Dutzend Bilder im Kasten hatte, beschloss er, nun sei es genug, er habe schließlich auch noch ein Privatleben, und machte sich von dannen.

Eine Zeit lang trieb Rolf Beyer sich noch vor Ort herum auf der Suche nach der Sensation, doch da er außer einer unverändert positionierten Absperrung, dem gähnenden Fotografen und dem dienstlich grimmig dreinblickenden Polizeihauptmeister mit Zulage nichts zu Gesicht bekam, hatte er irgendwann ein Einsehen und verzog sich Richtung Ortsmitte. Dort brauchte er auf Futter für seine Artikel nicht lange zu warten. Gierig schnappte er alles auf, was ihm über den Weg lief, und weil seine Gesprächspartner nichts wirklich Erhellendes liefern konnten, ergänzte er es großzügig und verwies in seinen Texten auf „Informationen aus sicherer Quelle“ und „Informanten dieser Zeitung“. Entsprechend titelten seine Beiträge im *Paderborner Anzeiger* in den nächsten Ausgaben:

Wurde Kersting tragisches Opfer einer politischen Intrige? Bürgermeister möglicherweise im Rathaus isoliert!

Trieb Doppelleben Kersting in den Freitod? Dunkle Seite in seinem Privatleben vermutet.

Eifersuchtsdrama in der Egge! Was steckt dahinter?

Führten Streitigkeiten unter Anwohnern zum Tod des Altenbekener Bürgermeisters? Kersting galt als schwieriger Nachbar. Letztes Rasenmähen war zwei Tage überfällig.

Bisher hatte sich die Witwe zurückgezogen und war noch nicht in Erscheinung getreten, doch mit dem letzten Artikel wurde es ihr zu bunt. Kaum hatte sie die Zeitung beiseite gelegt, rief sie den Chefredakteur an und verbat sich derartigen Schmierenjournalismus. Das Gespräch verlief kurz und saftig und dauerte kaum mehr als eine Minute. Das reichte, um dem Mann den Schweiß in Strömen auf die Stirn zu treiben. Die Jovialität und Souveränität, mit der er Gerda Kersting begrüßt hatte, waren im Nu dahin. Übrig blieb ein devotes Äffchen.

„Jawohl. Selbstverständlich. Auf jeden Fall. Sie können sich auf mich verlassen. Was? Natürlich nicht. Wo denken Sie hin? Auf keinen Fall. Ich werde mich selbst darum kümmern. Jawohl, persönlich. Auf jeden Fall. Und danke, Frau Kersting, danke. Aber nein. Ich weiß, Sie meinen nur die Sache, niemals die Person. Wie bitte? Aber niemals würde ich etwas anderes glauben, Gnädigste. Und auch nicht verbreiten. Auf keinen Fall. Ja, danke vielmals. Äh, ich meine, ich habe zu danken. Aber ich bitte Sie. Was? Ja, auf Wiederhören. Ja. Nein. Auf Wiederhören. Und danke noch mal."

Er hängte auf und wischte sich mit einem großen Handtuch den Schweiß vom Körper. Er fasste sich und bestellte Beyer zum Rapport. Das saß. Am nächsten Tag erschien eine kurze Meldung, mit der Beyer zurückruderte, alle geäußerten Spekulationen in das Reich der Fabel verwies und für pietätvolle

Betrachtung der Angelegenheit warb, vor allem mit Rücksicht auf die Angehörigen, auch über den Zeitpunkt der Beisetzung hinaus. Dazu gab es eine Gegendarstellung von ihm selbst, in eigener Sache sozusagen. Selbstverständlich habe Kersting den Rasen immer pünktlich gemäht, so auch beim letzten Mal.

Die Paderborner Gerichtsmedizinerin hatte kein übermäßiges Engagement bei der Obduktion des Leichnams an den Tag gelegt. Zu eindeutig hatte Breitenbach ihr die Umstände geschildert, die seine Selbstmordtheorie stützten. Außerdem war Willi Harteisen beim Herausschneiden der Leiche aus der Tuba nicht eben zimperlich vorgegangen, was wiederum seine Spuren hinterlassen und andere verwischt hatte. Als er das gesamte Blech eingesammelt und verstaut hatte, sah die Ärztin die Bescherung, schlug kurz die Hände über dem Kopf zusammen und erklärte damit ihre Mission für beendet.

Drei Tage später traf die Freigabe des Leichnams bei der Gemeindeverwaltung ein. Die Beisetzung, eigentlich nur für den Familienkreis geplant, fand unter großer Anteilnahme der Bevölkerung statt. Mehrere hundert Trauergäste hatten sich eingefunden, Abschied zu nehmen vom ersten Bürger ihrer Gemeinde, der auf so unfassbare Weise und viel zu früh aus dem Leben geschieden war, wie es der Pastor formulierte.

Der Verblichene war Ehrenvorsitzender der *Kanoniere* gewesen. Nicht, dass er selbst jemals ins Horn gestoßen hätte, nein. Er hatte sich jedoch stets gönnerhaft gegenüber dem Verein gezeigt, ihn oft eingeladen und seine Leistung hervorgehoben, wann immer sich die Gelegenheit bot. Als der Vorstand das irgendwann bemerkte, wurde überlegt, wie man sich dauerhaft erkenntlich zeigen könnte. Die ersten Ideen einer großen Bauernmettwurst und einer Dauerfreikarte für die jährlichen Aufführungen der Heimatbühne wurden verworfen. Nach längerer Diskussion wurde schließlich der Posten des Ehrenvorsitzenden aus der Taufe gehoben und ihm angetragen, jedoch nicht ohne vorab in der Vereinssatzung festzulegen, dass mit dieser Funktion weder Handlungs- noch Entscheidungskompetenzen im Verein verknüpft sein würden. Nun, da der Geehrte dahingeschieden war, erinnerte sich seine Witwe an diesen Posten, nahm Kontakt mit dem Vorstand auf und sagte, es wäre doch eine schöne Idee und eine angemessene Geste, gewissermaßen ein letzter Gruß, wenn einer der Bläser auf der Trompete *Ich hatt einen Kameraden* spielen würde, nicht offen vor allen Leuten, es sollte ja kein Starkult daraus werden, sondern verdeckt, hinter einem Baum, am besten im traurigsten Moment der Zeremonie. Dieses Ansinnen versetzte die Damen und Herren des Vorstandes in Aufruhr. Es spielte zwar die Hälfte der Musiker sogenannte Naturtrompeten, landläufig als Fanfaren bekannt. Aber diese Instrumente besitzen keine Ventile, und ihr Tonvorrat ist auf die Naturtöne begrenzt, was die

Ausführung der gewünschten Melodie unmöglich machte. Schließlich wusste jemand, dass der Mitspieler Alfons Klahold früher einmal in der örtlichen Blaskapelle, dem Vorläufer der *Kanoniere*, leidlich die Ventilposaune gespielt hatte. Das war allerdings Jahre her. Obwohl er regelmäßig zu Hause übte, schätzte Alfons seine Fertigkeiten auf dem Instrument durchaus realistisch ein und stellte die Frage, ob sein Spiel in der zu befürchtenden Form tatsächlich der Würde des Anlasses gerecht werden könnte. Einige Bier und Schnäpse später sagte er doch zu.

Am Beerdigungstag war er schon frühzeitig auf dem Posten, nämlich hinter einer breiten Eiche in unmittelbarer Nähe der offenen Gruft. Ihm war nicht wohl bei der Sache. Mit dem Bestatter hatte er ein geheimes Zeichen für einen günstigen Augenblick vereinbart.

Eine Stunde später stand die riesige Trauergemeinde am Grab versammelt, die Abordnungen der Vereine eingeschlossen. Die Zeremonie zog sich, und der Bestatter wartete angestrengt auf den traurigsten Moment. Endlich war es soweit. Er gab Alfons das vereinbarte Zeichen. Doch als dieser gerade die Posaune angesetzt und eingeatmet hatte, hob plötzlich der Pastor zu einem spontanen Gebet an: „Lasset uns beten“, und Alfons musste absetzen. Der Bestatter erschrak und fuhr herum. Das war an dieser Stelle der Liturgie nicht vorgesehen. Doch der Pastor zeigte keine Reaktion und brachte in Ruhe sein langes

Gebet zu Ende. Als Alfons nach einigen Minuten wieder vorsichtig hinter dem Baum hervorlugte, fuchtelte der Bestatter bereits in der Luft herum und bedeutete ihm, er solle endlich anfangen, bevor die größte Trauer verflogen sein würde. Alfons hob die Posaune, doch auch dieses Mal war der Pastor schneller: „Gelobt sei …“, begann er, und damit war auch diese Gelegenheit dahin. Das Spiel wiederholte sich noch ein drittes Mal, und danach war es zu spät. Der Sarg hatte sich gesenkt, und man stand bereits davor und warf Blumen und Erde hinein.

Irritiert schlich Alfons hinter der Eiche hervor, um sich ungesehen aus dem Staub zu machen. Doch Gerda Kersting bemerkte ihn und warf ihm einen eiskalten Blick zu. Der Bestatter gestikulierte wild hinter ihm her. Niemand bemerkte allerdings das Lächeln, das um den Mund des Pastors huschte. Er war ein kluger Mann, der um die Qualitäten des Musikers als Posaunist wusste und entschieden hatte, dass die Pietät des Augenblicks höher zu bewerten sei als der Vortrag. Und damit jene keine Einbuße erleide, hielt er es für geboten, auf diesen zu verzichten. Für die Winzigkeit eines Wimpernschlags nur leuchtete sein Lächeln auf, für einen Moment der Zufriedenheit lang darüber, dass ihm die Verhinderung geglückt war, dann kehrte seine Professionalität zurück, und sein Gesicht nahm wieder die dem Anlass entsprechenden hängenden Züge an.

Damit waren die Tage der allgemeinen Umtriebigkeit und Unrast vorbei. So interessant war ein Selbstmord nun auch wieder nicht, als dass nicht irgendwann der Zeitpunkt da war, an dem man wieder zum Tagesgeschäft übergehen konnte. Die Nachfolge im Amt war ohnehin Sache der Politiker und unterlag nicht dem Einfluss der Bürger. Und die bedauernswerte Witwe hatte genug an der Ursachenforschung für das Geschehene zu knacken, mehr, als ihr lieb war. Da mussten nicht noch die aberwitzigsten Gerüchte in Umlauf gebracht werden. Selbst der *Paderborner Anzeiger* hatte die Berichterstattung eingestellt. Alles und alle hatten sich beruhigt.

Alle? Nein, nicht ganz. In einem kleinen Haus am Wilhelm-Henz-Weg, nur einen Steinwurf von der Eggelandhalle und der Schule entfernt, schritt Heinz Struck in seiner Wohnung von Wand zu Wand. Seine Frau und er hatten ein Haus an der Adenauerstraße besessen, die den Ort von Westen nach Osten wie eine Hauptschlagader durchzieht, im unteren Bereich. Als die Frau vor elf Jahren starb, wurde es ihm zu groß, und er verkaufte es und nahm sich eine Wohnung zur Untermiete bei einem befreundeten Ehepaar. Dort hatte er sich eingerichtet, inmitten all der Bilder von Altenbekener Ansichten, die seinen Flur und sein Wohnzimmer schmückten. Es waren Ölbilder, alle vom selben Künstler, einem Einheimischen mit Liebe zur naiven Malerei. Seit vielen Jahren war er in Altenbeken und Umgebung unterwegs auf Motivsuche. Eine seiner Spezialitäten war die Darstellung bekannter Örtlichkeiten wie etwa das Museum, die Bollerbornquelle, die Lokomotive im Ort oder der Bahnhof, alles aus ungewöhnlicher Perspektive. Darüber hinaus nutzte er alte Fotos und seine eigene Erinnerung, um das historische Altenbeken der Fünfziger und Sechziger stilisiert zu zeigen. Heraus kamen stets farbige, dekorative Werke, die dem Betrachter frische und gelegentlich nostalgische Blicke auf den Ort gewährten.

Heinz Struck wanderte in seiner Wohnung zwischen Viadukt und Mühle, zwischen Sageborn und Schraders Bauernhof hin und her, ohne sie auch nur einen Moment zu beachten. Etwas quälte ihn, trieb ihn umher, ohne dass er wusste, was es war. Irgendein Detail, eine Ungereimtheit, irgendetwas. Wenn er doch nur darauf käme! Plötzlich folgte er einem spontanen Impuls, griff zum Telefon und wählte eine Nummer.

„DieGemeindeAltenbekenIhrBürgerbüroMeinNameistVanessaOswaldGutenTagWaskannichfürSietun?"

„Mädchen, du musst mir helfen."

„Herr Struck. Heute gar nicht hier? Wo drückt denn der Schuh?"

„Ich weiß auch nicht. Die Geschichte mit dem Bürgermeister … Irgendwas gefällt mir da nicht."

„Ja, das ist furchtbar. Was meinen Sie konkret?"

„Kann ich nicht sagen. Aber du weißt ja, Heinz Struck kann man nicht an der Nase herumführen."

„Sie möchten sicher, dass ich Ihnen helfe?"

„Ja sicher!"

„Ach, wissen Sie was? Kommen Sie doch morgen Nachmittag bei mir vorbei. Ich muss an dem Tag nur bis mittags arbeiten. Nachmittags sind ein paar Freundinnen zum Kaffee da. Kommen Sie doch einfach dazu."

„Freundinnen? So'n Damenkränzchen mit Kaffeeklatsch? Was soll ich denn da?"

„Ich lade Sie ein!"

9

Altenbeken liegt im Hochstift Paderborn, einer katholisch geprägten Region Ostwestfalens, gern auch als „Schwarze Kante Westfalens" bezeichnet. Hier vermeldet die CDU bei Kommunalwahlen regelmäßig ihre stärksten Ergebnisse, und das schon seit Gründung der Bundesrepublik. Jahrzehntelang waren Wahlabende in allen Lagern vor allem durch gähnende Langeweile gekennzeichnet. Das Ergebnis ist für die einen *business as usual*, für die anderen die übliche Pleite. Man kennt ja nichts anderes. Kein Wunder, dass die oppositionellen Parteien mit der Zeit ihrer Rolle müde geworden sind. Im Wahlkampf produzieren sie noch ein laues Lüftchen, kleben Plakate und verteilen zum Muttertag rote Rosen und grüne Bioäpfel aus dem eigenen Garten, die den

Winter nur mit Mühe überstanden haben, aber damit hat es sich dann auch. Ansonsten bleibt ihnen nur, ihre Depression zu pflegen, wenn mal wieder die ersten Hochrechnungen über die Bildschirme flimmern. Wie Leuchttürme in stürmischer See wirken dagegen vereinzelte Gemeinden, in denen es tatsächlich einmal gelingt, das Establishment zu stürzen. So geschehen in Altenbeken, als vor einigen Jahren die SPD unerwartet die Mehrheitsfraktion stellte und für eine Wachablösung im Rat sorgte. Ein Ruck ging durch die Ortspartei, Kämpferherzen erwachten, auf einmal trug man Schlips und trat souverän-weltmännisch mit dem Selbstverständnis von Regierenden auf. Pikant war dabei – und weiteres Wasser auf die Mühlen der SPD –, dass Bürgermeister Kersting als CDU-Mann, schon länger im Amt, plötzlich die Ratsmehrheit gegen sich sah. Die Wahlen fünf Jahre später korrigierten das Ergebnis insofern, als sie ein Patt ergaben zwischen der CDU auf der einen und allen anderen auf der gegnerischen Seite. Somit kam es fortan bei Abstimmungen entscheidend auf die Stimme des Bürgermeisters an, was er weidlich auszunutzen verstand und ihm endgültig die absolute politische Macht einbrachte. Dennoch: Die oppositionellen Kämpferqualitäten waren geblieben, und man versuchte nach Kräften, dem Amtsinhaber das Leben schwer zu machen.

Nun war er unter der Erde. Zeit für einen Neuanfang. Und so trafen sich an diesem Abend die Fraktionen sämtlicher im Rat vertretener Parteien, um zu beratschlagen, wie es weitergehen könnte und vor allem mit wem. Die 15 Abgeordneten der CDU tagten im Pfarrheim direkt neben der katholischen Kirche, bei Schnittchen und Flaschenbier.

„Ruhe, bitte! Ruhe!“, rief Alfred Göke, vor einigen Tagen noch launiger Spontandichter zu Ehren des Verschiedenen und nun in seiner Funktion als Vorsitzender der Ratsfraktion aktiv. „Ruhe! Ich bitte euch!“ Er griff zur Tischglocke und musste ein paar Mal energisch läuten, bis auch die letzten verstanden hatten und Stille eintrat.

„Guten Abend euch allen. Ich eröffne hiermit die außerordentliche Fraktionssitzung und muss ja wohl nicht gesondert auf die ebenso außerordentliche Bedeutung des heutigen Abends hinweisen, nicht wahr? Oder, Jupp, was meinst du?“

Der Angesprochene, ein derb aussehender Mittsechziger, machte eine abwinkende Handbewegung, ohne den Blick vom Etikett seiner Bierflasche zu wenden.

„Na also, nicht wahr, du bist meiner Meinung, und ich denke, das sollten wir hier alle im Saal sein. Die Geschehnisse der letzten Tage, nicht wahr, da konnte keiner mit rechnen. Wilma, ich seh’ dich da so schön sitzen mit dem Gerhard neben dir. Hast du gedacht, so was könnte hier mal passieren, in unserem schönen Eggedorf?“

„Nee“, sagte Wilma. „Nee nee.“

„Seht ihr, ich sage euch, dies ist jetzt eine ganz außergewöhnliche Situation, und ich bitte euch zunächst mal, euch von den Plätzen zu erheben."

Nach einer zehnsekündigen Gedenkminute ergriff Alfred wieder das Wort.

„Damit gebe ich die Tagesordnung bekannt. TOP 1: Begrüßung und Genehmigung des Protokolls der letzten Fraktionssitzung. TOP 2: Nachfolge Hartwig Kersting. TOP 3: Verschiedenes. TOP 4: Imbiss."

„Antrag zur Geschäftsordnung!", rief jemand von weiter hinten. „TOP 4 vorziehen!"

„Abgelehnt", sagte Alfred mit einem Blick der Missbilligung in seine Richtung. „Erst die Arbeit, dann das Vergnügen."

„Ist ja gut", lenkte der Antragsteller ein. „Kleiner Scherz. 'tschuldigung."

Nach Abwicklung der Regularien nahm die Sitzung beim Tagesordnungspunkt 2 ihren Lauf.

„Ich beantrage die Umbenennung des Pfarrheims in *Hartwig-Kersting-Haus*!", rief Wilma und hob die Hand.

Ein allgemeines Raunen und Füßescharren erhob sich, viele klopften anerkennend auf die Tische, und man vernahm „Hört, hört!", „Wohl gesprochen!" und andere zustimmende Äußerungen.

„Ich habe einen weitergehenden Antrag!", rief ein großnasiger, rotwangiger Mann.

Sein Nachbar legte eine Hand auf seine Schulter und sagte: „Sprich dich aus."

Der großnasige Mann stand auf, bekam rote Ohren und sprach die gewichtigen Worte: „Ich, Lütkemeiers Bernhard aus dem Unterdorf, ihr kennt mich als redlichen Mann, das darf ich wohl sagen, ihr könnt immer auf meine Worte vertrauen, und ich meine, also beantrage, ich schlage vor, es wäre doch eine gute Idee, ihr wisst schon, was ich meine, wenn wir das Haus *Bürgermeister-Hartwig-Kersting-Haus* nennen."

Kaum hatte er den Satz beendet und sich wieder gesetzt, polterten die Anwesenden los, und eine hitzige Diskussion entbrannte. Die Rolle des Bürgermeisters und das zunehmend präsidiale Verhältnis zu seiner Partei wurden plötzlich Gegenstand der Kritik. Das sei ja wohl zu viel des Guten. Ob es denn recht wäre, ihn so zu ehren. Ob er das überhaupt verdient hätte. Das käme ja einem Denkmal zu Lebzeiten gleich, warf jemand ein.

Als man ihn beschied, der zu Ehrende sei inzwischen bekanntlich verstorben, wurde Bernhard vollends ärgerlich und beschimpfte alle um ihn herum mit wüsten Vokabeln. Verzweifelt läutete Alfred mit der Tischglocke gegen den Tumult an.

Da schnellte ein Mann, wie von einer Sprungfeder katapultiert, in die Höhe und breitete die Arme aus. Sofort verstummte die Menge.

„Freunde!", rief er. „Liebe Freundinnen und Freunde! Seien wir doch vernünftig!"

Er war höchstens Mitte zwanzig, blond und hatte

ein viel zu glattes Mondgesicht. Im Gegensatz zu allen anderen, die in ihrer Alltagskleidung erschienen waren, trug er einen kobaltblau leuchtenden, perfekt sitzenden Anzug zu einem rosa Oberhemd und eine naturseidene Krawatte. Seine Stimme war ein heller Tenor, und seine Zähne leuchteten blendend weiß.

„Was nützt es denn", fuhr er fort, „wenn wir uns streiten? Wir haben alle dasselbe Ziel: Die Entwicklung unserer Gemeinde. Wir haben in der Vergangenheit Erfahrungen gemacht, die wir aufnehmen müssen und aus denen es hier und jetzt zu lernen gilt. Schauen wir doch vorwärts, nicht rückwärts oder seitwärts. Bringen wir neue Ideen ein. Anstatt uns gegenseitig das Leben schwer zu machen, sollten wir uns vielmehr auf das besinnen, was uns stark macht als Partei und Fraktion: Auf unsere Gemeinsamkeit! Und die liegt in unserer tiefen Verantwortung als Ratsmitgliederinnen und Ratsmitglieder für das Wohl unserer Gemeinde: Nah bei den Bürgerinnen und Bürgern, mit den Bürgerinnen und Bürgern und, das sage ich ganz bewusst, für die Bürgerinnen und Bürger! Wir haben die permanente Gewissensverpflichtung, die Zukunft unserer Gemeinde machtvoll zu gestalten! Das ist eine Herkulesaufgabe, die da vor uns liegt, aber wenn wir zusammenstehen als Einheit, können wir es schaffen!"

An der Theke im *Landgasthaus Westfälische Bierstube* saß Lobo vor einem leeren Glas Bier, mit einem Ellenbogen aufgestützt. Er war der einzige Gast. Mit seiner grauen Strohpuppenfrisur und der zerschlissenen Kleidung war er einer Vogelscheuche nicht unähnlich. Er hatte die Zeitung vor sich geöffnet liegen, ohne wirklich darin zu lesen. Der Raum hinter der Theke war leer. Lobo kaute langsam auf einer Frikadelle herum, die halb angebissen mit einem Schlag Senf auf einem kleinen Teller neben ihm lag.

Einige hundert Meter weiter hatte zur selben Zeit die Sitzung der SPD-Fraktion begonnen, im Wohnzimmer von Kurt Halsband, dem Vorsitzenden der Fraktion und des Ortsvereins, knorriges Urgestein seiner Partei. Der Raum war groß genug, den zehn Personen Platz zu bieten. Man saß in einer Wolke von Zigarren- und Pfeifenrauch. Die ersten Gläser Rotwein waren geleert, sodass es ans Nachschenken ging. Vom Geist des Tröpfchens beflügelt gewann die Diskussion mit der Zeit an Fahrt, und es ging kämpferisch zur Sache.

Kurt nutzte einen unerwarteten Moment der Stille, das Wort zu ergreifen.

„Unsere Strategie muss es sein, das Eisen zu schmieden, solange es noch glüht. Und das ist jetzt.“ Er rollte das r, weil er Wichtiges zu sagen hatte.

„Ebent“, pflichtete jemand bei.

„Aber Genosse, das haben wir doch jetzt schon tausendmal diskutiert. Du kannst geeignete Kandidaten nicht herzaubern. Die wachsen nicht auf Bäumen.“

„Und fallen nicht vom Himmel", sagte ein anderer, der einen intelligenten Beitrag leisten wollte.

„Wartet's ab", sagte Kurt. „Wir brauchen jemanden, der die Situation vor Ort kennt. Der die Sorgen der Menschen ernst nimmt und nicht einen, der Karriere machen will. Unser Ziel sollte es daher sein, einen Kandidaten …"

„Oder eine Kandidatin!", warf eine Frau mit Pferdegebiss ein.

„Selbstverständlich, Theresa", antwortete Kurt. „Ich formuliere daher neu und bitte, meine vorige Äußerung aus dem Protokoll zu streichen. Wir sollten zunächst versuchen, jemanden ohne Ansehen der Geschlechtszugehörigkeit aus unseren eigenen Reihen zu rekrutrieren." Die herausragende Wichtigkeit der Versammlung führte dazu, dass er gelegentlich einen oder zwei r-Laute mehr einfügte als eigentlich nötig. Dafür verzichtete er zur Aufrechterhaltung seines Sprachflusses gern einmal auf einzelne Silben innerhalb eines Wortes, sofern sie für dessen Verständnis unbedeutsam waren.

„Und sollten wir diese oder diesen Jemand nicht finden", wandte Theresa ein, „was dann?"

„Soviel ist sicher", antwortete Kurt, „was immer wir tun, als Sozialmokratische Ortspartei haben wir die volle Unterstützung aus Düsseldorf und aus Berlin."

„Ebent", pflichtete jemand bei, derselbe wie vorhin.

Lobo stierte auf die Gläser hinter der Theke, ohne zu registrieren, was er sah. Eigentlich tat er gar nichts, und außer seinem Kaugeräusch war auch nichts im Raum zu hören.

Nach einiger Zeit tauchte Bruni hinter der Theke auf.

„Und? Noch'n Pils?"

Er nickte.

Wortlos begann sie zu zapfen.

Die FDP-Fraktion hatte sich ebenfalls versammelt. Zunächst wurde die Vollzähligkeit überprüft und festgestellt, beide Abgeordnete waren erschienen, eine schick gekleidete junge Frau und ein gut angezogener junger Mann. Auf der Suche nach einer Meinung waren sie nach kurzer Zeit steckengeblieben, und als auch eine längere Warteperiode keinen Fortschritt brachte, loggten sie sich in das System der Bundespartei ein. Dort wurden sie nach kurzer Suche fündig.

„Hier", sagte sie. „Ich hab's. Zunächst streben wir die 18-Prozent-Marke an."

„Das ist es", sagte er. „Und dann nominieren wir einen Kanzl…, äh, Bürgermeisterkandidaten!"

„Glänzend! Das ist unsere Strategie", sagte sie und schlug die Hände vor der Brust zusammen, hoch enthusiasmiert.

„Für liberale Politik in Altenbeken."

„Für den liberalen Fortschritt."

„Für liberale Zukunftsverantwortung."
„Für Innovation in Liberalität."
„Einen eigenen liberalen Kandidaten."
Ergriffenheit trat ein und hielt eine Weile an, bis sie schließlich fragte: „Aber wen denn nur?"

Irgendwann nahm Bruni das leere Glas weg und stellte Lobo das frische Bier hin. Ohne hinzusehen, griff er zum Glas, trank einen Schluck und stellte es wieder ab.

Das Nichts hatte Einzug gehalten in der Bierstube.

Und blieb.

Mit technokratischen Mätzchen wie Protokollgenehmigung, Feststellung der Vollzähligkeit und so weiter hielt sich die Fraktion der Grünen, bestehend aus zwei ketten- und tuchbehängten Endfünfzigerinnen namens Bircan Akcakoc und Berrit Sondermann, nicht weiter auf. Sie stiegen direkt und vor allem gleichzeitig in die Argumentation ein.

„... sollte auf jeden Fall das Projekt Krötentunnel unter der Egge voran ..."

„... glaubst doch nicht, dass wir bei der Frage nach einer Unterkunft für die Flüchtlinge ..."

„... auch der Veggie-Day ist noch nicht vom ..."

„... Frage der Glaubwürdigkeit entscheidet sich an der Position zur Energiewende in ganz ..."

„... heizt die Windraddiskussion in unnötiger Weise wieder ..."

„… Namensgebung der Grundschule neu aufnehmen. Der Name *Sonnenblumenschule* sollte neu ins Gespräch …“

„… statt Äpfeln aus dem eigenen Garten Qualitätsprodukte aus biodynamischem …“

„… kann doch nicht angehen, dass …“

„… ist total widersinnig …“

„… muss jeder sich auch mal einbringen, um …“

„… du, ich glaub's grad nicht …“

Lobo blätterte in seiner Zeitung eine Seite weiter und schaute abwesend hinein. Er leerte sein Bier, stand auf und schob den Barhocker an die Theke. Bruni hörte das und kam zurück.
„Und? Zahlen?“

Auch die Linken, obwohl bei den letzten Kommunalwahlen nur mit circa 1,5 Prozent bedacht und daher gar nicht im Rat vertreten, hatten ein kurzfristiges Treffen anberaumt. Sie saßen um einen Tisch herum und hatten die Messer gewetzt.

„Hoch die internationale Solidarität!“

„Auf geht's!“

Ein Mann schlug mit der Faust auf den Tisch.

„Neuwahlen sofort!“

„Für die Diktatur des Proletariats!“

Eine Frau streckte die Leninfaust empor.

„Für die soziale Revolution!“

„Bleiberecht für alle!“

„Austritt aus der NATO!“
Ein Mann sprang von seinem Stuhl auf.
„Für eine bessere Zukunft!“
„Linke Alternative! Jetzt!“
„Für Altenbeken! Mit Oskar und Sara an unserer Spitze!“

„Was machst du eigentlich hier? Ist doch nichts los heute Abend.“
„Fraktionssitzung.“
„Wie bitte?“
„Ich bin doch für die UWG im Gemeinderat. Die Unabhängige Wählergemeinschaft“, erläuterte Lobo, als Bruni nicht reagierte.
„Is' bekannt“, sagte Bruni. „Und?“
„Heute Abend tagen alle Fraktionen. Nachfolge für den Bürgermeister. Und da habe ich mir gedacht, sollte ich das auch tun. An einem unabhängigen Ort. Damit mir keiner etwas vorwerfen kann. Bin ja schließlich auch unabhängig, also in meiner Funktion jetzt.“
„Wie jetzt? Also das war deine Fraktionssitzung hier die ganze Zeit?“
„Klar. Ich habe mich eingeladen, mich begrüßt, Protokollgenehmigung entfiel, weil es keins von der letzten Sitzung gab, bin dann zum Punkt Verschiedenes gekommen und habe eben die Versammlung geschlossen.“
„Is' ja interessant“, sagte Bruni.

„Nicht wahr? Ich muss dann auch mal. Schönen Abend noch."

„He, Moment. Was ist mit zahlen?"

„Geht auf Rechnung. An die Partei. Bin ja dienstlich hier. Adresse kannste googeln."

10

Es war Freitagnachmittag.

Es klingelte an der Tür.

Dingdong.

Niemand hörte es.

Etwas Zeit verging.

Erneutes Klingeln.

Dingdong.

Wieder geschah nichts.

Eine weitere Weile verstrich.

Stille.

Stille?

Nein. Durch die Haustür war etwas zu hören, das wie Kichern klang.

Ohne Zweifel.

Dann klingelte es Sturm!

Dingdongdingdongdingdongdingdong!

Dazu pochte es wie wild an der Tür.

Drinnen ging eine Tür zum Flur auf, und offenes Gelächter drang aus dem Wohnzimmer. Vanessa Oswald kam heraus. Sie konnte sich kaum halten vor

Lachen und stolperte Richtung Toilette, da bemerkte sie den Lärm an der Haustür. Sie eilte hin und öffnete.

Vor der Tür stand Heinz Struck, einen Finger an der Türklingel, die andere Faust gerade eben zum nächsten Schlag ausholend.

„Herr Struck! Sie sind es!“

Er erschrak. „Huch! Wer sind Sie?“

„Ich bin doch Vanessa.“

„Um Gottes willen! Wie siehst du denn aus?“

„Sie meinen meine Gurkenmaske? Davon wird man schön. Können Sie auch mal probieren. Hier.“ Sie pflückte eine Scheibe aus ihrem Gesicht und hielt sie ihm hin.

„Das habe ich nicht nötig. Sag mal, was macht ihr denn da drinnen? Das klingt ja wie … wie …“

„Ach, das sind nur meine Freundinnen“, erklärte sie, während sie sich die restlichen Gurkenscheiben aus dem Gesicht pellte. „Die sind schon etwas länger da. Und da haben wir schon mal angefangen. Aber kommen Sie doch herein. Wir erwarten Sie schon. Und Sie können jetzt ruhig aufhören zu klingeln.“

„Was? Ach so. Stimmt. Jetzt, wo du es sagst. Warte mal.“

Er griff auf den Mauervorsprung, der die Treppe zum Haus seitlich begrenzte.

„Ich hab dir etwas Schönes mitgebracht. Hier.“

Damit streckte er ihr einen bunten Strauß von Blumen hin, deren Köpfe lustig hin- und hertanzten.

„Hab ich selbst gepflückt. Vorhin. In Feldmeiers Wiese."

„Oh, das ist aber nett von Ihnen! Dass Sie daran gedacht haben!"

Sie freute sich aufrichtig. Er war nicht ohne Stolz.

„Jaha", sagte er, „Heinz Struck weiß, was sich gehört. Der hat noch Manieren gelernt."

„Na, dann kommen Sie mal rein, Sie *old-school-* Kavalier."

„Sie was?"

„Nun kommen Sie schon", sagte sie und schob ihn herein.

„Tach, die Damen", sagte er, als er ins Wohnzimmer trat. Und traute seinen Augen nicht. Am Tisch saßen zwei Frauen, neben ihm stand Vanessa. Er blickte von links nach rechts, von rechts nach links, von der einen zur anderen. Er kannte sie alle drei. Außer Vanessa waren es Marion, die als Friseurin im Salon *Haarsträubend* arbeitete, und Anneke, die mit ihrem Mann einen kleinen Schreibwaren- und Buchhandel betrieb. Doch erst jetzt, als er die Frauen zum ersten Mal zusammen sah, fiel ihm auf, dass sie alle gleich aussahen: Sie waren nicht mehr ganz ofenfrisch, aber gut gebräunt und trugen denselben Haarschnitt. Ihre Kleidung, ja, ihre gesamte Erscheinung bestach durch eine selbstbewusste Kombination ebenso zahlreicher wie kräftiger Farben. Die ungewohnte Anwesenheit eines männlichen Wesens in ihrer Runde bereitete den Damen sichtliches Vergnügen.

„Na, mal nicht schüchtern, junger Mann“, sagte Anneke und zwinkerte Marion zu.

„Sei nicht so streng mit ihm“, sagte Vanessa. „Bei deinem Anblick wird doch jeder Mann schwach.“

„Ja, wirklich jeder“, grinste Marion mit einem Blick auf Struck. Der verstand zum Glück nicht. Er hörte nur, dass auch die Stimmen der Frauen irgendwie gleich klangen.

„Na, na“, sagte Vanessa. „Herr Struck ist doch weiß Gott noch knackig, also für sein Alter.“

„Das will ich meinen“, sagte er. „Ich stehe noch voll im Saft.“

Das Gespräch plänkelte so noch eine Weile hin und her. Schließlich saßen alle am Tisch bei Kaffee und Kuchen, und die Unterhaltung war zu allgemeinen Themen übergegangen.

„Guckt euch mal meine Beine an“, sagte Vanessa und fuhr mit der Hand darüber. „Wie eine Dornenhecke. Furchtbar.“

„Ich will dir mal was sagen“, sagte Anneke. „Dieser Ladyshave ist einfach nicht gründlich genug. Ich muss mir demnächst doch mal einen Herrenrasierer kaufen.“

„Hab ich vor Jahren schon getan“, sagte Struck.

Insgesamt trug er aber nur wenig zur Unterhaltung bei. Er war hauptsächlich mit dem Kuchen beschäftigt, Frankfurter Kranz, und vor allem damit, nicht zu stark zu krümeln, was ihm mittelprächtig gelang. Die Damen registrierten das, sahen aber gnädig darüber hinweg. Nur einmal, als ein paar besonders große Krümel zu Boden fielen, raunte Vanessa Marion zu: „Lass mal. Feg ich nachher auf."

Marion erzählte von ihrem Sommerurlaub in der Türkei.

„Also für mich ist das ja nichts, dieses ewige, ne?"

„Ich kann mir das für mich auch nicht vorstellen", sagte Anneke. „Wenn ich im Urlaub bin, will ich mich um gar nichts kümmern."

„Genau", sagte Marion. „Morgens Frühstücksbufett, aber vom Allerfeinsten, sage ich euch, Wildlachs, Roast Beef, Hähnchenschenkel und, ne? Also wirklich. Und danach an den Pool. Da kann man es schon aushalten. Wenn du dich nicht bewegen willst, brauchst du gar nicht, ne? Mit all den Quallen, Seeigeln und so. Muss ich nicht haben. Und überall um dich herum, ne?"

„Ich war vor zwei Jahren in Antalya", sagte Vanessa. „Cluburlaub. All inclusive. Das war auch klasse. Herr Struck, noch ein Stückchen?"

„Nee, jetzt ist es genug. Ich hab schon so ein Völlegefühl. Aber der ist sehr lecker, Vanessa. Hast du gut gemacht. Kannst bei Bäcker Mertens anfangen. Trotzdem. Meine Linie."

„Wieso?", fragte Vanessa. „In Ihrem Alter muss man darauf doch nicht mehr achten."

„Na hör mal!", protestierte er und strich über seinen Bauch. „Was glaubst du denn? Ich muss mich doch für die Damenwelt attraktiv halten."

„Aber Herr Struck“, sagte Anneke. „Sie können es sich doch leisten.“

„Du willst mich doch nicht umbringen, oder?“, fragte Struck.

„Ein Todesfall in den letzten Tagen reicht ja wohl für Altenbeken“, sagte Vanessa. „Und ein Selbstmord erst recht.“

„Wenn es denn einer war“, sagte Struck.

„Was wollen Sie denn damit sagen?“

Plötzlich war die Stimmung gekippt. Vanessa ergriff das Wort.

„Herr Struck und ich haben gestern schon miteinander gesprochen, über den Bürgermeister. Und wir glauben, irgendetwas ist faul an der Sache. Wir wissen nur noch nicht, was.“

„Ich bin jeden Tag auf'm Amt“, sagte Struck. „Und da hab ich ihn fast jeden Tag gesehen. Wenn der sich hätte umbringen wollen, da hätte ich doch etwas gemerkt!“

„Hm“, sagte Marion. „Vor Kurzem war er noch bei mir zum, ne? Da sprach er vom Urlaub, den die beiden geplant hatten. Eine Woche auf Kreta, jetzt im Herbst.“

Auch Anneke erinnerte sich.

„Jedenfalls hat er mich immer freundlich gegrüßt“, sagte Struck. „Und gut gelaunt. Putzmunter war er.“

„Die Polizei hat aber doch den Selbstmord bestätigt“, sagte Marion. „Da sind doch Experten am Werk, die müssen das wissen.“

„Ja, schon“, sagte Vanessa, „aber wenn ihm rein gar nichts im Vorfeld anzumerken war?“

„Ich will euch mal was sagen“, sagte Anneke. „Wenn der wirklich ’nen spektakulären Abgang hinlegen will, dann steckt der nicht den Kopf in ’ne dusselige Tuba, sondern springt vom Paderborner Dom oder vom Hermannsdenkmal! Das wäre eines Bürgermeisters würdig!“

„Stimmt“, sagte Struck.

„Und so ganz angenehm kann der Tod darin auch nicht gewesen sein“, ergänzte Vanessa. „Du hievst das schwere Ding hoch, stülpst es dir über und wartest, bis du erstickst? Oder springst du etwa von oben rein?“

„Meine Methode wär’s auch nicht“, sagte Marion. „Ich hätte ’ne andere Idee, wie ich’s, ne?“

„Ist er denn überhaupt erstickt?“, fragte Anneke.

„In der Zeitung stand davon jedenfalls nichts“, sagte Struck. „Und ich lese die Zeitung gründlich, das könnt ihr mir glauben. Hab ja Zeit als Rentner. Ich kann euch jeden Artikel nacherzählen. Glaubt ihr nicht?“

„Natürlich glauben wir Ihnen das“, sagte Vanessa.

Eine kurze Pause trat ein.

„Ich will euch mal was sagen“, sagte Anneke plötzlich. „Die Sache gefällt mir nicht.“

„Die wird allmählich mysteriös“, sagte Marion.

„Und jetzt?“, fragte Struck.

„Guten Tag. Sie haben den Anschluss des Bürgerbüros der Gemeinde Altenbeken gewählt. Leider rufen Sie außerhalb unserer Dienstzeiten an. Wenn Sie uns eine Nachricht hinterlassen wollen, sprechen Sie bitte nach dem Piepton. Wir rufen Sie umgehend zurück. Vielen Dank.“

Piep.

„Guten Abend. Ich habe heute zufällig im *Paderborner Anzeiger* vom Todesfall des Altenbekener Bürgermeisters gelesen. Danach geht die Polizei ja wohl von Selbstmord aus. Aber so kann es nicht gewesen sein. Ich habe Beweise. Ich bitte um Rückruf. Nummer wird ja sicher angezeigt. Danke. Schönes Wochenende.“

„Nachricht empfangen am Freitag, 23. August um 18 Uhr 37.“

Piep.

11

Samstagmorgen, 9:26 Uhr. Vanessa Oswald schloss die Glastür zum Bürgerbüro auf. Eines der Verdienste Kerstings war es, die Gemeindeverwaltung modernisiert und auf die Höhe der Zeit gehoben zu haben. Das Prinzip war Helligkeit und Offenheit. Das traf auch auf das Bürgerbüro zu, für das im Erdgeschoss des alten Verwaltungsgebäudes aus zwei Räumen einer gemacht und Fensterfläche geschaffen wurde.

Darüber hinaus wurde die Wand mit dem Zugang komplett herausgebrochen und durch eine Glasfront ersetzt.

Vanessa hatte tags zuvor ihre Handtasche am Arbeitsplatz liegen lassen. Wie ihr das passieren konnte, wusste sie selbst nicht. Sie war in Eile gewesen und hatte dabei wohl vergessen, zur Handtasche zu greifen. Als es ihr einige Zeit später auffiel, war es zu spät. Die Verwaltung war geschlossen, und den Schlüssel hatte die Kollegin, die Montagmorgen als erste zum Dienst kommen würde.

Vanessa hatte sich den Schlüssel geholt und betrat nun das Büro, erblickte sofort die Handtasche auf ihrem Schreibtisch und sah, dass das Telefon blinkte. Der Anrufbeantworter. Jemand hatte darauf gesprochen. ‚Hat Zeit bis Montag', dachte sie. Was sie letztendlich doch dazu brachte, einen Augenblick später die AB-Taste am Telefon zu drücken, wusste sie selbst nicht mehr. Etwas hatte sie angezogen … doch was? Die Blinkleuchte … sie konnte nicht anders blinken als sonst, unmöglich. Eine Leuchte ist ein technisches Gerät, elektronisch gesteuert. Ausgeschlossen, dass das Signal sich ändert. Und geheime Zeichen sendet sie schon gar nicht. Aber was war es dann? Ein Lichtstrahl, der ins Fenster fiel? Ein Insekt, das sich bewegte, in ihrem Augenwinkel, irgendwo? Oder ein ganz und gar unbestimmtes Gefühl?

„Guten Abend. Ich habe heute zufällig im Paderborner Anzeiger *vom Todesfall des Altenbekener Bürger-*

meisters gelesen. Danach geht die Polizei ja wohl von Selbstmord aus. Aber so kann es nicht gewesen sein. Ich habe Beweise. Ich bitte um Rückruf. Nummer wird ja sicher angezeigt. Danke. Schönes Wochenende."

Wieso hatte sie gezögert, bevor sie die Taste drückte? Wieso hatte sie gewusst, dass sie etwas Ungewöhnliches hören würde? Keine der gewohnten Belanglosigkeiten, Anmeldung von Sperrgut, Nachfrage zum Wohnberechtigungsschein, blöder Routinekram. Sie hatte es nicht geahnt, sie hatte es gewusst! Und dann das. Plötzlich spürte sie ihr Herz pochen, bis in den Hals. Im selben Moment schoss ihr in den Sinn, sie durfte nicht bis Montag abwarten. Sie musste handeln. Sie musste etwas tun. Sofort den Bürgermeister informieren! Ach nein, der war ja tot. Und um den ging es ja. Wie dumm von ihr. Aber … was dann? Warum hatte der Mann eigentlich nicht die Polizei angerufen, sondern ausgerechnet das Bürgerbüro? Sollte sie ihn direkt zurückrufen? Hm … nicht unbedingt ein guter Plan. Sie brauchte Rat.

Heinz Strucks Telefon klingelte zweimal, bis er abhob.

„Ich hab's gewusst", sagte er, als Vanessa ihm den Vorfall geschildert hatte. „Mädchen, ich sage dir, wir müssen was unternehmen."

„Ja … aber was nur?"

„Ich sage dir, was. Du rufst jetzt bei diesem Mann zurück und fragst nach seiner Adresse. Und dann fahren wir beide hin und sprechen mit ihm."

„Sollen wir nicht lieber die Polizei informieren? Schließlich geht es um …"

„Er hätte wohl kaum bei der Gemeinde angerufen, wenn er das gewollt hätte. Nein, der will, dass wir tätig werden. Und das tun wir jetzt. Also: Du rufst ihn an, und wir beide fahren heute noch hin."

„Aber ich habe kein Auto. Mein Lebensgefährte ist mit dem Wagen auf Dienstreise. In halb Osteuropa. Für sechs Wochen."

„Ich fahre!"

Eine knappe halbe Stunde später stand Vanessa vor Strucks Haus. Sie erstrahlte in frischen Frühlingsfarben. Er wartete schon auf sie. Sie hatte darauf bestanden, dass er sie nicht abholt.

„Du hast dich aber fein gemacht für mich", bemerkte er.

„Wieso?", tschilpte sie. „Bin ganz normal."

Sie gingen zu seinem Auto, einem grünen Opel Agila der allerersten Baureihe, und stiegen ein. Struck grummelte, denn etwas störte ihn.

„Meine Tochter ist Weihnachten damit gefahren", erklärte er. „Die ist größer als ich und verstellt den Sitz immer."

„Ihre Tochter? Weihnachten?", fragte Vanessa. „Heißt das etwa, dass Sie seit über einem halben Jahr …"

„Ich brauche doch sonst kein Auto. Seit Jahren schon. Wozu denn? So, und nun schnall dich an."

Er schob seinen Sitz nach vorn, stellte ihn noch etwas tiefer, und als er störungsfrei wie gewohnt durch das Lenkrad blicken konnte, schnallte er sich an und startete. Vanessa nahm ihr Smartphone heraus.

„Was machst du denn da?", fragte Struck.

„Ich rufe das Navi auf. Für die Wegbeschreibung."

„Steck das Ding weg. Wir nehmen eine Abkürzung."

Der Anrufer hatte Vanessa ohne Umschweife seine Anschrift mitgeteilt. Welche Beweise er für seine Theorie hatte, wollte er am Telefon nicht sagen. An seiner Stimme erkannte sie, dass es sich um einen alten Mann handeln musste. Ob er überhaupt zurechnungsfähig war? Vielleicht saßen sie ja nur einem Verwirrten auf. Immerhin existierte die Adresse, die er angegeben hatte, tatsächlich. Sie lag in Holzminden an der Weser, etwa vierzig Autominuten von Altenbeken entfernt.

Nach zweieinhalb Stunden passierten Struck und Vanessa das Holzmindener Ortsschild. Sie war fix und fertig. „Wann sind wir da?", fragte sie ihn mit letzter Kraft. „Ich kann nicht mehr."

„Was weiß denn ich? Frag doch dein schlaues Smartphone. Das weiß doch alles."

Sie tippte etwas ein und wartete einen Moment.

„500 Meter noch", sagte sie und wischte sich den Schweiß aus der Stirn. „Aber ich weiß ja nicht, wie lange Sie noch dafür brauchen. Und ich muss mich noch frisch machen, bevor wir aussteigen."

Eine Viertelstunde und einige falsche Abzweigungen später hatten sie ihr Ziel erreicht, eine Straße in einem alten Wohngebiet, das ausgestorben aussah. Bestimmt wohnten hier nur alte Leute, deren Kinder schon vor Jahren weggezogen waren. Das Haus, ein hoher, wuchtiger Bau aus der Gründerzeit, lag hinter einer flachen Mauer, gesäumt von hohen Bäumen und dichten Sträuchern, die dem Anwesen etwas Verwunschenes und Morbides verliehen. Rechts und links des Zugangs zum Haus standen zwei höhere Säulen, auf denen steinerne Löwenfiguren saßen, die Wächter des Grundstücks.

„Treten Sie ruhig näher", sagte auf einmal ein Löwe. „Ich habe Sie schon gesehen." Die Stimme kam aus einem kleinen Lautsprecher in einer der Säulen. „Die Haustür steht auf."

An der Tür empfing sie ein kleines, verdorrtes Männlein. Es trug ein rotes Kopftuch und war in eine Art Burnus gehüllt, einen blauen Umhang, der ihm bis an die Knie reichte. Darunter kam eine weite braune Cordhose zum Vorschein. Seine Füße steckten in ausgetretenen Filzpantoffeln. Unten aus dem Kopftuch wuchsen, so schien es, lange graue Haare heraus. Mit zunehmender Länge dünnten sie aus, versickerten und versandeten gleichsam, sodass nur vereinzelte Restexemplare die Schultern erreichten. Sein Gesicht zierte ein dürrer Kinn- und Oberlippenbart. Seine Augen standen im Gegensatz zu seiner knorrigen, vergehenden Erscheinung. Sie waren hellwach und verrieten einen schlauen Mann, der genau wusste, was er tat. In der Hand hielt er ein Glas Rotwein.

„Ich hatte Sie schon viel eher erwartet", sagte er. Vanessa fiel seine warme, angenehme Stimme auf. „Aber so ist das Leben, manchmal kommt es anders, als man denkt. Franz Trautwein", stellte er sich vor. „Frau Oswald, wie ich vermute. Guten Tag. Und Sie sind?"

Struck stellte sich ebenfalls vor, doch er wusste noch nicht recht, was er von alledem zu halten hatte. Trautwein entging das nicht. Er lächelte, als er die beiden einlud, ihm zu folgen. Nach einigen Metern durch einen langen, hohen Gang erreichten sie einen hellen, weitläufigen Raum: die Werkstatt. Vanessa und Struck sahen sich um. Das gläserne Dach verriet, dass es sich um einen Anbau an das Haus handeln musste. Der schräge Einfall des Sonnenlichts sorgte für eine natürliche Illumination des Raumes und verlieh ihm den Hauch eines impressionistischen Stilllebens. Obwohl kein Mensch zu sehen war, wirkte er lebendig, so, als sei Trautwein mitten im letzten Arbeitsablauf aufgestanden und einfach gegangen, als er fühlte, dass seine Zeit um war.

„Mein Reich", erklärte Trautwein, den Fragen zuvorkommend. „Ich bin Tubabauer. Das heißt, ich war es. Genau genommen war ich gelernter Blechblasinstrumentenbauer, habe mich aber mit den Jahren auf Tuben spezialisiert. Möchten Sie ein Glas Wein?"

„Danke, nein", sagte Struck, und auch Vanessa winkte ab.

„Na ja, ist ja auch noch früh am Tage. Aber der Wein ist gut, kann ich Ihnen sagen. Kloster Salem. Kaiserstuhl. Die bauen inzwischen richtig gute Tropfen aus. Mit den besten Franzosen können sie zwar noch nicht mithalten, aber trinken kann man sie allemal. Möchten Sie nicht doch einen?"

Beide schüttelten die Köpfe. Vanessa ergriff das Wort.

„Warum haben Sie uns angerufen?"

„Eine gute Frage", antwortete Trautwein. „Nun, mir fiel ein Exemplar des *Paderborner Anzeigers* in die Hand."

„Aber die Zeitung gibt es doch in Ihrem Landkreis gar nicht", sagte Vanessa. „Wie kann das sein?"

Trautwein lächelte. „Ich hatte auf dem Markt Kartoffeln gekauft. Und die waren in die Zeitung eingewickelt. Nicht, dass ich die ganz gelesen hätte. Aber ein Artikel fiel mir auf, beziehungsweise die Überschrift, also habe ich weitergelesen. Die Geschichte mit der Tuba war es, die mich interessierte."

„Und was genau möchten Sie uns sagen?"

„Ja, das ist eine längere Geschichte", begann Trautwein. „Wie gesagt, ich habe in meinem Berufsleben Tuben gebaut. Hier sehen Sie meine Werkstatt. Viel ist nicht mehr da, aber manches habe ich so gelassen, wie es war, als ich aufhörte."

„Sie bauen keine mehr?", fragte Vanessa.

„Schon lange nicht mehr."

„Tubabau", sagte Struck, „ich kann mir gar nicht vorstellen, dass so ein Geschäft viel abwirft."

„Ein guter Einwand", sagte Trautwein. Seine Stimme klang mild. „Wenn Sie alle Blechblasinstrumente im Angebot haben, inklusive Reparatur, Service und so weiter, können Sie schon Ihr Auskommen haben, vorausgesetzt, Sie verstehen Ihr Handwerk. Mein Interesse hat aber immer der Tuba gegolten. Die anderen Instrumente habe ich nur gebaut und repariert, weil es erwartet wurde. Aber Sie wissen ja selbst, mit dem Alter wird man weiser und besinnt sich zunehmend auf die tatsächlich wichtigen Dinge im Leben. Ja, und da habe ich mich eines Tages spezialisiert. Und nicht nur das. Ich habe das Außergewöhnliche gesucht, das Neue, das Erfolgsmodell."

„Gibt es das denn bei einer Tuba auch?", fragte Struck. „Die muss doch nur ein paar tiefe Töne rumpeln."

„Da kennen Sie die Musiker nicht", erwiderte Trautwein und lächelte wieder. „Und die Musik, ohne Ihnen dabei zu nahe treten zu wollen. Wie dem auch sei, irgendwann steckte ich mal wieder voller Tatendrang und Ideen, da spielte mir eines Tages der Zufall in die Hände. Vor meiner Tür stand ein Mann, ein Amateurmusiker, und raten Sie, woher? Aus Altenbeken. Er war Militärmusiker gewesen und wollte eine Blaskapelle gründen. Fragen Sie mich nicht, wie er auf mich gekommen war. Er stammte aus dieser Gegend, vermute ich, aber genau weiß ich es auch nicht. Jedenfalls war er ein großer Liebhaber, das habe ich sofort gespürt. Alle anderen Instrumente, die für seine Wunschbesetzung notwendig waren, hatte er bereits, nur eine Tuba fehlte noch und war auch nicht auf dem Markt. Er sagte, er wollte eine gebrauchte. Ursprünglich hatte er auf etwas Billiges spekuliert, das spürte ich, aber ich habe ihn um den Finger gewickelt. Ja, das muss ich aus heutiger Sicht so sagen. Ich habe ihn überreden können, eine komplette Neuentwicklung bei mir zu bestellen, eine neue Erfindung, wenn Sie so wollen."

Er pausierte einen Moment, als wolle er die Wirkung des Gesagten bei seinen Gesprächspartnern beobachten, bevor er fortfuhr.

„Sie kennen sich nicht aus, das sehe ich. Also: Die landläufige Tuba ist die sogenannte Kontrabasstuba, auch Kaiserbass genannt. Achten Sie mal drauf, wenn Sie das nächste Mal ein Blasorchester sehen: Der Kerl, der sie spielt, ist immer der kräftigste von allen. Der Einzige, der sie schleppen kann nämlich. Nun träumt jedes Orchester, das etwas auf sich hält, aber von einer noch größeren, nämlich der Subkontrabasstuba oder auch Riesentuba. Die ist fast drei Meter hoch. Damit stehen Ihnen musikalisch noch ganz andere Möglichkeiten offen. Von den optischen ganz zu schweigen. Was meinen Sie, was für ein Hingucker so ein Koloss ist. Da kann sich eine Blaskapelle vor Auftrittsanfragen gar nicht retten, das können Sie mir glauben. Nur können Sie das Instrument natürlich nicht mehr tragen. Wenn Sie die auseinanderziehen, kommen Sie auf eine Rohrlänge von 11 Metern, und wenn Sie alle Ventilbögen dazuzählen, auf enorme 19 Meter! Und aufgewickelt, also als fertiges Instrument, ist sie immer noch riesengroß, ein ganzes Stück größer als Sie, schöne Frau, und", er sah Struck an, „als Sie erst recht. Wenn Sie die zum Konzert mitschleppen wollen, brauchen Sie einen Flaschenzug und einen LKW. Das tut sich keiner an, ehrlich gesagt."

Struck blickte an sich hoch, dann an Vanessa, dann über sie hinaus, aber das ging ja nicht, dann an ihr vorbei, und sah Trautwein mit offenem Mund an.

„Da staunen Sie, was?", fragte dieser. „Jaja. Sind Sie übrigens ganz sicher, dass Sie keinen Wein möchten? Sie werden es nicht bereuen. Nein? Nun gut. Jedenfalls kam, wie gesagt, eines Tages dieser Mann aus Altenbeken. Ein Herr Gerling. Solche Aufträge vergisst man nicht. Kommen Sie mal mit."

Er bedeutete ihnen, ihm in die Werkstatt zu folgen, wo über einem Tisch, auf dem einige gebogene Metallrohre und Werkzeug lagen, ein Bild an der Wand hing. Es war sicher viele Jahre alt und entsprechend vergilbt. Trotzdem erkannte Vanessa die Front des Hauses wieder, in dem sie sich befanden. Davor stand ein Mann und neben ihm seine Errungenschaft, eine gewaltige Tuba, die ihn um einiges überragte. Der Stolz des Mannes, der sich für das Bild vortrefflich in Schale geworfen hatte, war nicht zu verkennen.

„Das ist er, der Herr Gerling aus Altenbeken", erklärte Trautwein. „Und neben ihm meine Erfindung."

„Die Tuba ist Ihre Erfindung?", fragte Vanessa.

„Der Ehrgeiz hatte mich gepackt. Meine Idee war, den Musikern ein Instrument an die Hand zu geben, das ihre Wünsche nach zusätzlicher Tiefe bediente und trotzdem noch manövrierbar war. Gerling hat sich tatsächlich darauf eingelassen. Also habe ich ihm das Instrument gebaut. Mein halbes Berufsleben hatte ich davon geträumt, es eines Tages Wirklichkeit werden zu lassen. Da ist es."

In seiner Stimme schwang etwas Weihevolles mit, als er auf das Foto zeigte.

„Der Kaiser-Franz-Bass."

Sichtlich bewegt schwiegen alle eine Weile, bis Struck schließlich das Wort ergriff.

„Wie viele haben Sie davon verkauft?"

„Er ist der einzige seiner Art. Ich habe ihn nur dieses eine Mal gebaut und dann nie wieder."

Vanessa sah ihn an. Sie glaubte, einen Schimmer von Tränen in seinen Augen zu erkennen. Wieder bemerkte sie, wie angenehm seine Stimme klang. Sie mochte seinen weichen, harmonischen Sprechfluss.

„Hm ...", sagte sie langsam, noch der Stimme nachhorchend.

„Eine Geschichte nicht ohne Melancholie, nicht wahr?" fragte Trautwein, als er sah, dass Vanessa in Gedanken war.

„Ja, wirklich", antwortete sie. „Aber ich denke gerade an Ihren Anruf bei der Gemeindeverwaltung. Auf dem AB sagten Sie zum Todesfall doch …"

„… dass die Polizei mit ihrer Theorie auf dem Holzweg ist, ja."

„Wie meinten Sie das denn? Und wie kommen Sie überhaupt darauf?"

„Ganz einfach", lächelte Trautwein. „Weil es unmöglich ist, sich mit Hilfe dieser Tuba oder gar in ihr selbst das Leben zu nehmen."

„Aha … Sie meinen, zumindest schwierig oder faktisch unmöglich?"

„Ich meine unmöglich. Vollkommen ausgeschlossen, verstehen Sie? Es sein denn, Sie lassen sie auf sich fallen. Eine eher zweifelhafte Vorgehensweise, würde ich sagen, bei der der Zufall schon gewaltig mitspielen müsste."

„Aber könnte ein Mensch nicht doch hineinkriechen, in voller Absicht? Groß genug ist sie ja."

„Also, ich passe da hinein", warf Struck ein. Selbstironie war seine Stärke, fand er.

Wieder lächelte Trautwein, als er antwortete.

„In selbstzerstörerischer Absicht? Sie werden vielleicht verstehen, dass man perfekt sein möchte, wenn man schon einmal im Leben die Gelegenheit geschenkt bekommt, seinen Traum zu verwirklichen. Ich jedenfalls bin so ein Perfektionist. Oder war es. Im Alter wird man gelassener und toleranter. Wie dem auch sei, deswegen hatte ich Extras eingebaut, die es sonst nirgendwo gibt. Ich kenne doch die

Wünsche und Bedürfnisse der Musiker. Hier. Schauen Sie mal."

Er deutete auf ein Detail im Bild, aber Struck und Vanessa sahen nicht, was er meinte.

„Das sind Ösen an der Seite. Da können Sie Trageschlaufen für drei Personen anbringen, für den Fall, dass Sie keine Möglichkeit haben, das Instrument rollend zu transportieren. Oder hier. Ein Außenanschluss für einen Druckschlauch. Für Verunreinigungen innen. Man hat schon Käse und Würste in Tuben gefunden. Total vergammelt. Machen Sie den Dreck mal weg, von dem Gestank ganz zu schweigen. Dann das da. Das ist ein Rohr, auf das Sie ein zweites Mundstück stecken können. Was glauben Sie, wie anstrengend das Spiel ist. Elf Meter Luftsäule. Bringen Sie die mal zum Schwingen. Auf die Dauer ist ein Spieler damit überfordert. Und da habe ich eine Möglichkeit geschaffen, dass zwei Spieler sich abwechseln können. Oben im Schallstück, das können Sie auf dem Bild natürlich nicht sehen, sitzt an der Wand ein kleiner Magnet mit einer neun Meter langen Seidenschnur. Den können Sie abnehmen. Es kann ja mal sein, dass ein Metallstück in die Röhre fällt. Das ziehen Sie mit dem Magneten wieder heraus, vorausgesetzt, es ist Eisen. Und haben Sie diese kleine Vorrichtung rechts und links gesehen? Fällt auf dem Foto natürlich kaum ins Auge. Eine nette Kleinigkeit, ein Service an die beiden Spieler. Als Instrumentenbauer kennt man die wirklichen Bedürfnisse der Musiker. Ein ausklappbarer Halter für Bierflaschen und Biergläser. In verstellbarer Größe. Man weiß ja vorher nicht, ob kleine oder große Flaschen gereicht werden. Und so weiter. Sie sehen, ich war sehr vorausschauend, und ich glaube sagen zu können, dass ich jeden möglichen Fall bedacht habe."

„Okay", sagte Vanessa langsam, „das hört sich ganz so an, aber … wollen Sie damit sagen …"

„Ja?"

„Ich meine, also mal ehrlich, man denkt doch beim Bau eines Instruments an alles Mögliche, aber nicht an so etwas Abstruses wie den Fall, dass jemand darin umkommen könnte. Das ist doch …"

„Verrückt, wollten Sie sagen? Nennen Sie es, wie Sie wollen. Ich nenne es kundenfreundlich."

„Kann der Kunde doch nicht hineinkriechen?", fragte Struck.

„Doch, mit Leichtigkeit", antwortete Trautwein. „Sie jedenfalls. Haben Sie ja vorhin selbst erkannt. Aber Sie ersticken nicht darin. Das wäre ja theoretisch die einzig mögliche Art, wie man darin zu Tode kommen kann. Vor dem Verhungern würden Sie sicherlich rechtzeitig gefunden."

„Und?" Vanessa wurde ungeduldig.

Trautweins Augen blitzten auf.

„Die Lösung steckt schon relativ weit oben in der Röhre, wo sie noch so weit ist, dass Sie mit dem Kopf nicht stecken bleiben können: eine kleine Auffangschale für den Kopf mit einem Federmechanismus, der eine Luftklappe an der Wand öffnet, sobald Druck von oben auf die Schale ausgeübt wird. Wenn nämlich das Körpergewicht eines Menschen oder nur ein Teil davon sich auf die Schale legt. Was sonst sollte in eine Tuba geraten, das so schwer ist? Sie können also in den Schalltrichter hineingeraten, klar. Das kann ja auch mal notwendig werden, auf der Suche nach einer Wurst oder einem Stück Käse, wie gesagt. Aber Sie können darin nicht ersticken. Und der Mechanismus ist so ausgelegt, dass schon das durchschnittliche Gewicht eines Achtjährigen dafür ausreichte, was auch Unglücksfälle mit Kindern ausschloss. Klingt abwegig, aber man weiß ja nie. Ich bin übrigens damals selbst hineingekrochen, und es hat funktioniert. Wie Sie sehen, lebe ich noch."

Mit offenem Mund standen Struck und Vanessa da.

„Da staunen Sie, was? Ja, das traut man einem einfachen Handwerker nicht zu, nicht wahr? Diese Weitsicht. So hatte dieser gewisse Herr Gerling auch reagiert, als ich ihm das Produkt präsentierte."

„Sie sind ein Fuchs", stieß Struck schließlich hervor. „Donnerwetter. Aber wie haben Sie das Instrument doch gleich genannt?"

„Kaiser-Franz-Bass. Eine leicht dahingeworfene Reminiszenz, in aller Bescheidenheit, an meine Wenigkeit, den Erfinder. Und vielleicht auch ein klein wenig an eine Lichtgestalt, die ich bewunderte, damals, als man sie noch bewundern konnte. Doch lassen wir das."

Alle schwiegen eine Weile, bis Trautwein schließlich sagte: „Wenden wir uns lieber angenehmeren Dingen zu. Darf ich Sie denn zum Abschluss wenigstens noch zu einem guten Tropfen überreden? Erst die Arbeit, dann das Vergnügen. Die Arbeit ist getan. Also?"

Struck wollte zustimmen, doch Vanessa fiel ihm ins Wort.

„Nein, vielen Dank. Sehr freundlich von Ihnen, wirklich."

„Bestimmt nicht? Sie wissen gar nicht, was Sie verpassen. Der Wein ist wirklich sehr gut. Und wir könnten uns in meinen Wintergarten setzen. Der wird Ihnen gefallen."

„Aber …", begann Struck.

„Bestimmt nicht", antwortete sie schnell und schob ihn Richtung Ausgang. „Wir müssen dann mal."

Trautwein begleitete die beiden vor das Haus bis zu den Löwen, um sie zu verabschieden.

„Was werden Sie nun mit diesen Informationen anstellen? Die Polizei wollte sie ja nicht. Für die ist der Fall abgeschlossen. Und einen alten Mann, der mit so einer Geschichte aufwartet, halten die für unzurechnungsfähig. Mindestens für einen Spinner. Der Ignorant von einem Beamten hat einfach aufgelegt, als ich ihm die technischen Details erläutern wollte. Einfach so. Stellen Sie sich das mal vor. Früher hätte ich mich darüber aufgeregt, das können Sie mir glauben, und hätte dem Banausen die Hölle heiß gemacht. Aber heutzutage …"

„Ich weiß nicht", antwortete Vanessa zögernd. „Vielleicht …"

Struck straffte sich und ergriff das Wort.

„Wir werden etwas unternehmen. Jawohl!"

Vanessa sah ihn an.

„Ja, guck mich nicht so an, Mädchen. Irgendwer muss es ja tun. Und uns kann keiner vergackeiern. Dir nicht und mir nicht."

„Na dann, viel Glück", lächelte Trautwein. „Leben Sie wohl." Er hob das Glas. „Ich trinke auf Ihre Initiative. Und lassen Sie mal von sich hören, wenn Sie etwas herausgekriegt haben, ja? Würde mich interessieren. Und meine berufliche Vita um eine pikante Randnotiz bereichern."

„Wir melden uns. Auf Wiedersehen."

„Was hältst du von dem Mann?", fragte Struck, als sie wieder im Auto saßen.

„Weiß ich nicht. Ich weiß nur eins."

„Was?"

„Es war Mord."

12

„Und jetzt?“, fragte Struck.

„Nach Hause“, antwortete Vanessa. Ihre Stimme klang fest und bestimmt. „Und zwar auf dem schnellsten Weg.“ Sie zog ihr Handy hervor.

„Gut. Es gibt da nämlich noch eine bessere Strecke, die …“

„Nein, Herr Struck, die gibt es nicht! Wir nehmen jetzt keine Abkürzung mehr! Unter keinen Umständen!“

„Aber …“

„Kein Aber! Wir richten uns schön brav nach meinem Routenplaner. Und zwar ohne Widerworte. Ich möchte nämlich noch vor Einbruch der Dunkelheit zu Hause sein. Vom Sonnenaufgang ganz zu schweigen. So. Hier entlang und die nächste links.“

„Ist ja schon gut“, grummelte er. „Ich tu’ ja, was du sagst. Da vorn meinst du?“

„Ganz recht. Bei dem weißen Haus. Und das richtige Links, bitte.“

Schweigend setzten sie sich in Bewegung. Etwas später hatten sie den Ort ohne weitere Störung hinter sich gelassen und befanden sich auf der Bundesstraße in südlicher Richtung. Als ein Straßenschild signalisierte, dass sie die Grenze zum Landkreis Höxter passierten, begann Struck: „Was machen wir denn jetzt?“

„Wir fahren noch ein Stückchen bis links die Tonenburg kommt. Und dort, an der Ampel, biegen wir rechts ab Richtung Albaxen. Kann man gar nicht verfehlen." Sie lächelte ihm zu.

„Das meine ich doch nicht. Mädchen, ich gehorche doch schon die ganze Zeit. Und das als alter Mann. Darf ich gar keinem erzählen. Alle würden mich dafür auslachen. Aber egal. Ich meinte, unser Bürgermeister ist umgebracht worden. Da beißt die Maus keinen Faden ab. Und wir sind die Einzigen, die das wissen. Da müssen wir doch etwas unternehmen!"

„In der Tat", sagte sie zögernd. „Aber was?"

„Wir müssen sofort zur Polizei!"

„Hm … Ich glaube, das ist noch zu früh."

„Zu früh? Sollen wir erst warten, bis der Täter über alle Berge ist?"

„Wenn überhaupt, ist der schon seit zwei Wochen über alle Berge", gab sie zurück. „Nein. Uns fehlen die Anhaltspunkte. Im Moment können wir der Polizei nicht mehr sagen, als sie ohnehin schon wissen. Ich kann mir nicht vorstellen, dass sie das von uns nochmal hören wollen."

Struck richtete sich auf seinem Sitz auf, so hoch er konnte.

„Das wollen wir doch mal sehen!", polterte er los. „Wir fahren nach Paderborn auf'n Polizeirevier und sprechen da vor! Und wenn die sauberen Beamten dort, diese Kissenpuper, wenn die mir wieder nach Hause schicken wollen, ohne dass ich meine Aussage machen konnte, sollen die mir mal kennenlernen! Dann werde ich aber laut! Glauben Sie ja nicht, wen Sie hier vor sich haben, werde ich sagen! Hier vor Ihnen steht Heinz Struck aus Altenbeken, unbescholtener Bürger und Gemeindebote!"

„Herr Struck …"

Er hob den Zeigefinger.

„Und Ehrenmann! Jawohl!"

„Die haben doch Trautwein schon für einen alten Spinner gehalten mit seiner Geschichte. Und wenn …"

„Der ist aber auch ein komischer Kauz. Getränkehalter an der Tuba. Außenanschluss für einen Druckschlauch. Wer kommt denn auf so was? Der hat doch wirklich nicht alle Latten am Zaun. Sag doch mal selbst."

„Eben. Und wenn Sie dann auch noch aufkreuzen mit derselben Story … Stopp!"

„Was? Wie, stopp?"

„Anhalten! Da hinten war die Tonenburg! Sie haben die Abzweigung verpasst!"

Das Wendemanöver auf der befahrenen Bundesstraße kostete Struck einige Mühe und verlief nicht ganz frei von Verwicklungen, zunächst zum Ärger, jedoch zunehmend zur Freude der betroffenen anderen Verkehrsteilnehmer, die ihr Vergnügen an den hektischen Operationen des kleinen Fahrers hatten, der durch das Lenkrad guckte.

Schließlich kamen er und Vanessa aber glimpflich

davon, fanden sich bald auf der richtigen Landstraße wieder, und Vanessa hielt die Augen auf. Struck fügte sich, und obwohl der Heimweg über die Dörfer des Kreises Höxter alles andere als abbiegungsfrei verläuft, blieben weitere Komplikationen aus, sieht man einmal vom gelegentlichen Stocken und Ruckeln des Agila wegen gewisser unmotivierter Bremsvorgänge auf freier Strecke ab.

„Wir müssen versuchen herauszufinden, was genau in der Mordnacht passiert ist", sagte Vanessa. „Es waren so viele Leute bei der Party. Da muss es doch jemanden geben, der etwas bemerkt hat."

„Was denn bemerkt?"

„Irgendwann hat Kersting ja den Saal verlassen und ist nicht mehr zurückgekehrt. Vielleicht gibt es ja einen Zeugen, der beobachtet hat, dass er ging. Vielleicht hat er sogar jemandem gesagt, dass er gehen wollte. Und vor allem wann."

„Also, mir hat er nichts gesagt."

„Nein, wieso auch? Aber womöglich seiner Frau. Oder einem seiner politischen Gesprächspartner. Die haben ihn ja den ganzen Abend umkreist wie Satelliten. Ich kann mir jedenfalls nicht vorstellen, dass er sich einfach so davonstehlen konnte, völlig unbemerkt."

„Du hast recht", sagte Struck. „Nicht er, der Bürgermeister." Plötzlich ging ihm ein Licht auf. „Und wenn es der Mörder war, der ihn hinausgehen sehen hat?"

„Daran habe ich auch schon gedacht", antwortete sie. „Es kann ja einer der Gäste gewesen sein. Und der ist ihm gefolgt."

„Oder mit ihm zusammen gegangen."

„Genau. Es gibt also zwei Möglichkeiten: Entweder war der Täter tatsächlich unter den Gästen, oder es war jemand von außerhalb, jemand, der nicht geladen war."

„Und ihn deswegen umgebracht hat."

„Unwahrscheinlich", entgegnete sie. „Und soweit sind wir noch nicht. Mal angenommen, es war einer der Gäste. In dem Fall sehe ich wieder zwei Möglichkeiten, wie es abgelaufen sein kann. Er hatte Kersting vorher schon aufgelauert und eine günstige Gelegenheit abgewartet, nämlich wenn er mal den Saal verlassen würde, eine rauchen, zur Toilette, was weiß ich. Draußen hat er ihn in den Musikraum gelotst und dort zugeschlagen."

„Und die andere Möglichkeit?"

„Der Bürgermeister hat den Saal zusammen mit seinem Mörder verlassen."

„Ja klar! Der hat ihm 'ne Knarre in den Rücken gedrückt, 'ne Jacke darübergehängt und ihn gezwungen mitzugehen! Ganz unauffällig!"

„Möglich. Vielleicht ist er aber auch aus freien Stücken mitgegangen."

„Freiwillig? Mit einer Knarre im Rücken?"

„Ohne. Sie hatten sich zu etwas verabredet."

„Stimmt", sagte er. „Das kann wirklich sein, verdammt. Nur was waren der Zweck und das Ziel ihrer Verabredung?"

Schweigend dachten beide eine Weile über diese Frage nach. Als sie kurz vor Altenbeken angelangt waren, sah Vanessa zu Struck herüber und bemerkte, dass er die Lippen zusammenkniff und die Augenbrauen runzelte.

„Was beschäftigt Sie?", fragte sie.

„Was ich mich immer schon gefragt habe, ist, woher Kersting soviel Kohle hatte, um all seine Geburtstagsfeiern zu spendieren."

„Das frage ich mich auch. Und da sind wir beileibe nicht die Einzigen in Altenbeken."

„Alle fünf Jahre eine Party dieser Größenordnung! In den Jahren dazwischen zwar alles eine Nummer kleiner, ohne DJ, weniger Gäste und so, aber trotzdem hat er immer alles gezahlt. Das geht doch auf die Dauer in die Zehntausende!"

„Ja", sagte sie nachdenklich. „Woher hatte er das Geld? Die Antwort auf diese Frage könnte ein Schlüssel zur Lösung des Rätsels sein. Apropos Schlüssel", rief sie, als nun auch ihr ein Licht aufging. „Wie konnte er eigentlich in den Musikraum gelangen? Er hatte doch keinen Schlüssel."

„Vielleicht ja doch. War er nicht Ehrenmitglied bei den Kanonieren?"

„Ehrenvorsitzender war er. Aber doch nur auf dem Papier, nicht als aktiver Musiker. Zugang zu dem Raum hatte er bestimmt nicht. Und bemerkenswert ist außerdem, dass der Raum morgens von seiner Frau aufgeschlossen wurde. Das heißt, über Nacht war er verschlossen!“

„Das würde bedeuten …“

„… er wurde hereingelassen …“

„… von seinem Mörder …“

„… der einen Schlüssel besitzt …“

„… oder weiß …“

„… wie man sich einen besorgen kann!“

Die beiden sahen sich an. Ihre Gesichter begannen zu leuchten.

„Und dann müssen wir noch etwas herausfinden“, sagte sie.

„Wer den Mord begangen hat?“

„Das wäre das Endziel. Doch vorher müssen wir wissen, wer einen Grund gehabt hat, Kersting zu töten. Genauer gesagt, wer von seinem Tod profitiert.“

„Lötewilli!“, entfuhr es ihm.

„Willi Harteisen? Wieso denn der?“

„Weil der sich den Schrott von der Tuba unter den Nagel gerissen hat. Was glaubst du, was der wert ist!“

„Das wäre eine Möglichkeit. Wir sollten aber in alle Richtungen denken und Augen und Ohren offen halten.“

„Gut. Aber schaffen wir das zu zweit?“

„Gute Frage. Sie haben recht. Wir könnten Hilfe gebrauchen. Ah, und ich weiß auch schon, von wem.“

„Hauptsache, sie kann den Mund halten, diese Hilfe.“

„Worauf Sie sich verlassen können. Die Damen sind verschwiegen wie ein Grab. Herr Struck, wir bilden eine *Task Force.*“

„Eine was?“

„Eine Sondereinheit verdeckter Ermittler.“

Strucks Wangen glühten, und seine Augen funkelten.

„Soll ich dir was sagen?“, fragte er.

„Was denn?“

„Wir sind schlau.“

13

Auf dem Rückweg vom Tubabauer waren Struck und Vanessa übereingekommen, ihre Freundinnen ins Vertrauen zu ziehen und das nächste planmäßige Treffen in Annekes Wohnung zu nutzen, um ihr weiteres Vorgehen zu überlegen. Strucks anfängliche Zweifel bezüglich der Verschwiegenheit der beiden konnten rasch mit ein paar Stücken Schwarzwälder Kirschtorte aus Annekes Eigenproduktion zerstreut werden. Und nun saß er in einem geräumigen braunen Sessel inmitten einer ausladenden ledernen Wohnlandschaft. Seine Arme ruhten auf den Lehnen, seine Beine lagen ausgestreckt auf einem gepolsterten Fußhocker, und sein Blick war auf die gegenüberliegende Wand gerichtet. Die glatte Kunstlederoberfläche seines Sessels hatte ihn mit der Zeit immer tiefer herabrutschen lassen in eine Position, die irgendetwas zwischen Liegen, Sitzen und Hängen darstellte, was genau, war ihm selbst nicht bewusst. Überhaupt wusste er nicht viel über seine gegenwärtige Situation, vor allem nicht, wie lange er dort schon so zugebracht hatte. Auch war ihm jedes Empfinden für die monströse Pizza mit Blaubeeren abhanden gekommen, das moderne Kunstwerk, das die Wand vor seinen Augen beherrschte. Anfänglich hatte ihn das bunte Treiben, das ihn umgab, noch interessiert. Er hatte versucht, etwas zu den Gesprächen beizusteuern, doch als ihm einfach nicht gelingen wollte, eine Lücke dafür zu finden, hatte irgendetwas in ihm ein Einsehen gehabt, ihn abgeschaltet und in den stumpfen Modus versetzt, in dem er sich jetzt befand. Die betörende Melange der Düfte, die ihn umgab, hatte ihr Übriges getan. Sein Unterbewusstsein hatte die Steuerung übernommen und entschieden, dass er sich fügen sollte, ganz schlicht. Und so saß, lag oder hing er in seinem Sessel, zur Bewegungsunfähigkeit verurteilt, da ein Tiefer- oder Höherrutschen nicht mehr möglich war, im Perpetuum der Zeitlosigkeit und ohne Aussicht auf ein Ende seines Zustands.

Um ihn herum sprudelte das Leben. Auf den breiten Sofas hockten Vanessa, Anneke und Marion, in der Mitte ein Couchtisch, auf dem sich ein unüberschaubares Dickicht von Zeitschriften, Piccolos, Sektgläsern, Fläschchen und Duftlampen in den unterschiedlichsten Formen angesammelt hatte. Eine rot-weiße Retro-Tüte stand neben einem elfenbeinfarbenen Buddha, der eine Schale hielt, eine orientalische Wunderlampe neben einer weißen Keramikvase und eine Chanel-Parfümflasche neben einer Art Holzlaterne, die nach einem Stück Handwerkskunst aus dem Erzgebirge aussah. Unter diesen exotischen Gebilden brannten Teelichter, und inmitten von ihnen tummelten sich rote, orange, grüne, purpurfarbene, braune und gelbe Fläschchen.

Ebenso undurchdringlich wie das Durcheinander auf dem Tisch war die Geräuschkulisse, die sie umgab. Alle sprachen, klapperten und blätterten gleichzeitig.

„... und die war damals im Hofstaat, als Wolfgang Hermann Schützenkönig war“, sagte Marion.

„War das denn die mit dem Speckhintern und dem Mondgesicht?“, wollte Vanessa wissen.

„Nein, die war im Jahr davor Königin.“

„Hier“, sagte Anneke, nahm ein Fläschchen und träufelte etwas daraus in die Auffangschale Buddhas. „Versucht das mal.“

Vanessa fragte: „Was ist das jetzt?“

„Das ist eine Vata-ausgleichende Duftmischung mit Guajak, Lavendel, Bergamotte und Fenchel.“

„Klingt gut. Wer hat dann mit Wolfgang Hermann regiert?“

„Das war die Bohnenstange, die nicht in ihr Kleid passte.“

„Die aus dem Unterdorf?“

„Ich meine, sie stammt aus der Oberen Sage.“

„Deine Vata-Mischung riecht aber aufdringlich. Was ist in dem orangen Fläschchen?“

„Das ist Zimt mit Blutorange und Ingwer. Harmonisiert und dehnt die Chakren.“

Vanessa ließ ein paar Tropfen in die Retro-Tüte fallen.

„Doch nicht da hinein! Da ist noch das Kapha Sama Dosha drin!“

„Ach, ist doch egal. Aus der Oberen Sage?“

„Ja, da wurde sie geboren. Doch die Familie hat später unten im Dorf gebaut, an der Beke.“

„Die hatten alle nichts auf den Rippen.“

„Die Schwester war ja auch so ein furchtbarer Hungerhaken.“

„Gottchen ja! Die hat bis heute keinen abbekommen, so wie die immer aussieht.“

„Gut, dass wir damit keine Probleme haben. Prösterchen!“

„Prösterchen!“

„Prösterchen!“

„Hm, das ist aber gut“, sagte Marion, als sie das Sektglas abgestellt hatte und an einem neu geöffneten Fläschchen roch. Sie nahm etwas davon auf ihren Zeigefinger und tupfte es hinter ein Ohr und auf ihren Handrücken. „Riecht mal. Anzuwenden nach dem Mondphasenkalender.“

„Ach ja, der Mond. Die mit dem Mondgesicht war doch mit Tauben Hennes verheiratet. Aber der war ihr irgendwann nicht mehr gut genug.“

„Was steht auf dem Etikett?"
„Tauben Hennes?"
„Nein, ich meine das Öl."
„Hänschen Dreier."
„Das steht auf dem Etikett?"
„Nein, der erste Mann von der mit dem Mondgesicht. Kennst du doch. Netter Kerl."
„Ach ja. Und die Frau hieß Margret, oder?"
„Genau. Diese fette Schnecke."
„Die Flasche riecht nach Karamell und Mandeln."
„Ich fand damals immer, sie riecht nach Schweiß."
„Diese Flasche?"
„Ach so, die. Nein, ich meine die Frau. Ich hätte mich mit der Figur gar nicht getraut, Schützenkönigin zu werden, also ehrlich."
„Weißt du, wenn man schön ist, kann man das auch zeigen."
„Dieser Busen!"
„Wenn man einen schönen Busen hat, kann man ihn erst recht zeigen."
„Sie war ja auch was Besseres."
„Und was sie anhatte!"
„Dieses Kleid!"
„Quietschgrün!"
„Okay, gib mal das grüne her."
„Ich hab kein grünes Kleid."
„Das Fläschchen da meine ich."
„Sieht aus wie Latschenkiefer."
„Pass doch auf! Du verschüttest ja die Hälfte!"

„Ist doch nicht Latschenkiefer."

„Nee, is' ja auch Prosecco. Hicks."

„Und viel zu kurz!"

„Was?"

„Das Kleid."

„Aber echt! Und das bei ihren dicken Oberschenkeln!"

„Wie ein Preisboxer!"

„Nee, ein Sumoringer!"

„Wenn die heute noch da wäre, könnte sie sich ein Beispiel an uns nehmen, oder?"

„Und ob. Stößchen!"

„Stößchen!"

„Stößchen!"

„Was sagt eigentlich Herr Struck dazu?"

Sie wandten sich ihm zu, doch er hatte nicht zugehört.

„Herr Struck?", sprach Vanessa ihn an. „Hören Sie?"

Struck fuhr auf und erschrak. Da, vor ihm! Die Pizza mit Blaubeeren! Sie begann, sich im Nebel der Düfte zu bewegen, ganz plötzlich … auf ihn zu!

„Hören Sie?"

Vanessa stand vor ihm und schnipste mit den Fingern. Er rieb sich die Augen und blinzelte. Die Pizza vor ihm platzte.

„Ja?" Er schüttelte sich. „Was stinkt hier denn so?"

„Das ist nur unsere Aromatherapie. Täte Ihnen auch gut. Aber Sie waren ja auch gut entspannt die ganze Zeit. Sogar etwas geschnarcht haben Sie. Hier." Sie hielt ihm ein Fläschchen hin und las auf dem Etikett: „Eine Mischung mit Atlaszeder, Grapefruit, Rosmarin und Kardamom. Hat eine balancierende Wirkung auf Ihre ayurvedischen Grundkonstitutionen. Na sehen Sie. Das ist was für Sie."

„Nimm die Buddel weg. Ich verstehe kein Wort. Wollten wir nicht einen Schlachtplan schmieden? Wann fangen wir denn damit an?"

„Schon geschehen. Dann hören Sie mal zu."

Nachmittag im Salon *Haarsträubend*. Nach der üblichen Flaute der Mittagsstunden war er nun gut gefüllt. Alle Frisiersessel waren besetzt, und einige Kundinnen warteten noch, in Frauenzeitschriften vertieft, bis sie an der Reihe waren. Die Atmosphäre im Laden war betriebsam, aber entspannt. Gespräche, Radiomusik, das Brummen der Föns, der Trockenhauben und der Langhaarschneider, Lachen, das Klingeln von Münzgeld in der Kasse, all das verwob sich zu einer angenehmen, unaufgeregten Melange, die dem neu Eintretenden direkt ein akustisches Willkommen entbot.

Marion legte letzte Hand bei ihrer Kundin an, dann war ihr Werk vollendet. Die Frau, eine dürre Dunkelhaarige, hatte eine Hochsteckfrisur in Auftrag gegeben für ein Gala-Dinner, zu dem sie am Abend geladen war. Marion nahm den Kittel beiseite.

„So", sagte sie. „Und das hat auch, ne?"

„Aber wirklich!", flötete die Dürre. „Danke, mein Schatz. Du bist großartig!"

Sie stand auf und betrachtete sich ganz im Spiegel. Mit ihren hohen Absätzen und dem schwindelerregend aufgetürmten Haar war sie oben und unten um einiges verlängert, sodass sie noch viel größer und dürrer erschien, als sie ohnehin schon war.

„Perfekt!", tschilpte sie.

„Todschick", versicherte Marion und begleitete sie zur Kasse. Auf dem Weg sprach sie eine der wartenden Frauen an.

„Du kannst ruhig schon hier vorn Platz nehmen, Gerda. Ich bin gleich für dich da."

Es dauerte jedoch ein Weilchen, bis Marion zurück war.

„So", sagte Marion und stellte sich hinter den Sessel. „Da bin ich. Manchmal sind Terminvereinbarungen nicht so ganz einfach."

„Alles gut", sagte Gerda Kersting. „Ich habe nichts mehr vor heute."

„Dann können wir alles ja in Ruhe angehen. Was machen wir denn heute? Wie immer?"

„Wie immer. Mit meinen Haaren lässt sich kaum etwas anderes anstellen."

„Sag das nicht. Das käme auf einen Versuch an."

„Ach nee, lieber nicht. Es würde Wochen dauern, bis ich mich an mich selbst gewöhnt habe. Ich hatte Veränderung genug in letzter Zeit, weißt du ja. Da bin ich froh, dass mein Leben jetzt wieder in einigermaßen geordneten Bahnen verläuft. Und ich kann inzwischen über alles sprechen. Es ist kein Tabuthema mehr."

„Ja, klar, das tut dir gut", sagte Marion. „Dann lassen wir, ne?"

Sie legte Gerda den Kittel um und begann ihr Werk.

„Ich hoffe, du hast jemanden zum Reden. Also wenn du, ne?"

„Sicher, ja. Die Nachbarn sind echt nett. Und meine Schwägerin war eine Woche lang zu Besuch und hat mich unterstützt. Über Langeweile kann ich nicht klagen, Gott sei Dank. Und ich schaue nach vorn."

„Es muss ja auch schließlich … ne? Irgendwie. Auch finanziell, meine ich."

„Das ist zum Glück kein Problem. Hartwig hatte sich zwar immer um alle Geldangelegenheiten gekümmert, aber ich habe überall Zugriff und brauche mir keine Sorgen zu machen. Verhungern werde ich nicht."

„Ihr habt sicher schon rechtzeitig …? Auch für so einen Extremfall, könnte ich mir vorstellen."

„Lebensversicherung und so? Natürlich, ja."

„Man will ja auch nicht plötzlich, ne?"

„Du sagst es. Obwohl man bei Hartwig durchaus auf gelegentliche Überraschungen gefasst sein musste. Mit der Lebensversicherung ist das nämlich so eine Sache."

„Erzähl."

Eine halbe Stunde später war Marion vollends im Bilde, ohne auch nur eine einzige Frage gestellt zu haben. Bereitwillig hatte Gerda Kersting ihre finanzielle Situation offengelegt. Die Lebensversicherung zu ihren Gunsten belief sich demnach auf 200 000 Euro, doch das Geld lag vorerst auf Eis. Ihr Mann hatte sie nämlich bis an die Schmerzgrenze beliehen, um die Partys, die er zu geben geruhte, bezahlen zu können. Und auch die Höhe der Miete für ihr Haus war kein Pappenstiel. Dazu kamen das Auto, Urlaubsreisen und gelegentliche Extravaganzen, sodass das an und für sich üppige Gehalt eines Bürgermeisters gerade für ein normales bürgerliches Leben ausreichte. Doch Gerda sah mit vorsichtigem Optimismus in die Zukunft. Obwohl sie es nicht aussprach, hatte Marion das Gefühl, bei ihr eine Erleichterung darüber zu spüren, ihr Herz von einer Last befreit zu haben.

„Danke. Für alles", sagte Gerda, als sie zahlte. „Ich kann mich ja auf deine Diskretion verlassen?"

„Na hör mal. Du kennst mich doch."

„Ich weiß, Liebes. Also dann."

„Ciao."

Mitten im Ort steht die katholische Kirche. Obwohl ihr Turm gerade einmal 39 Meter misst, überragt sie die umliegenden Gebäude bei Weitem und ist das höchste Bauwerk Altenbekens. Von der Adenauerstraße führt eine etwa 100 Meter lange, weiträumige

Fußallee auf die Kirche zu. Sie wird von hohen alten Linden gesäumt, deren ausladende Kronen den Kirchgänger vor Regen und allerlei Unbill des Lebens beschirmen und dem Weg im Herbst, wenn das Licht schrägt einfällt, eine entrückte Magie verleihen.

Kurz vor der Kirche steht auf der rechten Seite ein flacher Bau mit einer langen Schaufensterfront: eine kleine Buchhandlung. Die wenig gefällige Außenansicht des Geschäfts lässt ein entsprechend bescheidenes Angebot vermuten, das sich neben den üblichen Schreib- und Schulwaren auf eine dürre, angejahrte Bücherauswahl beschränkt. Beim Betreten des Ladens muss der Kunde sich jedoch sehr schnell eines Besseren belehren lassen. Der Einfluss des nahen Gotteshauses erweitert nämlich die Warenauswahl um ein ebenso ungeahntes wie breites Sortiment von Heiligenbildern, hölzernen Marienstatuen, Rosenkränzen, Grabschmuck, Kommunionkerzen, immergrünen Kränzen und frommen Gedichtbändchen. Schnell gewinnt der Neukunde die Gewissheit, dass es sich hierbei um die eigentliche Bestimmung des Geschäfts handelt und Bleistifte, Zeichenblöcke oder Jugendbücher lediglich als Lockvögel ausliegen.

Hinter der Kasse hatte Anneke alle Hände voll zu tun.

„Soll ich es Ihnen als Geschenk einpacken? Einen Moment bitte. Da müssen Sie sich an das Pfarramt wenden. Ich kann Ihnen das bestellen. Ist morgen früh um neun da. Ja, die Grundschule verlangt immer Bleistifte 2H. Ich verstehe das auch nicht. Das Buch ist echt toll. Das habe ich als Kind schon verschlungen. 12,55, bitte. Haben Sie es klein? Die Heiligenkalender kommen nächste Woche erst wieder herein. Tut mir leid. Soll das für einen Jungen oder ein Mädchen sein?“

Es war später Nachmittag, eine halbe Stunde vor Geschäftsschluss vielleicht, die alltägliche Stoßzeit im Laden. Geschickt hatte Anneke es verstanden, die Bedürfnisse ihrer Kunden so zu arrangieren, dass sich eine längere Warteschlange vor ihrem Kassiertisch bildete. Ein, zwei beiläufig gesetzte Impulse ihrerseits bei den Verkaufsgesprächen hatten genügt, die Gerüchteküche ordentlich zu befeuern. Plötzlich war die Geburtstagsparty des Bürgermeisters, obwohl eigentlich längst in Vergessenheit geraten, wieder Thema.

Nun stand sie hinter ihrem Tresen, wickelte umständlich die Verkäufe ab und spitzte die Ohren.

„Als Bürgermeister hatte er keinen Schlüssel zum Musikraum? Kann ich mir gar nicht vorstellen.“

„Man hat jedenfalls nirgendwo etwas davon gelesen, dass ein Schlüssel bei ihm gefunden wurde.“

„Eben. Außerdem: Was hat denn ein Bürgermeister mit den Kanonieren zu tun? Die sind ein Verein.“

„Aber er war Ehrenvorsitzender.“

„Na und? Das heißt doch nur, dass er immer zu Vorstandssitzungen geladen war. Er kam aber nie.“

„Woher weißt du das?“

„Meine Frau ist im Vorstand. Die muss es wissen.“

„Ein Schlüssel hängt in der *Bierstube* hinter der Theke. Der erste, der zu den Proben kommt, holt ihn immer von dort ab, und der letzte am Abend hängt ihn da auch wieder auf. Ganz einfache Regelung."

„Es hat aber auch jedes Vorstandsmitglied einen Schlüssel. Und der halbe Verein ist ja im Vorstand."

„Hast du denn gesehen, wie er den Schlüssel genommen hat? Du hast doch den ganzen Abend bei ihm gestanden."

„Hinter der Theke habe ich ihn nie gesehen."

„Was nicht viel heißt."

„Wer weiß, wer ihn dort reingelassen hat. Und unter welchem Vorwand."

„Irgendwann ging er mal raus zum Pinkeln. Das weiß ich noch."

„Echt? Wann war das?"

„Spät. Keine Ahnung, wann genau."

Als bei Ladenschluss alle Kunden verschwunden waren, wusste Anneke fürs Erste genug. Wie und wann Kersting in den Musikraum gelangen konnte, war zwar noch unklar. Immerhin hatte sie aber gehört, dass Kersting vermutlich keinen Schlüssel bei sich trug, als er gefunden wurde. Und wenn doch, war er sicherlich dem Vereinsvorsitzenden übergeben worden. Das ließ sich leicht in Erfahrung bringen. Ansonsten war davon auszugehen, dass eine zweite Person ihn hineingelassen haben musste. Das bedeutete, sie mussten vorher Kontakt aufgenommen haben. Nun galt es herauszufinden, wer dieser Jemand war. Und was wollte Kersting im Musikraum? Oder was wollten sie beide dort? War es ein spontaner Kontakt, oder war etwas von längerer Hand geplant?

Vanessa Oswald hatte keinen direkten Zugang auf den internen Datenverkehr des Bürgermeisters. Das Wagnis, sich das Passwort zu erschleichen, wollte sie auf keinen Fall eingehen. Sie liebte ihren Job. Außerdem kannte sie einen anderen Weg. Sie griff zum Telefon und drückte drei Ziffern. Ein Mann meldete sich.

„Tayfun Senel. Vorzimmer des Bürgermeisters. Vanessa, Schätzchen, ich grüße dich."

„Hallo Tayfun."

„Rufst du an, weil du endlich mit mir ausgehen möchtest?"

„Also ich ..."

„Ich lade dich ein! Heute Abend?"

„Du bist sehr direkt."

„Na komm. Dein Lebensgefährte ist noch auf Dienstreise. Warum nicht etwas Spaß haben, bevor er zurückkommt? Ich hole dich ab. Um acht?"

„Nein, Tayfun, ich ..."

„Halt! Ich habe eine noch bessere Idee. Du kommst zu mir, und ich koche für uns."

„Ich rufe eigentlich aus einem anderen Grund an."

„Komm nicht auf den Gedanken, dass du für uns kochen willst, hörst du? Das kommt nicht in Frage.

Ich will gut zu dir sein und dich verehren. Und du sollst keine Arbeit mit mir haben, sondern nur einen zauberhaften Abend genießen. Also was ist, schöne Frau?"

„Sag mal, Tayfun, du hast doch bestimmt die Gästeliste damals geschrieben für Kerstings Party bei Bruni."

„Und wenn?"

„Hast du die noch? Ich würde gern mal einen Blick drauf werfen."

„O la la! Daher läuft der Hase. Du weißt, diese Sachen sind geheim."

„Na hör mal. Jeder weiß doch, wer an dem Abend da war."

„Das ist nicht dasselbe, wie die Liste der Geladenen zu lesen. Was ist, wenn ich nein sage?"

„Dann würdest du mir einen Gefallen verweigern, und das würde mich sehr traurig machen."

„Oh, tatsächlich? Wozu brauchst du die Liste denn?"

„Ich möchte nur mal etwas nachsehen. Bitte."

„Gehst du dann mit mir aus?"

„Ich überlege es mir. Nun?"

„Schau mal auf dein Handy. Bei WhatsApp hast du eine neue Nachricht."

„Danke! Du bist ein Engel!"

14

Heinz Struck stieg aufs Rad, ein Lied auf den Lippen: *Hallo, schönes Fräulein.* Er kam gerade aus dem Bürgerbüro, versehen mit frischen Aufträgen, und war bestens aufgelegt. Seine gute Laune fand allerdings nicht jedermanns Zustimmung. Eine faltige Dame im braunen Lodenmantel auf dem Weg in die Verwaltung schlug einen Bogen um ihn und rümpfte die Nase bei dem seltenen Kunstgenuss. Eine junge Mutter mit zwei kleinen Kindern an der Hand hörte ihn hinter sich pfeifen. Sie erkannte die Melodie und drehte sich um: „Ja?", rief sie freudig. Doch als sie sah, wer da pfiff, warf sie den Kopf zurück und zog ihre Kinder ruppig mit sich. „Weiter!", zischte sie.

Vanessa hatte Struck am Abend zuvor angerufen und ihn über die ersten Ergebnisse in Kenntnis gesetzt. Anschließend hatten sie sich für den Morgen verabredet, um ihr weiteres Vorgehen zu überlegen. Sie nutzten Vanessas Frühstückspause, um sich in das Seitenzimmer des Bürgerbüros zurückzuziehen. Das Zimmer war für die heiklen Angelegenheiten vorgesehen, die nicht für jedermanns Ohren bestimmt waren. Viel gab es nicht her: ein Schreibtisch mit Sessel für die Sachbearbeiterin, zwei karge Holzstühle davor, an der grauen Wand dahinter eine Schwarzweißfotografie vom beleuchteten Viadukt, das war's. So wenig angenehm die Gründe waren, hierher geführt zu werden, so wenig einladend gab sich der Raum.

Struck und Vanessa gingen die Gästeliste durch. Er pfiff durch die Zähne, als er sie sah.

„Wie hast du das gemacht, Mädchen?"

„Tja", sagte sie, „connections."

Sie fanden niemanden in der Liste, der nicht zu erwarten gewesen wäre, keine Überraschung, keinen großen Unbekannten. Wenn es denn überhaupt einen gegeben hatte, war er folglich von außen gekommen. Es galt also herauszufinden, ob einer der Gäste jemanden beobachtet hatte, der nicht dorthin gehörte.

„Unwahrscheinlich", sagte Struck. „Irgendetwas hätte man dann schon gehört. Die Leute sind nicht doof. Wenn an einem solchen Abend jemand aufkreuzt, der dort nichts zu suchen hat, fällt das auf, egal, ob drinnen oder draußen vor der Tür."

„Sie haben recht", sagte Vanessa. „Und dann waren da ja noch die Kanoniere."

„Die kamen doch mit dem Bus von Bad Lippspringe und waren anschließend die ganze Zeit im Saal."

„Leider", seufzte sie und blickte zur Decke. „Wir sollten also davon ausgehen, dass unser Täter unter den Gästen zu finden ist. Die Stecknadel im Heuhaufen."

„Den kriegen wir schon heraus, das glaub mal. Der rechnet ja nicht mit unserer Schlauheit."

Die Frage, wer einen Schlüssel zum Musikraum besaß, brachte sie nicht wirklich weiter. Im Grunde, so erkannten sie, hätte theoretisch jeder die Möglichkeit gehabt, sich Zugang zu verschaffen. Geklärt war auch, wie Kersting seine Feiern finanzieren konnte. Mit der Tatsache, dass die Lebensversicherung hoch beliehen war, entfiel praktisch das Motiv für Gerda Kersting, jemanden mit dem Mord an ihrem Mann beauftragt zu haben. Sie selbst wäre ohnehin rein körperlich nicht in der Lage gewesen, eine solche Tat selbst auszuführen. So kamen Struck und Vanessa überein, sich auf die Gästeliste zu konzentrieren.

„Sagen Sie mal, wissen Sie noch, mit wem Sie an dem Abend zusammenstanden?"

„Hör mal, wo denkst du denn hin? Meinst du, Heinz Struck ist schon dement?" Er tippte sich ans Knie und danach an den Kopf. „Hier unten, da werde ich allmählich klapprig. Aber hier oben, da funktioniert alles. Wie geschmiert, sage ich dir. Ich kann dir alle Namen sagen."

„Supi." Ein leichtes Lächeln huschte über ihr Gesicht. „Wie wäre es denn, wenn Sie denen mal einen Besuch abstatten, weil Sie Ihnen wichtige Schreiben der Verwaltung zustellen müssen?"

„Gute Idee! Hätte von mir sein können. Und bei der Gelegenheit frage ich sie aus. Geschickt natürlich, sodass sie nichts merken. Sie werden mir alle auf den Leim gehen, verlass dich darauf. Hast du denn etwas für sie?"

„Gleich. Kein Problem. Kleinen Moment."

Als Struck sich einige Minuten später mit Briefen

in der Hand von ihr verabschiedete, drehte er sich noch einmal in der Tür um und sagte: „Ich sag ja, wir sind schlau."

„Sag mal", fragte Vanessas Kollegin, als er aus der Tür war, „was war das denn?"

„Was denn?" Sie lächelte, richtete ihr Haar und zog ihren Lippenstift nach.

„Du und dieser Opi. Da hinten im Separee. Etwa das, wonach es aussieht?"

„Das möchtest du wohl gern wissen, was?"

Struck ließ sein Rad die Bahnhofstraße herunterrollen und machte sich auf den Weg. Der gutgelaunte Gemeindebote auf dem alten Drahtesel war kein ungewohnter Anblick. Er gehörte gewissermaßen zum Ortsbild, und wer immer ihn vorbeiradeln sah, grüßte ihn oder freute sich still darüber, einem vertrauten Stück Heimat zu begegnen. Sein Weg führte ihn die Adenauerstraße herunter Richtung Viadukt. Überall, wo er vorbeikam, herrschte Geschäftigkeit. Das strahlende Wetter des Morgens lud dazu ein, die Fenster zu putzen, den Bürgersteig zu fegen, das Auto zu waschen oder einkaufen zu gehen. Man begegnete ihm mit Freundlichkeit und rief ihm gern etwas zu.

„Morgen, Heinz! Na, wieder auf Achse?"

„Lass es langsam angehen. Du bist Rentner. Du hast Zeit."

„Na, Heinz? Wieder den Turbo gezündet?"

„Hey Heinz! Komm erst mal her! Ich muss dir was erzählen. He, was ist los? Wo willst du hin?"

Meist blieb er bei dem einen oder anderen für ein Schwätzchen stehen, doch heute hatte er es eilig. An der Tankstelle hielt er an und stieg ab.

Das Tor der Werkstatt stand offen. Drinnen stand ein kleiner gelber Peugeot, und davor trampelte Willi Harteisen auf seiner Cordmütze herum, die er sich vom Kopf gerissen und auf den Boden geschmettert hatte. „Scheiße, Scheiße, Scheiße!", tobte er.

Sein Haar war verrutscht und verschwitzt. An einer Seite trug er eine Strähne sehr lang, um sie bei Bedarf, sonntags, zu festlichen Anlässen und bei Damenbesuch, quer über den Kopf zu kämmen und so seine Glatze geheimzuhalten. Sie gefiel ihm nicht, doch er wusste sich ja zu helfen. Und wenn er alles wie gewünscht arrangiert hatte und in den Spiegel schaute, entdeckte er die Fülle, ja, die Pracht seiner frühen Jahre wieder und war zufrieden. Doch nun flogen die Haare wirr um seinen Kopf herum.

„Guck dir das mal an!", herrschte er Struck an, ohne ihn zu begrüßen. Er zeigte auf einen Wühltisch, auf dem ein Wirrwarr von Metallteilen und Schrauben ausgebreitet lag.

„Was ist denn da?"

„Was da ist? Das sieht man doch, Herrgott!"

„Schrott, oder was?"

„Mann, du Armleuchter! Das gehört alles zusammen!"

„Ich sehe ein Puzzle mit tausend Teilen."

„Das ist ein Vergaser! Von diesem Schrotthaufen hier! Versager müsste der eigentlich heißen, so wie der gebaut ist! Der hat 50 Schrauben! Wenn der etwas taugen würde, hätte er nur eine! Den kriegst du doch nie wieder so zusammen, wie er war! Geschweige denn eingebaut! Himmel Herrgott Sakra!"

„Ich hab da was für dich von der Verwaltung."

„Hat das nicht Zeit bis morgen? Musst du ausgerechnet jetzt hier reinplatzen? Hier bricht alles zusammen, das siehst du doch!"

„Ich habe mir den Zeitpunkt nicht ausgesucht."

„Ach, hör doch auf! Guck dir diese Karre an! Das kann ja nichts werden! Peugeot! So ein Ramsch! Gott schütze uns vor Sturm und Wind und Autos, die aus Frankreich sind! In letzter Zeit kommen immer mehr Leute mit solchen Wagen und wollen die reparieren lassen! Renault! Citroen! Das mache ich nicht mit! Ich mach den Laden hier zu! Ich habe keine Lust mehr, also echt jetzt!"

„Kannst du dir das denn schon leisten, in Rente zu gehen? So alt bist du doch noch gar nicht."

„Ist mir doch egal! Hauptsache, ich habe diesen Heckmeck nicht mehr! Himmel, Arsch und Zwirn!"

Struck hielt ihm den Brief hin.

„Hier. Am besten guckst du mal rein."

Harteisen riss ihm den Brief aus der Hand und öffnete ihn. „Ein Termin für die Abfuhr von Sperrmüll? Sag mal, was soll das denn?"

„Weiß ich doch nicht. Ich bin nur der Bote."

„Ich hab keinen Sperrmüll angemeldet. Hier liegt doch immer etwas herum, und wenn ich mal was habe, entsorge ich das anders."

„Vielleicht sollst du es ja dieses Mal über die Gemeinde machen."

„Wieso sollte ich? Quatsch!"

„Den Schrott von der Tuba vielleicht?"

„Von was? Ach so, der. Der ist längst weg. Da habe ich nur die Ventilmechanik behalten, aus Interesse. Die war noch gängig, und so etwas wirft man nicht weg. Alles andere hat ein Altmetallsammler mitgenommen."

„Und gut dafür gezahlt?"

„Ich bin zufrieden, ja. Sag mal, was interessiert dich das denn?"

„Ich meine ja nur. Ich wollte dich sowieso noch was fragen wegen der Party des Bürgermeisters, wo wir den ganzen Abend zusammengestanden haben."

„Bist du jetzt plötzlich Privatdetektiv, oder was? Kümmere dich lieber um deinen eigenen Kram! Ich stecke meine Nase auch nicht in deine Angelegenheiten. Also bitte! Ich glaube, es ist besser, wenn du dich jetzt vom Acker machst. Hast du nicht noch mehr Briefe zuzustellen?"

„Doch, klar."

„Dann sag denen bei der Verwaltung, die können mich mal. Diese Suppenhühner da oben! Ich entsorge meinen Müll, wie ich es für richtig halte. Hat alles seine Ordnung. Alles sachgerecht und legal. So, und jetzt schwing die Hufe. Ich habe zu arbeiten. Das siehst du ja. Himmel, die Berge!"

Er nahm einen schmierigen Lappen aus der Tasche seines Kittels, wischte sich die Hände darin ab und schleuderte ihn auf den Boden.

„Diese verfluchte Scheiße hier!"

„Na dann. Schönen Tag. Man sieht sich."

Struck fuhr zurück in den Ort. Vor der Bäckerei stand ein Wagen, und aus dem Fenster auf der Fahrerseite rief ein Mann hinter ihm her: „Moin, Heinz! Alles klar?"

„Alfred!", antwortete Struck, drehte um und hielt an. „Na, etwas Leckeres für's zweite Frühstück gekauft?"

„Nein, Kuchen für heute Nachmittag und Brötchen für's Abendessen. Zur Apotheke muss ich auch noch."

„Deine Potenzpillen?" Er beliebte zu scherzen.

„Meine Blutdruckpillen." Alfred war nicht zum Scherzen aufgelegt. „Und meine Frau will immer die neuste *Apotheken-Umschau* lesen, nicht wahr. Darin ist diese Woche ein Beitrag über Cholesterin. Und über Prostata. Der wäre wichtig für mich, sagt sie."

„Ich will davon gar nichts wissen", sagte Struck. „Hast du denn Beschwerden?"

„Wie man's nimmt, nicht wahr", sagte Alfred. „Eigentlich ist ja alles gut. Nur das blöde Pinkeln. Und dann nachts immer raus."

Struck winkte ab.

„Ich stehe gar nicht mehr auf für den Quatsch."

„Gehst du denn auch nicht zum Arzt? Meine Frau, nicht wahr, schickt mich immer hin, zu mehreren. Für eine zweite Meinung."

„Ja, aber weiß gar nicht mehr, was ich da noch soll. Ich verstehe doch diese obergelehrten Professoren gar nicht, wenn die so hochgestochen daherreden mit ihren Fachbegriffen. Neulich war ich beim Pronto … Procko … irgend so einem -logen halt. Der wollte wissen, ob mir manchmal Winde abgehen. Ich wusste gar nicht, was der von mir wollte. Winde! Also, ich lüfte schon öfters mal durch zu Hause. Wenn das Wetter passt natürlich. Regnen darf es nicht. Aber das braucht der doch nicht zu wissen."

„So sieht's aus", sagte Alfred und startete den Motor. „Bist du auch nachher in der Eis, nicht wahr, Diele?"

„Heute nicht. Ich bin noch unterwegs."

„Morgen?"

„Bestimmt."

‚Verflixt', dachte Struck, als Alfred davongefahren war. Er hatte nicht die Geistesgegenwart besessen, ihn nach dem Abend beim Bürgermeister zu fragen.

Hoch oben am Eggering, einem älteren Wohngebiet etwas außerhalb des Ortes, stand direkt am Waldrand ein weiß verklinkertes Haus mit dunklen Holzfenstern. Den kleinen Vorgarten zierte eine bunte Parade von Gartenzwergen, dekorativ über die gesamte Fläche drapiert. Zwischen den braven, in Hochglanz lächelnden Handwerksgesellen, Laternenträgern und Musikanten hatten sich ein paar gewagtere Exemplare eingeschlichen. Ein Rauschebart zeigte dem ankommenden Hausbesucher den Mittelfinger, eine Zwergin entblößte ihre üppigen Reize, ein Sonnenbrillenträger mit Rockerjacke lag auf seiner Harley Davidson, ein Pärchen erging sich im Liebesspiel, und ein Zwerg lag bäuchlings mit weit aufgerissenen Augen und heraushängender Zunge auf dem Boden, alle Viere von sich gestreckt. Ein Messer steckte in seinem Rücken, und ein paar Schritte entfernt floh der Übeltäter, der ihn eben gemeuchelt hatte. Sie alle zeugten davon, dass in diesem Haus ein Linker wohnte.

An der Türklingel stand der Nachname: Halsband. Heinz Struck läutete, und Kurt öffnete.

„Ah!“, sagte Kurt. „Der analoge Messenger der Verwaltung. Der Pony-Express des Eggegebirges. Kann sich die Gemeinde immer noch kein Internet leisten, oder ist der IT-Experte bei denen mit der Einrichtung eines E-Mail-Kontos überfordert?“

„Keine Ahnung“, antwortete Struck.

„Und dann schicken sie den Hochgeschwindigkeitszug für ihre Botschaften. Na, hast du mir denn ein Geschenk mitgebracht, Mister Sparbier? Oder wenigstens eine Steuerrückerstattung?“

Etwas war in Kurts Ton, das Struck nicht mochte. Wortlos reichte er ihm den Brief.

„So ganz ohne Kommentar?", fragte Kurt. „Du gibst doch sonst zu allem deinen Senf hinzu. Muss ja was ganz Relevantes sein."

„Bitte was?"

„Etwas Essenzielles. Substanziell. Von fundamentaler Bedeutung. Du kannst mir doch folgen?"

Struck knurrte.

„Wenn der Brief so *wichtig* ist", Kurt dehnte das Wort, „möchtest du ihn denn nicht öffnen?"

„Nein!" Kurts süffisante Art missfiel Struck, doch er wusste ihm nichts Passendes entgegenzusetzen.

„Sperrmüll", sagte Kurt abfällig, als er die Mitteilung gelesen hatte. „Da hat meine Frau wieder etwas angemeldet, ohne mich zu informieren. Tss. Sowas. Und für so eine Lappalie schickt man *dich*? Heinz Struck, den Gemeindeboten persönlich?"

„Ich wollte dich eigentlich noch was fragen", brummte Struck.

„So? Etwas Privates gar? Und das im Dienst? Ist das denn statthaft?"

Struck entschloss sich, die Kränkungen zu überhören. Er hatte eine Mission, und die verlangte den ganzen Mann.

„Hast du dich nicht auch schon gefragt, wie Kersting von der Feier verschwinden konnte, ohne dass jemand etwas bemerkt hat? Ich kann mir das gar nicht vorstellen."

„Nein, habe ich nicht. Wozu auch? Ich kann mir das sehr gut vorstellen. Bei dem Krach, den die Kanoniere da im Saal veranstaltet haben, war keiner mehr in der Lage, auch nur irgendetwas zu bemerken. Oder möchtest du mir sagen, dass du Oberschlauberger etwas beobachtet hast und bewundert werden willst?"

„Nein."

„Was dann? Lass mich raten … Ich hab's! Du stellst Nachforschungen an. Du glaubst, Kersting hat sich gar nicht selbst umgebracht. Er ist ermordet worden! Donnerwetter! Ein Fall für Heinz Struck. Oh, Verzeihung, Wachtmeister Struck natürlich! Die Polizei hat versagt, und jetzt muss der Papa ran. Hui, da kriegt der böse Räuber aber Angst!"

Damit kapitulierte Struck. Ohne Kurt eines weiteren Blickes zu würdigen, schwang er sich auf sein Rad und trat in die Pedale.

„Ich melde mich", rief er, als er schon ein Stück entfernt war.

15

„Das ist ja nicht gerade viel", sagte Vanessa, als Struck ihr vom mäßigen Erfolg seiner Investigation berichtete.

„Ja", sagte er. „Und ich werde das Gefühl nicht los, dass mir alle etwas verheimlichen."

„Aha … Sie meinen, sie wissen mehr, als sie zugeben?“

„Ganz bestimmt. Heinz Struck spürt so etwas. Hier drinnen.“ Er klopfte mit der Faust zweimal auf seine Brust, gerade dort, wo das Herz saß. Ein erhabenes Gefühl beschlich ihn.

„Interessant … Ich glaube, ich versuche auch mal etwas.“

„Du? Was denn? Und wie denn?“

„Etwas auf meine Art. Lassen Sie mich einfach machen. Ich habe nachher sowieso einen Termin im Solarium. Und Marion schreibe ich gleich noch an.“

„Aber selbstverständlich!“, schnurrte Willi Harteisen. Eilig raffte er sich vom Boden auf, nahm flugs die Kappe ab, um sein Haar mit einem flinken Handstreich zu richten, und zog seinen Kittel glatt. „Was möchten Sie denn wissen?“ Er setzte die Kappe wieder auf, wischte sich die Hände an seinem schmierigen Lappen ab und reichte ihr die Rechte.

Vanessa quälte sich zu einem Lächeln, legte ihre Fingerspitzen hinein und zog sie schnell wieder zurück.

„Ach, ich weiß gar nicht“, begann sie zart, „ob ich Sie mit meinen unwichtigen Problemchen überhaupt belästigen soll. Sie müssen so schwer arbeiten.“

„Aber ich bitte Sie! Das soll Sie doch nicht kümmern! Für Sie unterbreche ich meine Arbeit doch gerne!“

Er hatte sein schönstes Zahnfleischlachen aufgesetzt und sprühte vor Großzügigkeit. Kein Wunder: Vanessas Gesicht erstrahlte in sommerlicher Rivierabräune, und ihr frisch frisiertes, glänzendes Haar fiel duftig auf ihre Schultern, wo es elastisch-leicht nachfederte.

„Was haben Sie denn zu arbeiten?", flötete sie.

Seine Augen leuchteten auf im plötzlichen Glücksgefühl, das ihn infolge des unerwarteten Interesses überkam.

„Hier", sagte er und wies auf den Wühltisch. „Ein Vergaser."

„Was?", fragte sie.

„All diese Teile hier. Einzelteile eines Vergasers. Der gehört in diesen Motor. Ganz altes Schätzchen", sagte er und tätschelte den Peugeot.

„So viele? Das ist ja ein Puzzle mit tausend Teilen. Und die müssen Sie zusammensetzen?"

„Ganz genau", sagte er.

„Und das können Sie?"

„Das will ich meinen."

„Ist das nicht furchtbar nervig?"

„Wo denken Sie hin, junge Frau?", sagte er und sprühte vor Eifer. „Im Gegenteil. Für einen Handwerker von echtem Schrot und Korn ist das doch eine Herausforderung. Eine Aufgabe, an der man wächst. Nervig ist etwas ganz anderes. Mein Nachbar zum Beispiel. Alfons Klahold. Kennen Sie doch. Der übt immer auf seiner Tröte, keine Ahnung, wie das

Ding richtig heißt, und hupt direkt zu mir herüber. Hoch, laut und falsch! Bei offenem Fenster! Egal, ob es Samstag oder Sonntag oder Winter oder Sommer ist. Das nervt, sage ich Ihnen. Tierisch! Umbringen könnte ich den Mann! Aber so ein Puzzle, wie Sie sagen, ist das Salz in der Suppe. Eines der Dinge, warum man diesen Beruf ausübt."

„Ich bewundere Sie. Sie sind so ein toller Handwerker. Und dann belästige ich Sie mit meinen Belanglosigkeiten. Ich habe ein richtig schlechtes Gewissen."

„Na hören Sie! Für jemanden wie Sie unterbreche ich meine Arbeit doch gern. Was kann ich denn für Sie tun?"

„Im Grunde ist es gar nichts. Nur eine Kleinigkeit. Ganz unbedeutend."

In Harteisens Gesicht stand freudige Erwartung.

„Wir alle in der Verwaltung sind ja immer noch völlig betroffen vom … von der Sache mit Herrn Kersting", fuhr sie fort, als sie bemerkte, dass Harteisen zu entzückt war, um etwas zu sagen. „Das ist alles so schrecklich. Und wir fragen uns, wie das nur geschehen konnte, so völlig aus heiterem Himmel. Und ohne dass jemandem an dem Abend etwas aufgefallen wäre. Alle kannten ihn doch so gut und schätzten ihn. Wissen Sie noch, ob Sie etwas an ihm bemerkt haben? Herr Harteisen? Hallo?"

Sie schnipste mit den Fingern vor seinem Gesicht. Er brauchte einen Moment, bis er zurück war.

„Was? Äh … ja, also …"

„Fällt Ihnen etwas ein? Und wenn es nur eine Nebensächlichkeit ist."

„Lassen Sie mich nachdenken … Die meiste Zeit habe ich mit Kurt Halsband und Alfred Göke an der Theke verbracht. Zeitweise war auch Heinz Struck dabei, aber nie lange, weil wir uns immer über ihn lustig gemacht haben. Ich erinnere mich noch, dass Hartwig um Mitternacht sagte, nun sei sein Geburtstag vorbei, und er könne nach Hause gehen."

Vanessa wurde aufmerksam.

„Und?"

„Wir haben das natürlich für einen Scherz gehalten, denn normalerweise war er einer der Standfestesten und immer unter den letzten, die eine Feier verließen. Und es ging immer noch weiter. Eierbraten bei jemandem zu Hause bis zum frühen Morgen. Der hatte Power, das können Sie mir glauben."

„Haben Sie sich nicht gewundert?"

„Nein. Bei einer Feier albert man doch genug herum. Und dann ging es ja auch weiter. Kurz darauf verließ er uns und ging zu seiner Frau, glaube ich. Danach habe ich ihn nicht mehr gesehen. Haben Sie sich den Peugeot hier schon näher angesehen?", fragte er, als Vanessa nicht sofort reagierte.

„Warum?"

„Sieht doch nicht schlecht aus, oder? Vom Design, gerade bei Kleinwagen, verstehen die Franzosen etwas. Also, technisch ist er nicht so überragend, aber für Frauen allemal gut genug. Ich glaube, der Besitzer möchte ihn verkaufen. Wäre der nichts für Sie?"

„Ich glaube nicht", sagte sie kühl. „Ich bin mit meinem Wagen sehr zufrieden."

„Ich würde ihn auch für Sie reparieren, wenn nötig, nein, ich würde ihn dauerhaft in Schuss halten." Sein gewinnender Charme war zurück.

„Ich glaube, ich muss jetzt gehen", sagte sie und wandte sich zur Tür. „Vielen Dank für Ihre Auskunft."

„Ach, das war doch nichts. Können Sie denn überhaupt etwas damit anfangen?"

„Ich denke … huch!"

Sie strauchelte, weil sie mit dem Absatz in einem Bodengitter hängengeblieben war, doch Harteisen sprang ihr geistesgegenwärtig zur Seite und fing sie auf, bevor sie stürzen konnte.

„Danke", sagte sie säuerlich, als sie ihre Kleidung richtete und die Flecken sah, die seine Hände hinterlassen haben. „Na dann, auf Wiedersehen."

„Auf Wiedersehen, junge Frau. Sie dürfen aber gern noch bleiben. Kaffee?"

„Vielleicht ein andermal."

Eine Stunde später saß Vanessa zusammen mit Alfred Göke auf der Gartenterrasse seines Hauses.

„Möchten Sie noch ein Stückchen Marzipantorte?", fragte er sie.

„Nein, wirklich nicht", antwortete sie schwer atmend. „Ich kann nicht mehr."

„Schlückchen Kaffee vielleicht?“ Er beugte sich nah zu ihrem Gesicht herüber und grinste breit, die Kanne im Anschlag.

„Bitte, Herr Göke, nichts mehr. Ich platze gleich.“

„Likörchen?“

Vanessa hatte Alfred Göke aufgesucht und war von ihm direkt in den Garten geführt worden. Seine Gattin war nicht zu Haus, und so zeigte er, der Hausherr, sich angesichts des unerwarteten Glücks eines blonden Damenbesuchs von seiner besten Seite. Sie war auf derlei nicht vorbereitet und stolperte hinter ihm her. Als sie sich unversehens mit ihm am Terrassentisch wiederfand, war es bereits zu spät. Der unwiderstehlichen Charmeoffensive, die nun folgte, war sie hoffnungslos unterlegen. Soeben war der dritte Frühling in ihm erwacht und mit ihm ein gehöriger Schwarm Schmetterlinge im Bauch. Diese ließen ihn ein wahres Feuerwerk der Gastfreundlichkeit abfeuern. Er versorgte sie auf das Fürstlichste mit Kaffee und Kuchen und was der nahe Bäcker und die eigene Küche noch so hergaben. Auch sonst ließ er es ihr an nichts fehlen, brillierte mit Witz und Esprit und unterhielt sie mit verführerischen Einblicken in seine Gesundheit und deren Erhaltungsaufwendungen.

„Ich hab ja Krampfadern“, sagte er launig, als sie gerade ein Stück Marzipankuchen in den Mund schob. „Im linken Bein, nicht wahr. Die im rechten hab ich ja nicht mehr, zum Glück. Die hat man mir rausgezogen.“

Vanessa hielt im Kauen inne.

„Bei vollem Bewusstsein. Zwar mit örtlicher Betäubung, aber trotzdem merken Sie noch genug, wenn Ihnen jemand etwas aus dem Bein rausreißt. Das sind Schmerzen, sage ich Ihnen."

Ihre Augen weiteten sich. Sie versuchte zu schlucken.

„Doch soll ich Ihnen was sagen? Alles haben sie im Krankenhaus auch nicht herausgekriegt. Da sind immer noch Reste im Bein, nicht wahr, und Blutergüsse. Hier, gucken Sie mal."

Er schob seinen Kniestrumpf herunter und stellte das Bein auf ihre Stuhlkante. Sie winkte ab und sah weg.

„Und was die da erst herausgezogen haben. Ekelig. Das ganze Blut. Das hätten Sie mal sehen sollen. Das Bein war wochenlang aufgequollen. Die Schwellung ging gar nicht zurück."

Mühsam versuchte sie, ein Prusten zu unterdrücken.

„Im Nachhinein lacht man darüber. Aber damals hätte ich mich fast übergeben."

Sie hielt die Hand vor den Mund, um das Schlimmste zu verhindern.

„Und immer diese Thrombosespritzen in den Bauch. Ich selber kann das nicht, und meine Frau ist dabei nicht zimperlich. Wochenlang ist der ganze Bauch blau von Blutergüssen. Die werden Sie so schnell nicht wieder los. Wollen Sie mal sehen? Ach, sicher nicht. Freuen Sie sich, dass Sie noch so jung sind. Aber warten Sie mal ab. Das blüht Ihnen auch noch. Langweile ich Sie?“

Sie schüttelte den Kopf.

„Oder ist Ihnen übel? Sie essen ja gar nichts. Könnte ich verstehen. Oh, wie sehe ich denn aus?“ Er sah an sich herunter. „So kann ich Ihnen aber nicht gegenübertreten. Augenblick. Bin gleich wieder da.“

Damit eilte er ins Haus. Im Handumdrehen hatte er seine karierten Lieblingsfreizeitshorts und das Mallorca-T-Shirt abgelegt, sich in sein schönstes Sonntagsbeige geworfen und ein betörendes Parfüm aus dem Bestand seiner Frau angelegt beziehungsweise über sein Oberhemd verteilt.

„So, jetzt sehe ich doch endlich aus wie ein Mensch“, säuselte er, als er zurück war. Seine ohnehin schon blendende Laune hatte mit der neuen Sommerlichkeit seines Outfits noch an Strahlkraft gewonnen.

‚Ganz bestimmt‘, dachte sie.

„Kennen Sie den, nicht wahr?“ Es war Zeit für ein paar Glanzlichter aus der Pointenschmiede des Gesundheitswesens. „Sagt ein Mann zu seiner Frau: ‚Du, hast du auch Cholesterinspiegel?‘“

‚Um Himmels willen!‘, dachte sie und unterbrach ihn schnell: „Nein. Aber sagen Sie mal, Sie waren doch bei der Feier des Bürgermeisters. Gott habe ihn selig. Ich kann mich noch an Ihr wunderbares

Gedicht erinnern. Einfach toll, wie Sie das immer machen. Köstlich. Und so ganz aus dem Stegreif. Sie sind ein echter Meister darin."

„Ach wo", räusperte er sich mit gespielter Bescheidenheit. „Das ist doch ganz unbedeutend."

„Ich bitte Sie", antwortete sie in gespieltem Protest. „Sie brauchen Ihr Licht gar nicht unter den Scheffel zu stellen. Das ist fernsehreif. Jeder in Altenbeken weiß das zu schätzen und freut sich immer schon auf Ihr nächstes Gedicht. Sie waren doch an dem Abend lange mit dem Bürgermeister zusammen. Dann haben Sie doch auch mitbekommen, wie er sich gefreut hat. Wenn Sie mich fragen, das war sein schönstes Geburtstagsgeschenk. Hat er Ihnen das auch gesagt?"

„Hm … weiß nicht …"

„Gedacht hat er es garantiert. Das hat jeder gemerkt. Aber wollte er nicht schon früh nach Hause gehen?"

„Na ja, was heißt früh, nicht wahr? Um Mitternacht sagte er das, ja. Aber es hat noch ein Weilchen gedauert, bevor er tatsächlich ging. Keiner von uns hat ja geahnt, was er vorhatte."

„Wirkte er nicht niedergeschlagen oder deprimiert?"

„Nein. Er war guter Laune. Bis zu dem Moment, als er ging. Da drehte er sich noch einmal um, und plötzlich sah sein Gesicht ernst aus."

„Warum?"

„Weiß nicht. Es war, als hätte jemand ihm etwas zugerufen oder gezeigt, was ihn ärgerlich machte."

„So plötzlich? Was kann das gewesen sein?"

„Keine Ahnung, nicht wahr. Ich habe darüber nicht weiter nachgedacht. Erst jetzt fällt es mir auf. Aber wieso fragen Sie das alles überhaupt?"

„Sie haben aber ein gutes Gedächtnis, Herr Göke." Sie musste ihn von ihren Absichten ablenken. „Kein Wunder, dass Ihre Gedichte immer so großartig passend geraten. Das hilft Ihnen dabei ganz sicher."

„Meinen Sie?" Eine kleine Schmeichelei genügte, sein Misstrauen zu zerstreuen, kaum dass es geweckt worden war.

Und plötzlich stand Frau Göke auf der Terrasse. Ein Knall mit dem Absatz ihres Schuhs auf dem Terrassenboden genügte, Vanessa und Alfred herumfahren zu lassen.

„Liebchen!", erschrak er.

„Guten Tag", sagte Vanessa, die sich schnell fasste, und aufstand. „Ich bin Vanessa Oswald von der Gemeindeverwaltung. Ich hatte nur ein paar Fragen an Ihren Mann."

Sie reichte Frau Göke die Hand, die sie jedoch nicht nahm.

„Ja", fuhr Vanessa fort, „ich muss dann auch schon wieder."

Sie wandte sich zum Gehen. Dienstfertig sprang Alfred auf.

„Warten Sie! Ich begleite Sie hinaus!"

Vor dem Haus verabschiedete sich Vanessa von ihm. Als sie gerade in ihren Wagen einstieg, hörte sie aus dem Garten eine harsche Frauenstimme.

„Alfred? Kommst du mal?“

Für den Rest des Tages war Vanessa unpässlich, und es dauerte bis zum Nachmittag des folgenden Tages, ehe sie sich in der Lage fühlte, ihre Nachforschungen wieder aufzunehmen und Kurt Halsband einen Besuch abzustatten. Aus Sitzungen des Gemeinderates, in denen sie Protokoll führte, kannte sie ihn und wusste, was ihr bevorstand. Das erforderte eine gezielte Vorbereitung: Minirock, rote Pumps, ein tiefes Dekolleté, ein sinnliches Parfüm.

Kurt pfiff durch die Zähne, als er Vanessa vor seinem Haus erblickte. Er eilte ihr entgegen.

„Na, das ist ja eine Überraschung!“, rief er. „Guten Tag, schöne Frau. Bitte kneifen Sie mich, damit ich weiß, ob ich mich irre. Wollen Sie tatsächlich zu mir?“

„Sie irren sich nicht, Herr Halsband“, hauchte sie im rauchigsten Alt, der ihr zur Verfügung stand.

„Das hatte ich gehofft“, sagte er. „Was verschafft mir denn die unerwartete Ehre? Ich darf doch annehmen, Sie fahren nicht gleich wieder.“

„Aber wo denken Sie hin, Herr Halsband?“, kokettierte sie und legte die Fingerspitzen ihrer Rechten auf seinen Unterarm und dann auf die Blöße ihres Brustbeins.

„Na dann. Ich habe auch was für Sie. Kommt eine Frau zum Arzt und sagt: ‚Herr Doktor, ich habe einen Knoten in der Brust'. Darauf der Arzt: ‚Mein Gott, wer macht denn so was?'" Er lachte auf. Es klang wie ein Keuchen. „Der ist gut, nicht? Ein Knoten in der Brust. Wer macht denn so was? Sie verstehen doch, oder? Na, egal. Darf ich Sie denn hereinbitten?"

‚Nicht schon wieder', dachte sie. Ihre Befürchtungen begannen, sich zu bewahrheiten. Augenblicklich entschloss sie sich zu einer Offensivstrategie.

„Huch!", entfuhr es ihr in milder Empörung, und sie fächelte sich mit einer Hand Luft zu. „Sie sind ein Wüstling."

„Oh, Verzeihung. Wir können selbstverständlich auch hier bleiben. Ich wollte Sie natürlich keinesfalls kompromittieren."

„Aber nicht doch", lächelte sie und berührte wieder seinen Unterarm. „Ich verzeihe Ihnen."

„Danke. Küss die Hand."

„Oh, ein Kavalier sind Sie auch. Galant und emotional. Und das für einen Mann Ihrer Position. Sagen Sie, sind Sie auch immer noch so betroffen vom Tod unseres Bürgermeisters? Schrecklich", fuhr sie fort, ohne eine Antwort abzuwarten und ihm Gelegenheit zu geben, ihre Taktik zu unterlaufen. „Wir alle in der Verwaltung können einfach nicht darüber hinwegkommen. Ein so fröhlicher, umgänglicher Mensch. Niemals hätten wir das gedacht. Und da fragt sich jeder natürlich, Sie sicher auch, was geschehen ist, dass es zu dieser Tat kommen konnte, dass er dazu bereit und fähig war. Was vielleicht gar am selben Abend geschehen sein mag, das ihn in diese Verzweiflung getrieben hat."

Sie senkte den Kopf und sah zu ihm auf.

„Na ja, was soll schon gewesen sein?", antwortete er. „Gesagt hat er jedenfalls nichts."

„Gab es vielleicht jemanden, der mit ihm den Saal verlassen hat? Oder der als Gast erwartet war, aber den ganzen Abend nicht auftauchte?"

„Nicht, dass ich wüsste. Wieso?"

„Nicht? Soso", sagte sie eilig. „Ach, würden Sie sich für einen Moment umdrehen, bitte?"

Sie griff in ihre Handtasche, um eine Portion Parfüm nachzulegen. Als er sich wieder umdrehte, war sie noch in den Nebel des versprühten Wohlgeruchs eingehüllt. Die Wolke waberte auf ihn zu.

„Es ist nur …", sagte Halsband.

„Ja?"

„Spät am Abend kamen ja die Kanoniere. Sie waren zuerst in Bad Lippspringe gewesen und kamen danach noch für ihr Ständchen vorbei. Das war schon deutlich nach zwölf." Das frische Aroma hatte seinem Gedächtnis auf die Sprünge geholfen, und ihr Blick, der eines schutzbedürftigen jungen Rehleins, tat sein Übriges. „Mannstark traten sie an, wie immer. Aber einer fehlte."

„Na, Sie sind aber aufmerksam", schmeichelte sie ihm. „Woher wissen Sie so etwas nur?"

„Er fällt immer auf, weil er sich nie recht traut zu spielen. Die anderen pusten in ihre Hörner und hauen auf ihre Trommeln, was das Zeug hält. Nur er macht immer einen schüchternen Eindruck."

„Und wer war das?"

„Alfons Klahold. Ist halt ein zurückhaltender Typ. Und der Musikalischste ist er auch nicht. Aber nett."

„Sie meinen doch nicht, dass er nicht mitspielen durfte, weil es dieses Mal für den Bürgermeister war? Das wäre aber gemein gewesen."

„Ganz Ihrer Meinung", sagte er. „Aber wissen Sie was? Meine Frau und ich waren 25 Jahre glückliche Menschen. Und wissen Sie auch, was dann passiert ist? Wir haben uns kennengelernt." Er lachte wieder auf. Sein Keuchen klang, als schnappte er nach Luft.

Sie bemerkte, dass sie sich schon wieder zu weit vorgewagt hatte. ‚Entsetzlich', dachte sie und fragte schnell: „Kam er irgendwann doch noch? Wenigstens um zu feiern?"

„Nein, er kam nicht mehr. Mit Sicherheit nicht. Als die Kanoniere spielten, leerte sich der Saal ja schon ziemlich. Wenn er da noch aufgetaucht wäre, wäre mir das sicher aufgefallen. Ich war bis zum Schluss da. Und einer der Kanoniere, Gerd Lütkemeier, glaube ich, sagte, dass Alfons sich nicht wohl fühlte und schon vorzeitig nach Hause gefahren war."

„Dass Sie sich so etwas merken können … Ach, ich liebe intelligente Männer! Und ich bin so dumm." Dabei warf sie ihr Haar nach hinten.

„Sind Sie nicht, Schätzchen. Immerhin hat Ihre Intelligenz Sie zu mir geführt. Das war sehr klug von Ihnen."

„Tss, Sie machen mir Komplimente, Herr Halsband." Das scheue Rehlein war zurück. „Oder flirten Sie gar mit mir?"

Fürs Erste wusste sie genug. Nun galt es noch, seine Aufmerksamkeit so lange vernebelt zu halten, bis sie sich aus dem Staub machen konnte. Sie öffnete den oberen Knopf ihrer Bluse. „Hach, ist das heiß heute. Ist Ihnen auch so … heiß?"

„Und wie. Ganz heiß." Zischend zog er das s in die Länge. „Warten Sie! Ich hole uns etwas Kühles zu trinken. Bin gleich wieder da."

Damit eilte er zurück ins Haus. Es dauerte keine Minute, da trat er wieder aus der Tür, in den Händen ein Tablett mit zwei Getränkeflaschen, zwei Cocktailgläsern und einer Schüssel mit Eiswürfeln. Er war bester Laune.

„Kommt eine Frau zum Arzt", lachte und keuchte er ihr entgegen, „und lässt sich von ihm ein Mittelchen geben, weil ihr Mann nicht mehr so richtig will. Sagt der Arzt … "

Er hielt inne und blieb stehen. Sie war verschwunden.

„Heinz?", fragte die Stimme am Telefon.

„Ja. Hier Heinz Struck. Wer spricht?"

„Gott sei Dank, du bist wach!", hechelte die Stimme. „Du bist meine Rettung. Ich weiß nicht, was noch passieren würde, wenn du nicht abgehoben hättest."

„Alfons, bist du's? Alfons Klahold?"

„Ja, ich bin's. Ich muss unbedingt mit dir sprechen."

„Weißt du eigentlich, wie spät es ist?"

„Ja. Natürlich. Bitte, Heinz, hör mir zu und leg nicht auf. Es ist hier, ganz nah, die ganze Zeit. Ich weiß nicht mehr, was ich tun soll! Ich kann nicht entfliehen!"

„Mensch Alfons, was ist denn nur los? Du klingst so gehetzt."

„Es verfolgt mich! Es zieht mich! Es will mich holen! Aaah!"

„Um Himmels willen! Was denn? Hast du Einbrecher im Haus? Soll ich die Polizei rufen?"

„Nein! Keine Einbrecher! Viel schlimmer! Das Gurgeln!"

„Gurgeln? Welches Gurgeln?"

„Es ist furchtbar, grausam, wahnsinnig! Hilfe!"

„Alfons, du willst mir jetzt aber nicht erzählen, dass deine Klospülung gurgelt und du deshalb nicht schlafen kannst. Ruf Lötewilli an. Der kommt zur Not auch nachts."

„Heinz, so hör doch! Das Gurgeln kommt nicht vom Klo. Es ist in meinem Traum, immer wieder. Es beginnt leise, doch es schwillt an und wird immer lauter und kommt immer näher, und dann will er mich holen. Er greift nach mir, er zieht mich, immer tiefer. Und da ist immer dieses entsetzliche Gurgeln, wie tief aus der Gruft. Irgendwann wache ich auf, liege im Schweiß, ich sehe ihn nicht mehr, doch das Gurgeln ist noch da! Auch wenn ich mir die Ohren zuhalte. Es ist in meinem Kopf und verschwindet nicht!"

„Ich verstehe kein Wort. Was für ein Traum? Und wer will dich holen? Weißt du was? Am besten fängst du mal ganz vorne an. Und atme erst mal tief ein und aus. Du bist ja hysterisch. Kein Gurgeln der Welt kann dich umbringen. Und wenn du dich etwas beruhigt hast, erzählst du mir alles von vorn, ja? Ich bin ja jetzt wach, und schlafen kann ich vorläufig sowieso nicht mehr."

Es dauerte eine kleine Weile, bis Alfons fortfuhr.

„Okay. Puh. Ich versuche es mal. Danke, dass du mir zuhörst."

„Wer will dich holen?"

„Kersting."

„Hartwig Kersting?"

„Ja."

„Der ist tot."

„Weiß ich doch. Es ist ja ein Traum, immer derselbe. Es ist Nacht. Ich komme vom Auftritt zurück und gehe in den Musikraum, will meine Trommel abstellen, meine Uniform aufhängen und nach Hause fahren. Dann sehe ich plötzlich, dass etwas in dem Raum nicht stimmt. Die Tuba! Sie steht sonst immer in einer Ecke und wird nie bewegt. Seit vielen Jahren schon steht sie da. Doch jetzt liegt sie auf dem Boden. Im Dämmerlicht, das von draußen hereinkommt, nehme ich wahr, das etwas aus dem Trichter der Tuba herausragt, das aussieht wie Beine. Ich schalte das Licht ein und sehe, dass ein Körper darin liegt beziehungsweise feststeckt. Ich tippe ihn leicht an, doch er bewegt sich nicht. Tot! Da fängt auf einmal das Gurgeln an, ganz tief unten im Instrument. Zuerst messe ich dem keine Bedeutung bei, denke, es kommt aus einem Nachbarraum oder von draußen. Aber es nimmt an Lautstärke zu, und plötzlich dringt eine Stimme aus der Tiefe, wie aus einem Schacht, und die ruft meinen Namen! ‚Alfons!', ruft sie heiser. Das ist Kerstings Stimme! Er ist es, der darin steckt! Tot und doch nicht tot. ‚Alfons!', ruft er wieder. ‚Komm herein!' Es ist grauenerregend! Und mit einem Mal sind es nicht mehr die Beine, die herausragen, sondern seine Arme! Die Hände, sie sind nur noch Knochen! Und sie greifen nach mir! Die Knochen knirschen und knarren, das Gurgeln, der Sog in der Tuba wird stärker und will mich mit aller Macht hineinziehen. Die Knochen berühren meine Füße, ich versuche zu fliehen, doch es geht nicht! Ich kann meine Beine nicht bewegen! Wie angewurzelt stehe ich direkt vor dem Trichter, die Knochenhände halten meine Fußgelenke umkrallt … und dann stürze ich! Immer gespenstischer, immer erbarmungsloser mischen sich das Gurgeln, der Sog, die Stimme des

Bürgermeisters und das Gefühl der Knochenhände an meinen Füßen zu einem einzigen makabren Horror! Ich schreie, ich strampele, doch vergeblich! Ich sitze in der Falle! Wie ich es schaffe aufzuwachen, weiß ich selbst nie. Ich bin klatschnass bis auf die Haut, schalte das Licht im Schlafzimmer ein, der Traum ist weg. Aber seit einigen Tagen bleibt das Gurgeln! Es macht mich wahnsinnig! Ich kann nicht mehr einschlafen und liege die halbe Nacht wach in meinem Schweiß. Irgendwann schlafe ich dann doch etwas, aber wache viel zu früh auf und fühle mich vollkommen durch die Mangel gedreht."

„Hm", sagte Struck. „Ist das Gurgeln denn morgens noch da?"

„Nein, zum Glück nicht."

„Wenigstens etwas. Sag mal ..."

„Ja?"

„Ich habe da so einen Verdacht."

„Und welchen?"

„Kann es sein, dass du tatsächlich an dem Abend im Musikraum warst?"

„Ach Heinz, ich wusste, ich kann dir das alles erzählen. Du würdest mich verstehen. Ja, du hast recht. Ich war da. Und ich habe Kersting in der Tuba gesehen."

„Okay. Erzähl."

„Ich kam von Bad Lippspringe, schon vor den anderen, weil es mir nicht gut ging. Und tatsächlich wollte ich Uniform und Trommel in den Raum bringen und einfach nur noch ins Bett. Vorher hatte ich noch Josef und Angelika im Dorf aufgegabelt. Sie kamen von der Party und konnten nicht mehr geradeaus gehen. Stell dir vor, sie hatten vollends die Orientierung verloren und fanden ihren Heimweg nicht mehr. Ich hab sie also bei ihrer Tochter zu Hause abgeliefert und bin dann zum Saal."

„Und da war Kersting."

„Ja. Ich dachte, er sei völlig betrunken. Wer kommt schon auf die Schnapsidee, dieses schwere Riesenviech von Tuba auf den Boden zu wuchten und hineinzukriechen, wenn nicht ein Besoffener, der nicht mehr weiß, wo rechts und links ist? Ich wollte ihn einfach seinen Rausch ausschlafen lassen und ließ ihn allein."

„Wann war das?"

„Ich hab doch nicht auf die Uhr geschaut. Irgendwann vor eins."

„Aber warum hast du das nicht der Polizei gemeldet? Hast du doch nicht, oder?" Der Ermittlerinstinkt erwachte in Struck.

„Nein. Am Anfang habe ich mich nicht getraut. Bestimmt hätten die mich dann verdächtigt. Der Mörder meldet den Fund seines Opfers selbst, um den Verdacht von sich abzulenken. Das kennt man doch aus Krimis. Durchschaubare Taktik. Davor hatte ich wirklich Angst. Und einen Tag später ging ja schon durch die Presse, dass es Selbstmord war. Damit hatte sich die Sache für mich ja erledigt. Oder hätte erledigt sein können. War sie aber nicht."

„Und warum hast du ausgerechnet mich angerufen?"

„Die Sache ist die … also, weißt du … ich … ich habe gehört, du beschäftigst dich seit Neustem mit … na ja, mit der Sache eben."

„Wer sagt das?"

„Hab ich halt gehört. Dass du Nachforschungen anstellst und quasi ermittelst, was hinter der Sache steckt."

„Ja. Ich sage dir, da ist etwas faul. Wir glauben nämlich, dass Kersting ermordet wurde."

„Wir?"

„Ja. Vanessa Oswald und ich. Wir waren beim Instrumentenbauer, der die Tuba vor Jahren für die Blaskapelle in Altenbeken hergestellt hat. Und der hat uns gezeigt, dass es unmöglich ist, sich selbst darin umzubringen."

„Aha? Wie das?"

„Längere Geschichte. Aber sag mal, ich muss dich mal was fragen. Kersting lebte nicht zufällig noch, als du den Raum betratest?"

„Ich denke nicht. Ich hatte dir ja gesagt, ich hielt ihn für besoffen. Aber da muss er wohl schon tot gewesen sein."

„Du hast ihn nicht noch aufrecht stehend gesehen? Oder mit ihm gesprochen?"

„Was? Nein! Sag mal, willst du etwa damit sagen, dass ich ihn umgebracht haben soll?"

„Weiß nicht."

„Aber ich war es nicht! Ehrenwort! Wirklich, Heinz, das musst du mir glauben!"

„Gut, Alfons. Hast du denn vielleicht in dem Raum noch etwas gesehen, was ungewöhnlich war? Was uns weiterbringen kann? Oder hast du gar eine Idee, wer es gewesen sein könnte?"

„Hm …"

„Ja?"

„Jetzt, da du mich fragst … warte mal …"

„Ja?"

Alfons schwieg.

„Alfons? Bist du noch da?"

Spontan kam die Reaktion.

„Ich weiß jetzt, was ich machen kann!"

„Äh … Was denn?"

„Telefonieren. Jetzt. Danke, Heinz. Danke!"

Damit hängte er auf.

16

Als vor Jahren der Wanderweg angelegt wurde, der den Ort weiträumig umsäumt und ihn von seinen schönsten Seiten zeigt, wurde man auf der Suche nach einem offiziellen Startpunkt schnell fündig: Die Dampflokomotive sollte es sein, das zweite Wahrzeichen Altenbekens. In den Siebzigern wurde sie im Unterdorf nahe der Beke aufgestellt, um die Tradition des Ortes als Eisenbahnerdorf weithin sichtbar zu machen. Tatsächlich hatte sich der Bahnhof Mitte des 20. Jahrhunderts zu einem äußerst betriebsamen Knotenpunkt entwickelt, an dem sich drei stark befahrene Bahnlinien kreuzten. Die Bahn war im Leben der Gemeinde tief verankert, nicht zuletzt durch die Tatsache, dass sie vielen Menschen und deren Familien Brot und Arbeit gab. Zuletzt hatten Umstrukturierungen bei der Deutschen Bahn die Bedeutung des Bahnhofs etwas schrumpfen lassen. Dennoch ist die Eisenbahn überall im Dorf immer noch präsent, vor allem, aber längst nicht nur, durch die Dampflok.

Ungefähr zur selben Zeit kaufte die Gemeinde einen heruntergekommenen Bauernhof in unmittelbarer Nähe auf. Unter Federführung eines ortsansässigen Architekten wurde er zu einem ansprechenden Fachwerkanwesen umgestaltet und ein Museum eingerichtet. Es sollte zusammen mit der Lokomotive als Leuchtturmprojekt dazu beitragen, die Attraktivität des Ortes für Touristen zu steigern. Auf der Suche nach einem reißerischen Angebot, mit dem es gefüllt werden sollte, verfiel man nach langem Diskurs auf Ofenplatten aus der Zeit Altenbekens als Eisenhüttendorf. Die Exponate waren zwar kulturhistorisch durchaus interessant, verfehlten aber das Ziel des erhofften Zuschauermagneten. Auch der zeitweilige Betrieb des Museums als Kleinkunstbühne verhalf ihm außerhalb der Veranstaltungen nicht zu nennenswert höheren Besucherzahlen. Inzwischen beherbergt das Haus ein gastliches Bistro, das sich die

Lage am Ausgangs- und Zielpunkt des Wanderweges zunutze macht.

Auf dem Parkstreifen vor dem Lokal stand ein Mann an seinem Auto und öffnete die Beifahrertür. Kniebundhose mit roten Strümpfen und Karohemd wiesen ihn als ambitionierten Wandersmann aus. Er war schon seit Sonnenaufgang auf den Beinen und war nun, einige Stunden und etliche Kilometer später, an Start und Ziel seiner Tour angelangt. Das Bistro lockte mit einem frisch gezapften lokalen Bier. Vorher jedoch hatte er noch etwas zu erledigen. Am Morgen nämlich hatte er unweit der Lokomotive einen schmalen Fußgängerweg entdeckt, der einen kleinen Bach überquerte, Beke genannt. Der verlief im Grunde unterirdisch und trat nur für ein paar Meter ans Tageslicht, um bald darauf wieder im Untergrund zu verschwinden. Bach und Weg lagen versteckt zwischen hohen Büschen und fielen Vorbeigehenden nicht ohne Weiteres auf. Nun freute der Wanderer sich auf ein kühlendes Fußbad, bevor er sich ein Bier gönnen und sich dann auf die Heimreise machen würde. Er legte Wanderstab, Rucksack und Gamsbarthut auf den Beifahrersitz und schloss die Tür. Aus der geplanten Erfrischung im kühlen Bachwasser wurde allerdings nichts. Als er das Ufer hinabstieg, sah er halb im Wasser, halb an Land einen Mann liegen, der sich nicht rührte.

Eine Hand steckte im Eisengeländer der kleinen Brücke fest, die vom Weg zu einem alten, hohen

Bauernhof führte, und es schien fast, als hinge er an diesem Arm. Der Gruß, den der Wanderer ihm noch entbieten wollte, blieb ihm direkt im Halse stecken, als er bemerkte, dass der Mann gar nicht gesund aussah. Er sah sogar sehr ungesund aus, ohne jegliche Aussicht auf Besserung. Kein Wunder.

Die Nachricht vom Fund einer Leiche durch den ahnungslosen Wanderer hatte sich wie ein Lauffeuer verbreitet. Polizeihauptmeister mit Zulage Sischke hatte alle Hände voll zu tun, die anwachsende Menschenmenge im Zaum und vom Tatort fern zu halten. Nach einer halben Stunde fuhr das Einsatzkommando der Paderborner Polizei vor und sperrte den Bereich weiträumig ab, sodass Passanten nur noch von Weitem auf das Geschehen blicken konnten. Auch Breitenbach und seine Assistentin trafen ein, nahmen Tatort und Opfer kurz unter die Lupe und waren sich schnell im Klaren über die Beurteilung des Falles. Die Befragung des völlig verstörten Wanderers wurde nach wenigen Augenblicken abgebrochen, als sich herausstellte, dass er zu keiner zusammenhängenden Äußerung in der Lage war. Er wurde in ein schnell herbeigerufenes Taxi gesetzt, seine Frau noch kurz informiert, und schließlich wurde er auf die Heimreise geschickt mit der Auflage, sich für die nächsten Tage bei seinem Arbeitgeber krank zu melden und sich für die Ermittler zur Verfügung zu halten.

„Selbstmord", bemerkte Kommissar Breitenbach, als er den Toten kurz in Augenschein genommen hatte. „Schon wieder. Aber nicht, dass das hier noch zur Gewohnheit wird." Er war nicht frei von Sarkasmus. „Koslowski", sprach er seine grau kostümierte und groß bebrillte Assistentin an. „Legen Sie schon mal ein erstes Protokoll an. Das wird natürlich noch ergänzt von der Expertise der Gerichtsmedizinerin. Aber die ist Formsache. Sie kennen das ja. Ich denke, die Dame wird gleich hier aufkreuzen. Und in zwei Tagen wird der Fall soweit sein, dass wir ihn beim Staatsanwalt vorlegen können. Der setzt seinen Wilhelm darunter, Deckel drauf, und ab ins Archiv. Sagen Sie nichts, Koslowski. Das ist unser Job."

Plötzlich regte sich etwas unter den Umstehenden, und man begann zu drängeln.

„Lassen Sie mich durch!", krähte eine Frauenstimme gegen die Unruhe an. „Ich bin Ärztin!"

Sie versuchte, sich einen Weg durch die Menge zu bahnen, doch die hatte wohl etwas dagegen.

„Wer immer da hinten liegt, der braucht die ja wohl jetzt nicht mehr", spottete ein Mann und stellte sich ihr demonstrativ in den Weg. „Außerdem kann das jeder sagen."

„Ich bin aber nicht jeder!", giftete die Frau. „Ich bin die Gerichtsmedizinerin. Falls Sie wissen, was das ist, Sie Schweinchen Schlau. Das ist eine Ärztin, und zwar eine Fachärztin, wenn Sie es genau wissen wollen. Und Sie sollten sich jetzt gefälligst befleißigen, Ihren Arsch an die Seite zu bewegen und mich durchzulassen und meine Arbeit machen zu lassen, oder ich vergesse mich!"

Das saß. Im Nu war der Weg frei.

„Tach, Breitenbach", begrüßte sie den Kommissar und bedachte Koslowski mit einem kurzen Kopfnicken, das diese säuerlich erwiderte. „Wo ist denn unser Patient?"

„Da unten", antwortete er und wies auf die Stelle unter der Brücke.

„Hat man ihn schon identifiziert?", fragte sie, als sie das Ufer hinabstieg.

„Nein."

„Hat ja auch noch Zeit. Na, dann wollen wir mal."

Sie stellte ihre Tasche auf einen Stein am Rand des Baches ab und betrachtete die Leiche.

„Hm ... Verletzung an der Stirn... Platzwunde, nichts Ernsthaftes ... Hände krampfartig erstarrt. Eine Hand hält etwas festgekrallt, was wie ein Stück Stoff aussieht. Bin gespannt, was wir unter den Fingernägeln finden werden. Da hat wohl ein Kampf stattgefunden. Ungewöhnliche Lage ... Keine Ahnung, warum die eine Hand im Geländer steckt. Die kriegen wir da nicht ohne Weiteres heraus."

„Was hat er dort um den Hals?", fragte Koslowski.

„Auf jeden Fall einen großen Fetzen Stoff, festgezurrt. Derselbe wie der in seiner Hand. Und schmuddelig. Er könnte aus einem Kleidungsstück herausgerissen worden sein. Der Mund ist auf, die Augen stier im Todeskampf … Also für mich ist die Sache klar. Aber sehr speziell, wenn Sie mich fragen."

„Kann man wohl sagen", sagte Breitenbach. „Das ist der eigenartigste Selbstmord, den wir je im Kreis Paderborn hatten."

„Abgesehen ja wohl von dem in der Tuba", schnappte Koslowski.

„Natürlich."

„Eigenartiger Selbstmord?", fragte die Medizinerin.

Da begann es erneut in der Zuschauermenge zu gären, begleitet von aufgeregten Rufen.

„Lassen Sie mich durch!", donnerte ein Mann. „Ich bin Gemeindebote!"

Hin und her wogte das Gewühl, tumultartige Szenen spielten sich ab, es gab Rudelbildung. Da schoss ein Radfahrer jäh aus dem Wirrwarr heraus. Sischke versuchte ihn aufzuhalten, aber vergeblich. Und plötzlich stand Heinz Struck vor den Ermittlern.

„Wie kommen Sie auf Selbstmord, Herr Breitenbach?", fragte die Gerichtsmedizinerin, ohne Struck zu beachten. „Schauen Sie sich doch die Indizien an."

Da stürzte Vanessa Oswald unvermittelt aus dem Pulk heraus auf die Gruppe zu.

„Herr Struck!", rief sie. „Herr Struck! Was machen Sie denn da? Kommen Sie da weg!"

„Ja, schauen Sie hin, Breitenbach", insistierte die Ärztin.

„Alfons!", rief Struck, als er den Toten erkannte. „Alfons Klahold!"

Ein Raunen ging durch die Menge.

„Das ist Alfons Klahold aus Altenbeken, Herr Kommissar!“, rief Struck.

„Aha. Sie kennen den Mann?“

„Und ob! Alfons Klahold aus Altenbeken ist das!“

„Herr Breitenbach?“, unterbrach die Medizinerin. „Jetzt schauen Sie bitte endlich. Das war kein Selbstmord. Das war …“

„Mord!“, stieß Struck hervor und sah Vanessa an. „Mädchen, hast du gehört? Das war Mord!“

„Um Gottes willen!“, rief Vanessa, die Alfons auch erkannt hatte. „Nein!“

„Und soll ich Ihnen was sagen?“, fuhr die Gerichtsmedizinerin fort. „Interessanter Mord. Völlig untypisch für hiesige Taten. Morde im organisierten Verbrechen, die sehen schon eher so aus. Aber das heißt gar nichts.“

Der Satz schüttelte Breitenbach auf.

„Sie meinen … die Mafia?“

„Na, soweit würde ich nun nicht gehen, Kollege“, lächelte sie.

„Mord … hier, im Kreis Paderborn …“ In Breitenbach begann es zu schwelen. „Die Mafia … das organisierte Verbrechen … Ja klar … Das ist es …“

Nun bedurfte es nur noch eines Sprühens in die lodernde Glut.

„Das dürfte es in Altenbeken wohl kaum geben“, sagte Koslowski.

Mit einer Handbewegung brachte Breitenbach

sie zum Schweigen. Das Feuer in ihm war entfacht. „Sagen Sie das nicht. Wir müssen jetzt professionell bleiben, Koslowski. Das organisierte Verbrechen, das findet längst nicht mehr nur in Hamburg und Berlin statt. Das greift um sich, bis in die hintersten Winkel des ländlichen Raumes hinein. Nur die Hintermänner, die sitzen fein in den Großstädten und ziehen die Fäden. Ich denke, nach allem, was wir hier sehen, müssen wir von einem Mord mit einem solchen Hintergrund ausgehen. Eine Vergeltungstat, vermute ich. Ein ganz großes Ding. Wahrscheinlich ein Bandenkrieg."

Die Pferde gingen mit ihm durch, und es gab kein Zurück mehr.

„Schätze, die beiden Gruppen haben sich gegenseitig das Wasser abgegraben, und nun ging es um die Vorherrschaft in dieser Gegend."

„Vorherrschaft in dieser Gegend?", fragte die Medizinerin. „Das glauben Sie doch selbst nicht."

„Sie haben völlig recht!", entfuhr es ihm. „Nicht in dieser Gegend! Nein, die Vorherrschaft in Deutschland! Das ist es! Und die Hintermänner stecken in Hamburg und Frankfurt! St. Pauli! Ja! Die ehrenwerten Herren! Die schicken ihre Schergen überallhin. Wenn der hier mal nicht auch einer war. Er sieht aus wie ein Russe. Das spricht doch schon Bände."

„Das ist kein Russe", sagte Struck. „Das ist Alfons Klahold aus Altenbeken."

Breitenbach ignorierte den Einwurf.

„Natürlich kann man auch einen terroristischen Hintergrund nicht ausschließen. Und wenn Terror im Spiel ist, fress' ich 'nen Besen, wenn da nicht auch die CIA ihre Finger drin hat. Gucken Sie sich doch mal die Lage der Leiche an, Koslowski. Was sagen Sie dazu?"

Koslowski sagte nichts.

„Der Mann hat arabische Gesichtszüge. Was schließen Sie daraus?"

„Der Mann hat keine arabischen Gesichtszüge", intervenierte Struck. „Das ist ein Altenbekener. Das sieht doch ein Blinder mit dem Krückstock. Alfons Klahold ist das."

„Herr Struck, bitte seien Sie still!", zischelte Vanessa.

„Aber das ist doch Alfons Klahold!", zischelte er zurück.

Doch Breitenbach hatte bereits zu weit abgehoben.

„Alles hört auf mein Kommando!", rief er in die Runde der umstehenden Beamten. „Es besteht der dringende Verdacht, dass hier das ganz große Verbrechen zugeschlagen hat. International, damit wir uns richtig verstehen. Polen, Österreich, Belgien. Und so weiter. Also gilt es nicht nur, den Mörder zu finden, sondern vor allem auch die wahren Verantwortlichen dingfest zu machen, bevor sie sich ins Ausland absetzen können. Das ist eine hammerharte Aufgabe, Männer, der wir uns stellen müssen. Dazu bilden wir ab sofort ein Sondereinsatzkommando. Die Leitung übernehme ich. In einer Stunde sehen wir uns alle zur Dienstbesprechung im Präsidium. Mit dem fertigen Bericht, Koslowski. In der Zwischenzeit lösen Sie die Versammlung hier auf."

„Sehr gern", antwortete sie und lächelte gequält. „Aber sagen Sie, wenn das europäische Ausland wirklich betroffen ist, sollten wir nicht direkt das BKA und Europol informieren?"

„Auf keinen Fall. Das wäre ein schwerer taktischer Fehler. Wir wollen an die Paten heran. Früher oder später würden sie davon Wind bekommen. Das würde sie aufrühren. Die sind ja nicht blöd. Wir müssen sie in Sicherheit wiegen. Sie sollen glauben, wir hier vor Ort sind hinterwäldlerisch genug, die Sache für eine lokale Angelegenheit zu halten. Sie haben sich auch wirklich Mühe gegeben, es so aussehen zu lassen. Aber uns führen sie nicht hinters Licht. Unser Vorteil ist, sie ahnen nicht, dass sie es bei uns mit Profis zu tun haben. Also: Die Ermittlungshoheit liegt bei der Mordkommission in Paderborn. Und vorerst keine Information darüber an die Presse. Haben wir uns verstanden? Gibt es noch etwas zu sagen für den Augenblick?", fragte er die Ärztin, die den Ausführungen mit einer Mischung aus Befremden und Verwunderung gefolgt war.

„Ja. Der Tod dürfte letzte Nacht eingetreten sein, vor acht bis zwölf Stunden, schätze ich. Genaueres kann ich aber erst sagen, wenn ich die Leiche obduziert habe. Dann weiß ich auch Näheres über das Kleidungsstück, mit dem der Mann ja offensichtlich erwürgt wurde. Aber sagen Sie …"

„Danke, Frau Doktor", fuhr er ihr über den Mund. „Ich brauche Sie hier nicht mehr. He, was machen Sie denn da? Lassen Sie das!"

Jetzt erst bemerkte er Rolf Beyer, der hinter ihnen Fotos vom Tatort schoss.

„Seit wann sind Sie denn hier? Und wie sind Sie durch die Sperre gekommen? Koslowski, warum weiß ich nichts davon, dass dieser Mann hier ist?"

Koslowski zuckte die Schultern.

„Das hätte man mir kommunizieren müssen! Hat man Sie nicht aufgehalten, Beyer? Woher wissen Sie überhaupt schon von der Sache hier?"

„Ich habe meine Informanten überall", antwortete Beyer vielsagend.

„Doch Polizeifunk, was? Was haben Sie mitbekommen von dem, was hier besprochen wurde? Das sind laufende Ermittlungen. Die unterliegen der Geheimhaltung. Unterstehen Sie sich, etwas davon in Ihrem Schmierblatt zu drucken! … Sie sollen aufhören zu fotografieren, habe ich gesagt!"

„Ich gehe ja schon. Nur noch dieses eine. Die Öffentlichkeit hat ein Recht auf Information. Aber das wissen Sie als Polizist natürlich. Und sicherlich brauchen Sie auch die Mithilfe der Bevölkerung bei der Aufklärung. Also stellen Sie sich nicht so an. So, das war's. Ich bin dann mal weg."

Damit drehte er sich um, und im nächsten Moment hatte die Menschenmenge ihn verschluckt.

17

Bandenkrieg in der Egge? Organisiertes Verbrechen schlägt zu.

Altenbeken (by). Nach dem Mord an einem Einwohner droht das beschauliche Eggedorf zum Schauplatz kriegerischer Auseinandersetzungen rivalisierender Gangsterbanden zu werden. Das Paderborner Polizeipräsidium hat die Ermittlungen aufgenommen und eine Großfahndung eingeleitet. Eine schlagkräftige Einheit bulliger und motivierter Beamter wurde vom gestrigen Drittligaspiel Arminia Bielefeld gegen Preußen Münster abgezogen und bis auf Weiteres nach Altenbeken verlegt. Im Laufe des Nachmittags wird das Anrücken einer Reiterstaffel erwartet. Die Bundeswehr hat Zelte und Feldbetten zur Verfügung gestellt. Das THW sicherte für die Zeit des Einsatzes eine warme Suppe zu.

Ein Einzelwanderer aus dem nahen Willebadessen, der am Morgen schon ein Teilstück des Viadukt-Wanderweges bewältigt hatte, entdeckte mittags bei seiner Rückkehr zum Ausgangspunkt den Leichnam. Er lag abgeschieden vom Durchgangsverkehr an einer kleinen Brücke am Rande der Beke unweit der Lokomotive und des Eggemuseums. Der Mann verständigte umgehend die Polizei. Das Opfer, der 52-jährige Alf K. (Name der Redaktion bekannt), war offenbar in der Nacht aus noch ungeklärten Gründen unterwegs gewesen, wie der leitende Ermittler, Hauptkommissar Breitenbach, mitteilte. Spuren am Fundort weisen auf einen Kampf hin, der für K. tödlich endete. Nach exklusiv dieser Zeitung vorliegenden Informationen könnte der Mann mit einem Stück Textil stranguliert worden sein. Als der Wanderer ihn fand, steckte er mit einer Hand im Geländer der Brücke fest. Einem zufällig vorbeikommenden Altenbekener Multiserviceunternehmer gelang es nach einiger Zeit, die Leiche unter Einsatz eines Schweißbrenners aus ihrer misslichen Lage zu befreien.

HK Breitenbach sagte dieser Zeitung: „Grundsätzlich ermitteln wir in alle Richtungen. Nach der Spurenlage und allem, was wir gegenwärtig wissen, müssen wir von einem Anschlag des organisierten Verbrechens ausgehen, im ganz großen Stil. Für eine genauere Festlegung ist es allerdings noch zu früh. Erste Spuren führen wohl in die Frankfurter Szene, doch es verdichten sich die Hinweise, dass auch der Hamburger Kiez im Spiel sein könnte. In jedem Fall trägt die Tat die Handschrift von deutschlandweit operierenden Profis. Sie könnte ein Racheakt gewesen sein. Möglicherweise hatte das Opfer sich zu weit in den Kern der Zelle, in den inneren Zirkel, vorgewagt, und es sollte ein Exempel statuiert werden. Oder es handelt sich um einen Überläufer, der enttarnt und hingerichtet wurde."

Nun sucht die Polizei Zeugen, die in der Nacht unterwegs waren und Verdächtiges beobachtet haben.

Gefahndet wird vor allem nach großen amerikanischen Limousinen, zum Beispiel der Marken Dodge oder Chevrolet, sowie nach in Leder oder Nadelstreifen gekleideten Männern mit Sonnenbrillen. Auch Beobachtungen wie etwa die eines Handgemenges oder eines Schusswechsels können hilfreich sein. Sachdienliche Hinweise nimmt jede Polizeidienststelle entgegen. Vor Ort in Altenbeken steht Polizeihauptmeister mit Zulage Franz-Josef Sischke jederzeit für die Entgegennahme von Aussagen bereit. Schon jetzt sagte das Paderborner Kommissariat umfänglichen Zeugenschutz zu.

Unklar ist die Rolle, die Alf. K. im Konflikt der Banden spielte. Nach Informationen dieser Zeitung war er alleinstehend, jedoch aktiver Musiker und durchaus gesellig. War er nur das Opfer der Umstände, oder hatte er selbst seine Finger im perfiden Spiel? Zum gegenwärtigen Zeitpunkt kann darüber nur spekuliert werden. Die Ungewissheit bleibt, vor allem für die Bürger Altenbekens. Müssen sie nun befürchten, dass ihr Ort zwischen den Mühlsteinen des Kapitalverbrechens zerrieben wird? Werden sie gar selbst in Mitleidenschaft gezogen? Der Paderborner Anzeiger wird seine Leser stets aktuell mit sämtlichen Informationen versorgen und immer auf dem neusten Stand halten.

Im Bürgerbüro hing Heinz Struck auf dem Tresen vor Vanessas Schreibtisch. Vor ihr lag eine aufgeschlagene Zeitung. Sie schüttelte den Kopf.

„Unglaublich“, sagte sie.

„So ein Quatsch!“, tönte Struck.

„Psst!“, zischte sie. „Still! Wir sind hier nicht allein!“ Sie zeigte zum Nebentisch, wo ihre Kollegin ins Gespräch mit einer Kundin vertieft war.

Struck beugte sich zu ihr herunter.

„So ein Quatsch“, tuschelte er. „Und es ist nicht nur die Überschrift. Lies mal weiter.“

Als sie den Artikel überflogen hatte, blickte sie zu Struck auf.

„Da staunst du, was?“, fragte er. „Hast du das mit der Zeltstadt gelesen, die die Polizei hier errichten will? Wo um alles in der Welt wollen sie die denn bauen?“

„Das organisierte Verbrechen“, sagte Vanessa kopfschüttelnd vor sich hin. „Und wo soll das sein? In Altenbeken. Ausgerechnet.“

„Ja. Eine Bande aus Frankfurt. Und aus Hamburg.“

„In Nadelstreifen. Und in Amischlitten.“

„Altenbeken wird zwischen den Mühlsteinen des Kapitalverbrechens zerrieben.“

„Und zwischen all dem der arme Alfons.“

„Ein Ensemble wollten sie an ihm stationieren.“ Struck tippte sich an die Stirn.

„Was?“

„Steht da. Dritter Absatz. Wörtlich.“

„Ach so.“

Einen Moment sagten beide nichts, bis Struck plötzlich mit der Faust auf den Tresen schlug.

„Das schlägt doch dem Fass den Boden aus!“, polterte er.

„Schschscht!“, zischte sie leise.

Die beiden Frauen am Nachbartisch sahen herüber. Vanessa sah sie an und lächelte.

„N-nichts“, sagte sie. „Es ist nichts. Alles gut … Sie müssen leiser sprechen, Herr Struck“, ergänzte sie flüsternd.

„Ach, ist doch wahr!“, tuschelte er, immer noch in Erregung. „Das ist doch der Gipfel! Alfons hatte doch mit Verbrechen nichts zu tun. Sag doch mal selbst.“

„Sie haben völlig recht. Ich weiß gar nicht, was diesen Kommissar … wie heißt er?“

„Breitenbach.“

„Genau. Was diesen Breitenbach reitet, so etwas zu sagen. Alles nichts als wüste Spekulation, völlig aus der Luft gegriffen. Im Grunde weiß er doch gar nichts. Aber die Pferde scheu machen.“

„Vielleicht hat er es gar nicht selbst gesagt, also nicht direkt, meine ich, sondern Beyer hat es ihm in den Mund gelegt.“

„Wäre ja mal wieder typisch. Das kann er gut.“

„Der Sensationsreporter.“

„Wie bei der Bild-Zeitung. Wahrscheinlich sieht er sich selbst schon da.“

„Du, aber sag mal, ist dir sonst nichts aufgefallen?“

„Was meinen Sie?“

„Wer war mal wieder ganz zufällig in der Nähe und hat seine Dienstleistung angeboten?“

„Ich verstehe nicht.“

„Steht im Artikel. Der Schweißbrenner."

„Harteisen!", entfuhr es ihr, so laut, dass die Frauen am Nachbartisch wieder aufmerksam wurden. Verlegen lächelte Vanessa herüber und versuchte mit einer kurzen Geste abzuwiegeln.

„Genau der", flüsterte Struck, als die Frauen sich wieder ihrer Tätigkeit zugewandt hatten. „Was, zum Teufel, hat der immer am Tatort zu suchen? Warum ist ausgerechnet er in der Nähe?"

„Stimmt", sagte sie und zögerte einen Moment. „Ausgerechnet er …"

„Wir müssen ihn im Auge behalten", sagte Struck.

„Ja, wahrscheinlich sollten wir das … Aber sollten wir nicht lieber die Polizei informieren über das, was wir wissen?"

„Die Polizei?"

„Ja. Die denken doch in die völlig falsche Richtung. Banden vom Kiez. So ein Unsinn! Wir wissen, das Kersting ermordet wurde. Und wir wissen auch, dass der Tod von Alfons damit zusammenhängt. Möglicherweise haben wir es sogar mit ein und demselben Täter zu tun. Alfons war am Tatort und hatte Kersting in der Tuba gesehen. Das hat er Ihnen am Telefon gesagt. Und als er mit Ihnen sprach, ging ihm plötzlich ein Licht auf. Er wollte noch jemanden sprechen."

„Und wen?"

„Jemanden, den er dort gesehen hat natürlich! Den Mörder! Wen sonst? Und die Tatsache, dass er noch so spät mit ihm sprechen wollte, kann nur bedeuten, dass er den Mann kannte. Er kannte ihn! Das heißt doch, dass es in der Tat niemand von außerhalb war, sondern jemand aus dem Ort!“

„Ist mir klar. Und?“

„Das müssen wir der Polizei erzählen! Bevor sie hier alles platt getrampelt haben.“

„Die Polizei, die Polizei!“ Struck verlor allmählich die Geduld. „Wird mal einer ermordet, glauben sie an Selbstmord und wenn sie erkennen müssen, dass wirklich ein Mord geschehen ist, glauben sie an den großen Unbekannten, wittern das ganz große Ding und lassen Hundertschaften aufmarschieren. Das ist doch ...“

„Was?“

„Ein Saftladen ist das!“, rumpelte Struck. „Ein einziger großer Saftladen!“

Die Frauen am Nachbartisch schraken auf und sprangen hoch. Einer der Stühle kippte um und krachte auf den Boden.

„Vanessa!“, rief die Kollegin. „Ist alles in Ordnung?“

Vanessa lachte auf. Es sollte leicht klingen, ungezwungen und natürlich, doch es klang gequält, bemüht.

„Wirklich, Liebes, es ist nichts. Gar nichts. Glaub mir.“

„Nur ein kleiner Gefühlsausbruch“, sagte Struck. „Völlig unbedeutend.“

„Da hörst du's. Die Emotionen. Sie …"

„Hm", raunzte die Kollegin und wandte sich wieder der Kundin zu.

„Auf keinen Fall die Polizei", flüsterte Struck. „Die glauben uns sowieso nicht. Das haben wir ja gestern schon gesehen."

„Stimmt. Aber … Was dann?"

„Wir müssen herauskriegen, wen Alfons anrufen wollte. Oder sogar angerufen hat, wie ich vermute. Und dann haben wir seinen Mörder!"

„Schön und gut, aber wie wollen Sie das anstellen?"

„Wir müssen in sein Haus! Wenn die Polizei erst einmal dort anrückt, ist es zu spät."

18

Lautlos lag die Ortwaldstraße im Dunkel der Nacht. Seit Wochen war die Beleuchtung der gesamten Straße ausgefallen, und auch die Lichter in den Fenstern waren nach und nach erloschen. Der Himmel war den ganzen Tag über schon bedeckt gewesen, ohne dass ein reinigender Regenguss die Wolkendecke hinweggespült hätte, und nun waren der Sternenhimmel und der fast volle Mond von einem dichten Filz aus Wolken und Nebel verhüllt, der sich am Abend fast unmerklich über den Ort gesenkt hatte. Wer auch immer die Straße entlanggehen mochte, würde nach wenigen Schritten von der undurchdringlichen Finsternis verschlungen werden. Wie ein Geflecht aus Spinnenwebfäden würde sie sich um ihn legen und ihn einsaugen, als würde er in die Pforte zum Jenseits hineingezogen, von wo es keine Wiederkehr gibt.

Der Autoverkehr war vollends erstorben. Selbst auf der Bahnhofstraße, welche die Ortwaldstraße am oberen Ende kreuzt, regte sich nichts mehr. Das schwache Straßenlicht, das von dort her schien, schaffte es gerade mal ein paar Meter, bevor es vom Dickicht der Nebelwand ins Nichts zerstäubt wurde. Eine einzige Laterne jedoch, etwa auf halber Strecke der Straßenlänge, warf einen matten, orange-fahlen Lichtkegel auf ein Haus an der Ecke zum Scholandsweg, der hier steil Richtung Bahndamm abzweigt. Doch auch sie vermochte der erstarrten Szenerie keine noch so geringe Spur von Leben einzuhauchen.

Da plötzlich schien es, als teilte sich die unheilvolle Finsternis, und zwei düstere Gestalten huschten aus ihr hervor, schemenhaft zunächst nur, doch nach und nach immer deutlicher. Sie waren unterschiedlicher Statur. Die größere von ihnen erschien schlank und wendig, ihre Bewegungen waren geduckt, katzenhaft geschmeidig. Sie schien die Führung zu haben, während die kleinere, gedrungenere ihr folgte. Immer wieder hielten sie nach wenigen Schritten inne, drehten sich um, als ob jemand ihnen folgte, um sich wieder ein Stück vorzutasten, wenn sie ihre

Umgebung gesichert hatten. Eine der Personen, die kleinere, trug etwas auf dem Rücken, ein Gepäckstück, einen Rucksack vielleicht. Und so langsam sie sich auch vorwärts bewegten, so eindeutig war ihre Richtung.

Kein Zweifel: Sie strebten auf das Haus zu.

„Da ist es“, flüsterte Vanessa Oswald. „Hier wohnt er.“

„Wohnte“, korrigierte Struck.

„Ja“, seufzte Vanessa, „leider.“

Sie blieben in einiger Entfernung stehen. Struck sah an dem Haus hoch. Die Fassade war im groben Grau der Nachkriegsjahre verputzt und hatte schon bessere Tage gesehen. Nun lag ein zäher Schleier des trüben Orange wie eine klebrige Masse über ihr und ließ sie flächig und unwirklich erscheinen, wie durch ein Infrarot-Nachtsichtgerät des Militärs. Die Rollläden vor den Fenstern waren geschlossen. In der Mitte der Front führte eine kleine Treppe zur Haustür. Über ihr ragte ein schmaler Balkon hervor, kaum groß genug für eine Person. Ob Alfons ihn jemals betreten hatte? Wenn ja, hatte er sich jedenfalls nie um ihn gekümmert. Selbst im diffusen Licht der Nacht, des Nebels und der Laterne war zu erkennen, dass das Metallgeländer verrostet war und sicher nicht mehr geeignet, irgendetwas aufzuhalten, das auf dem Balkon ins Straucheln geriet.

Struck nahm seinen Rucksack ab und begann, umständlich daran zu nesteln.

„Da müssen wir rauf", sagte er und zeigte auf den Balkon. „Da oben."

„Unsinn", sagte Vanessa. „Viel zu schwierig. Wie sollen wir denn da hinkommen? Wir können doch nicht einfach eine Leiter anlegen."

„Brauchen wir auch nicht. Ich habe alles dabei."

„Wie? Was haben Sie dabei?"

„Alles. Kletterhaken, Steigeisen, Seil, Brecheisen, Strickleiter mit Haken. Und so weiter."

„Das ist viel zu gefährlich! Wollen Sie sich etwa da hinaufwagen?"

„Ja klar! Was denkst du denn?"

„Und wenn uns jemand sieht? Wir stehen hier direkt im Rampenlicht."

„Dann bringen wir das hier zum Einsatz."

Er griff in den Rucksack, holte eine Sturmhaube heraus und setzte sie auf.

„Voilá!", sagte er. „Ich habe auch eine für dich mit."

„Herr Struck! Man erkennt uns so vielleicht nicht, aber man kann uns trotzdem sehen, und dann können wir das alles vergessen."

„Stimmt. Aber Moment. Das haben wir gleich."

Er riss sich die Haube wieder vom Kopf, legte seinen Rucksack ab, ging auf die Laterne zu, trat zweimal kräftig dagegen … und sie erlosch! Mit einem Schlag verfielen die Straßenecke und das Haus in völlige Dunkelheit.

„Was machen Sie denn da?", fragte Vanessa erregt.

„Alter Trick. Aus meiner Jugend. Verrate ihn nicht weiter. Nach ein paar Minuten geht sie von selbst wieder an."

„Aber ..."

„Kein Aber." Struck öffnete seinen Rucksack und zog ein eingerolltes Seil heraus. „Jetzt können wir da hoch."

„Warum gehen wir nicht einfach ums Haus herum? Ist doch kein Problem."

In der Tat: Der angejahrte schmiedeeiserne Zaun, der das Grundstück begrenzte, war bestenfalls einen halben Meter hoch und auch für einen Mann von Strucks Statur leicht zu übersteigen. Rechts neben dem Haus erstreckte sich eine freie Rasenfläche, über die man hinter das Haus gelangen konnte, ohne viel Aufsehen zu erregen.

Vanessa sah sich um, rechts, links, und stieg über den Zaun.

„Kommen Sie!", raunte sie. „Und packen Sie das Seil weg. Das brauchen wir nicht."

„Steigeisen?"

„Auch nicht. Jetzt kommen Sie schon."

Unbemerkt gelangten sie hinter das Haus auf eine kleine Terrasse, die zur Bergseite hin durch eine Mauer begrenzt war. Ein kleiner Anbau zum Scholandsweg hin, ein Schuppen, sorgte dafür, dass die Terrasse nur von einer Seite gut einsehbar war.

„Soll ich schon mal das Brecheisen auspacken?", fragte Struck.

„Herr Struck! Bitte! Wir können doch hier nicht gewaltsam einbrechen. Außerdem wäre das viel zu laut. Unsere einzige Chance ist ein angelehntes Fenster oder so was."

Sie schaltete die Leuchte an ihrem Handy ein und begann, langsam die Hauswand abzusuchen, bis der Lichtkegel an einem Punkt hängenblieb.

„Da!", sagte sie leise. „Der Hintereingang."

„Okay. Licht aus!"

Vorsichtig tasteten die beiden sich in der Dunkelheit vorwärts. Vier, fünf Schritte waren es bis zur Tür, mehr nicht, zwei noch, einer ... da plötzlich stieß Struck mit der Schulter an etwas, und im nächsten Moment fiel es scheppernd zu Boden. Impulsiv schaltete Vanessa die Leuchte an, und dann kreischte sie schrill auf, ließ das Handy fallen und schlug die Hände vors Gesicht. Für einen Augenblick nur hatte sie gesehen, was da vor ihre Füße gefallen war, doch der reichte, um sie in blankem Horror erstarren zu lassen.

„Um Himmels willen, Mädchen! Was ist denn los?"

„D-da ... Da!"

Struck hob das Handy auf. Die Leuchtfunktion war intakt. Er leuchtete auf den Boden ... und blickte in eine grässliche Totenkopffratze, die ihn zu verlachen schien. Wieder kreischte Vanessa auf. Doch Struck sah den Strohhut, der neben dem Kopf lag, und das in Lumpen gehüllte Körpergestell der Figur.

„Ruhig, Mädchen", sagte er gedämpft. „Beruhige

dich. Das ist nur eine Vogelscheuche, sonst nichts. Wieso stellt Alfons die aber auch hier an die Wand?"

Vanessa zitterte am ganzen Leib.

„Ich zeige sie dir noch mal. Ist doch ganz harmlos. Hier, guck mal hin."

„Nein! Nicht!" Sie fiel ihm in den Arm und riss ihm das Handy aus der Hand.

„Okay, okay. Wenn jetzt mal nicht sämtliche Nachbarn wach sind."

Er schaute zu den umstehenden Häusern, doch dort schien niemand etwas bemerkt zu haben. Nichts regte sich, kein Licht, kein Geräusch. Alles blieb ruhig.

„Weiter", sagte er. „Irgendwie müssen wir ins Haus."

Wie automatisch griff seine Hand nach der Türklinke und drückte sie herunter … und die Tür ging auf.

„Nanu", sagte er. „Ist offen."

Vanessa hatte sich gefasst und war wieder Herrin der Lage.

„Super", sagte sie. „Gehen wir rein. Und stecken Sie endlich das Seil ein. Sie machen mich ganz nervös damit. "

Struck zögerte.

„Seltsam", sagte er. „Warum hat er die Tür nicht abgeschlossen? Er hat doch spätestens abends bestimmt alle Türen verschlossen, bevor er ins Bett ging. Vor allem die Hintertür."

„Ja“, sagte sie. „Lassen Sie uns überlegen … Sie sagten doch, er wollte mit jemandem telefonieren, nachdem er Sie angerufen hatte. Und es habe dringend geklungen. Vielleicht wollte er diese Person ja anschließend auch treffen. Und ist direkt nach dem Telefonat los. Und warum geht man nachts aus dem Haus und schließt nicht ab? Na klar, weil man in höchster Erregung ist! Das Gespräch muss ihn so aufgebracht haben, dass er nicht mehr bei Sinnen war. Nur so ist zu erklären, dass er nicht abgeschlossen hat. Er muss aus der Tür geprescht sein und sie hinter sich zugeworfen haben, in höchster Eile.“

„Hm. Aber warum hat er nicht die Haustür genommen?“

„Weil … weil … weil er das Auto nehmen wollte!“

„Das Auto? Wo?“

„Im Schuppen! Ich bin sicher, es steht da. Gucken Sie mal nach.“

„Ich sehe nichts.“

„Ach so. Moment.“

Sie leuchtete kurz in das kleine Fenster in der Wand des Anbaus. Dort stand Alfons’ Auto, unberührt. Das Fronttor zum Schuppen war geschlossen.

Die beiden sahen sich an.

„War wohl nichts mit deiner Theorie“, sagte Struck.

„Das kann nur bedeuten, dass er sich im letzten Moment anders entschieden hat. Er hat gemerkt, dass er zu Fuß schneller sein würde, als wenn er erst das Schuppentor umständlich öffnen müsste, dann ins Auto einsteigen, herausmanövrieren und so weiter."

„Da muss er es wirklich sehr eilig gehabt haben."

„Und überlegen Sie mal, wo er gefunden wurde. Das ist gar nicht weit von hier. Da hätte sich der Aufwand mit dem Auto gar nicht gelohnt."

„Genau." Er begann zu lächeln. „Mädchen, ich sage dir, wir sind ganz schön clever."

Sie betraten den langen Flur, der durch das Haus von der Straßenseite bis in den Garten führte, und schalteten das Flurlicht ein. Die Rollläden waren geschlossen. Sie würden unbemerkt bleiben. Die Einrichtung machte einen kargen Eindruck und ließ auf einen Mann schließen, der keine hohen Ansprüche stellte. Im Flur selbst fand sich außer einem kleinen Tisch mit dem Telefon und einem Garderobenspiegel nichts. Am vorderen Ende des Flures führte eine Treppe in den ersten Stock.

„Hat Alfons denn ganz allein hier gelebt?", fragte Vanessa.

„Seit seine Mutter gestorben war, ja. Sie hatte oben gewohnt und er unten. Doch seit dem letzten Jahr war er allein. Nur eine Putzfrau kam zweimal die Woche, soweit ich weiß. Sie wohnt in meiner Nachbarschaft."

„Dann müssen wir jetzt herausfinden, wen er angerufen hat. Da ist das Telefon. Drücken Sie mal auf Wahlwiederholung."

„Keine Chance", sagte Struck. „Schauen Sie mal."

Vanessa warf einen Blick auf das Telefon. Es war grün, aber in einen noblen Häkelüberzug eingewickelt.

„Ach herrje. Eins mit Wählscheibe. Das gibt es noch?"

„Sieht ganz so aus. Schätze, die alte Dame wollte es so. Die hatte Angst vor all dem modernen Kram. Und sie selbst hatte oben, glaube ich, gar keinen Telefonanschluss."

„Handy?"

„Bestimmt keiner von beiden. Ich habe ihn nie mit einem gesehen, und seine Mutter war zu altmodisch. Aber was haben wir denn hier?"

Sein Blick fiel auf das örtliche Fernsprechbuch, ein kleines Heft im DIN-A5-Format, das aufgeschlagen auf dem Telefontisch lag. Die offene Doppelseite umfasste Namen der Anfangsbuchstaben G und H. Der erste Name, der sich fand, war Garbe, der letzte Hülsmann. Struck und Vanessa sahen sich an.

„Schon wieder die Stecknadel im Heuhaufen", murrte Struck.

„Sagen Sie das nicht. Diese Namen gleichen wir mit der Gästeliste von Kerstings Feier ab, und in der Schnittmenge haben wir unseren Täter zu suchen."

Sein Gesicht hellte sich auf.

„Schätze, die dürfte nicht allzu groß sein."

„Denke ich auch. Also los, raus hier. Und morgen früh geht es weiter!"

„Geritzt. Und soll ich dir was sagen?“

„Was?“

„Keiner ist so ausgefuchst wie wir!“

19

Am nächsten Abend versammelte sich der Gemeinderat im großen Sitzungssaal des Rathauses. Nach und nach trafen die 30 Abgeordneten ein. Man kannte sich, man begrüßte sich, man scherzte und lachte, die Stimmung war gelöst. Eine eichene Vertäfelung zierte die Wände das Saales, der Boden war mit einem dichten, grünlichen Teppichboden ausgelegt. Die Fenster wurden seitlich gesäumt von schweren Vorhängen derselben Farbe. Die Mitte des Saales nahm ein dunkler Eichentisch von ehrfurchtgebietenden, der Gewichtigkeit der hier gefällten Entscheidungen angemessenen Ausmaßen ein. Das gesamte Interieur war so gewählt, dass es die Seriosität einer Anwaltskanzlei verströmte. Alles stammte noch aus den Zeiten, als in öffentlichen Gebäuden selbstverständlich geraucht wurde. Dieses Erbe trug der Saal in sich, konservierte es mit den Jahren und entwickelte einen Geruch von Historie und Patina, der sich als äußerst widerstandsfähig erwies und trotz ernsthaften Bemühens nicht hinauslüften ließ. Und obwohl die meisten der Abgeordneten ihre Posten schon seit geraumer Zeit bekleideten, fiel er ihnen stets aufs Neue auf, wenn sie den Saal betraten, und gab Anlass zu spöttischen Bemerkungen, dass man sich wohl oder übel arrangieren müsste.

Langsam, aber sicher füllte sich der Konferenztisch, auf dem Getränkeflaschen, Gläser und Teller mit Brötchen verteilt standen. An der Stirnseite nahm Kurt Halsband Platz, der das Amt des stellvertretenden Bürgermeisters innehatte und seit dem Tod seines Chefs kommissarisch dessen Amtsgeschäfte leitete. Ihm zur Seite saß Vanessa Oswald als diensthabende Protokollantin aus dem Personal der Gemeinde. Die etwas abseits positionierten Plätze für die Presse und die Öffentlichkeit waren ebenfalls gut besetzt. An beiden Seiten der zweiflügeligen Eingangstür hatten Beamte der Polizei Posten bezogen. Die ermittelnde Behörde unter der Leitung von Kommissar Breitenbach hatte die Lage analysiert und war zu dem vorläufigen Schluss gelangt, dass Hamburger Kiezgrößen das Machtvakuum nach dem Tod des Bürgermeisters ausnutzen wollten, sich den Ort wegen der strategisch günstigen Lage des Bahnhofs einzuverleiben. Das hatte die Konkurrenz aus dem Frankfurter Milieu auf den Plan gerufen und hinter den Kulissen zu Auseinandersetzungen geführt, mit dem Mord an Alfons Klahold als traurigem Höhepunkt. Breitenbach hatte Polizeipräsenz bei allen öffentlichen Versammlungen angeordnet, um zur Stelle zu sein, wenn die Täter wieder zuschlagen würden oder sich schlicht etwas regen würde. Und so erwarteten nun Polizeihauptmeister mit Zulage Sischke und sein junger Kollege unbewegt, mit verschränkten Armen und vorgeschobenen Kinnladen, den Beginn der Sitzung, bereit, bei Bedarf beherzt einzugreifen und zur Not den ganzen Saal in Gewahrsam zu nehmen.

Einziger Tagesordnungspunkt der außerordentlichen Ratssitzung war die Regelung der Neubesetzung des Bürgermeisteramtes. Halsband erhob sich, die Anwesenden zu begrüßen.

„Ich danke euch allen fürs Kommen und stelle die Vollzähligkeit des Rates fest. Frau Oswald, bitte vermerken Sie das im Protokoll." Er rollte das r, denn seine Äußerungen waren von Wichtigkeit.

Vanessa lächelte süß-sauer. Als wenn sie daran nicht selbst gedacht hätte.

„Wie ihr alle wisst", fuhr Kurt fort, „gilt es, das Amt des ersten Bürgers unserer schönen Eggegemeinde neu zu besetzen. Das ist umso schwieriger, als wir, allen Parteigrenzen zum Trotz, mit Hartwig Kersting einen Mann an dieser Stelle hatten, der diese verantwortungsvolle Aufgabe seit Jahren, um nicht zu sagen Jahrenden mit Bravour gemeistert hat. Die Fußstapfen, die er hinterlässt, sind groß, und es wird seinem Nachfolger kein …"

„Oder Nachfolger*in*!", rief eine Frauenstimme von hinten.

„Oder Nachfolgerin natürlich, ganz recht, Theresa, wird es, äh, ich meine, also, wo war ich?" Er räusperte sich, um Zeit zu gewinnen. „Ach so, ja, jetzt … äh, also ein Kindergeburtstag wird das nicht. Mit absoluter Sicherheit nicht. Und daher sollten wir all unsere Kraft daran setzen, einen Kandidaten zu finden, der dieser Herkulesaufgabe …"

„Kandidatin!", warf Theresa März ein, schon etwas schärfer. „Es kann genauso gut eine Kandidatin werden."

„Selbstverständlich", sagte Kurt. „Ich korrigiere. Ein Kandidat oder eine Kandidatin ohne Berücksichtung der Geschlechtszugehörigkeit. Ich bitte um eure Wortmeldungen."

„Die CDU-Fraktion beansprucht dieses Amt für sich", sagte Alfred Göke. „Hartwig Kersting war einer von uns, und das lassen wir uns nicht nehmen."

„Moment mal", erwiderte Theresa, „so einfach ist das nicht. Wenn ich das richtig sehe, besteht die CDU-Fraktion nur aus Männern. Und nicht nur das: In der Geschichte unserer Gemeinde hat es immer nur männliche Bürgermeister gegeben. Das bedeutet, es ist Zeit. Zeit für den Wechsel. Zeit für eine Sozialdemokratin. Zeit für eine Frau! Wenn nicht jetzt, wann dann?"

„Gar nicht", raunte Alfred seinem Nachbarn zu.

„Wie bitte?", schnappte Theresa.

„Nichts. Schon gut. Kannst fortfahren."

Doch sie schwieg. Stattdessen ergriff eine schick gekleidete junge Frau das Wort.

„Das ist aus liberaler Sicht nicht der Punkt. Wir,

die FDP, stehen für Jugendlichkeit und Erneuerung. Und wir sollten uns zuvorderst darauf konzentrieren, diese liberalen Positionen in der Person des Amtsinhabers zu vereinen. Wir als FDP schlagen dazu einen eigenen liberalen Kandidaten vor."

„Interessant", sagte ein Mann von weiter hinten. „Und wer soll das sein?"

„Das", sekundierte ihr gut angezogener junger Parteifreund, der neben ihr saß, „werden wir zu gegebener Zeit in den Gremien beraten, offen und transparent, wie es die liberale politische Kultur in der FDP gebietet, das ist für uns eine Selbstverständlichkeit, und wir werden die Öffentlichkeit, wenn wir uns entschieden haben, rechtzeitig über die Kandidatur in Kenntnis setzen. Natürlich möchten Sie uns jetzt einen Namen entlocken. Das ist so üblich, das gehört zum Spiel, das verstehen wir. Aber Sie werden auch verstehen, dass wir der Entscheidungshoheit der Gremien nicht vorgreifen werden und auch gar nicht wollen. Wir Liberalen stehen für Geradlinigkeit und …"

„Ja doch", unterbrach ihn Kurt. „Darum geht es hier nicht. Die Karnalfrage ist doch, wer ist eine geeignete Person."

Vanessa, die das Protokoll tippte, hielt inne. „Kanalfrage?", fragte sie tuschelnd Lobo, der neben ihr saß.

„Kardinalfrage", erklärte er und biss in ein Käsebrötchen.

„Danke."

„Und dazu", fuhr Kurt fort, „kann ich euch sagen, ich habe gestern mit Düsseldorf telefoniert, mit der nordrheinfälischen Ministerpräsidentin. Also nicht direkt, sondern … mit dem Staatssekretär."

„Persönlich?", fragte Bernhard Lütkemeier in einem Anflug von Bauernschläue.

„Ja … nein … mit dem Büro. Dem, äh, Vorzimmer des Büros."

„So", sagte Bernhard. „Aber nicht bei der Landesregierung, sondern in der SPD-Parteizentrale?"

„Ja, genau. Und von dort gibt es eine eindeutige Empfehlung. Von oberster Stelle sozusagen."

„Und die wäre?", fragte der gut gekleidete junge Mann.

Kurt straffte sein Jackett, richtete sich in seinem Stuhl auf und räusperte sich.

„Dass in unserem Falle der stellvertretende Bürgermeister der natürliche, quasi der geborene Kandidat für das Amt wäre."

Am Tisch und auf den Plätzen für die Öffentlichkeit begann es zu brodeln. Die Polizeibeamten wurden aufmerksam.

„Das hast du dir so gedacht", rief Alfred Göke.

„Ich gebe nur die Empfehlung aus Düsseldorf wieder, sonst nichts", gab Kurt zurück.

Es wurde unruhiger im Saal. Die ersten ärgerlichen Rufe wurden laut.

„Unerhört!", rief jemand.

„Das ist ja die Höhe!“, rief ein anderer.

„Frechheit!“

„Denkste!“

„Das wagst du nicht!“

„Meine Stimme kriegst du nicht!“

„Unverschämtheit!“

„Das hast du doch alles geplant!“

„Macho!“

„Hat der tatsächlich die Stirn!“

„Sowas!“

„Unverfrorenheit!“

Kurt ergriff die Tischglocke und läutete.

„Ruhe! Ruhe im Saal!“

Da stand Berrit Sondermann aus der Fraktion der Grünen auf. Sie trug ein Stirnband, um ihr wirres Haar zu bändigen, was nur leidlich gelang, und war in wehende, lila-grüne Gewänder gehüllt.

„Einen Moment!“, rief sie und fuchtelte mit ihrer Strickhandtasche. „Eine Frage an den Kandidaten!“

Die Menge beruhigte sich etwas, als sie die blecherne Stimme hörte. Berrit nutzte die eintretende Ruhe.

„Nur eine Frage. Wenn du für das Amt kandidierst, musst du auch eine politische Position haben. Und deshalb frage ich dich: Wie stehst du zum Projekt …“

Erneutes Murren, man ahnte, wie die Frage lauten würde.

„So hört mir doch zu! Pscht! Seid still! Kurt, ich

frage dich im Namen der Fraktion von Bündnis 90/ Die Grünen …"

Der Lärm wurde stärker, und Berrit hatte alle Mühe, ihre Frage zu beenden.

„… wie stehst du zum Projekt … Könnt ihr nicht mal still sein? … zum Projekt Krötentunnel unter der Adenauerstraße?"

Kurt versuchte eine Antwort, doch die ging in den allgemeinen Protesten unter. Die anwesenden Polizeibeamten berieten sich kurz, verzichteten dann aber auf ein Eingreifen. Erst einige Minuten später hatte sich der Aufruhr gelegt. Kurt wischte sich den Schweiß von der Stirn.

„Danke", sagte er. „Vielen Dank. Wir wollen doch jetzt bitte Vernunft walten lassen und uns um einen reibungslosen Ablauf der Sitzung bemühen."

„Vernunft?", warf Fritz Krüger ein. „Nimm du erst mal Vernunft an! Wir brauchen einen anderen Kandidaten. Einen unabhängigen. Einen Verwaltungsfachmann. Einen Mann mit Kompetenzen!"

„Frauen haben auch Kompetenzen!", rief Theresa März.

„Ganz Ihrer Meinung!", rief da plötzlich die schick gekleidete junge Frau und stand auf. „Eine unabhängige Frau mit Kompetenzen. Mit Vernunft! Mit junger Tatkraft! Mit Visionen! Mit zukunftsweisenden Konzepten! Und diese Konzepte haben die Liberalen! Und sie haben die Personen dazu! Ich erkläre daher hiermit offiziell meine Kandidatur für …"

Alfred fiel ihr ins Wort. „So ein Quatsch! Setz dich wieder hin, Mädchen, und halt die Klappe!"

Die junge Frau fuhr zusammen im Schock und begann zu hyperventilieren.

Lobo lehnte sich zu Vanessa herüber und fragte kauend: „Protokollierst du das auch alles brav?"

„Ergebnisprotokoll", antwortete sie und warf ihm einen vielsagenden Blick zu.

Da erhob sich Wilma Schäfers von ihrem Platz.

„Ich habe auch eine Frage an dich, Kurt. Und diese Frage", sagte sie lauter, „geht euch und uns hier alle an."

Sie hob den Arm, und Stille trat ein.

„Kurt Halsband", begann sie. „Vor wenigen Wochen erst ist unser geschätzter Bürgermeister auf tragische Weise aus dem Leben geschieden. Du bist schon lange sein Stellvertreter, genauso lange, wie Hartwig Kersting im Amt war. Früher hast du nie gegen ihn kandidiert. Doch jeder hier weiß, wie ehrgeizig du bist und immer schon warst."

Alle im Saal verharrten stumm und sahen Wilma an. Ihr Auftritt verhieß nichts Gutes. Sie blickte in die Runde. Als sie sicher war, dass auch wirklich jeder ihr an den Lippen hing, die Nerven zum Zerreißen gespannt, den Mund halb offen, fuhr sie fort: „Was ich sagen will: Findest du es nicht auch eigenartig, das ach so passende Zusammentreffen der Ereignisse?"

„Was meinst du?", fragte Kurt. „Welche Ereignisse?"

„Ich meine, dass du nun auf einmal doch deine Bereitschaft erklärst, scheinbar aus dem Nichts heraus. Nur kurze Zeit nach dem Todesfall. Kommt der dir nicht sehr gelegen?"

„Wie, gelegen?"

„Dieser Zufall. Wenn es denn ein Zufall ist."

Da schlug Fritz mit der Faust auf den Tisch, dass es krachte.

„Ihr habt doch alle 'ne Vollmeise!", ereiferte er sich. Gläser und Flaschen auf dem Tisch vibrierten und stießen aneinander. Es klang wie ein allgemeines Zuprosten. „Seid ihr denn jetzt komplett verblödet?"

„Wer?", fragte Wilma Schäfers. „Wen genau meinst du, Fritz?"

„Das weißt du genau! Tu bloß nicht so. Dich! Und dich, Kurt! Ja, dich! Brauchst dich gar nicht umzudrehen! Und dich auch! Euch alle! Bin ich denn nur von Bekloppten umgeben? Das ist ja das reinste Tollhaus hier!"

Ein Aufschrei der Empörung erhob sich im großen Sitzungssaal des Rathauses, und ein Tumult brach aus. Männer sprangen in höchster Erregung von ihren Stühlen auf, Frauen zogen energisch die Revers ihrer Kostüme glatt, Fäuste wurden geschwenkt, begleitet von heiserem Gebell und gotteslästerlichen Flüchen. Fritz rieb sich die Hand vor Schmerzen.

Kurt Halsband hielt die Tischglocke fest umklammert und läutete sie nach Kräften.

„Ruhe!", rief er in das Getümmel hinein. „Oder

ich lasse den Saal räumen! Ruhe, habe ich gesagt! Verdammt noch mal! RUHE!“

Vergeblich. Niemand hörte ihn.

„Sischke! So tun Sie doch etwas!“

Der Angesprochene schüttelte den Kopf.

„Wir haben unsere Befehle.“

„Welche Befehle?“

„Erst dann einzugreifen, wenn sich etwas regt.“

„Regt sich hier etwa nichts?“

„Wir haben unsere Befehle.“

Im Saal tobte das Chaos. Um sich und das Protokoll vor Übergriffen zu schützen, glitt Vanessa mit ihrem Notebook unter den Tisch. Dort saß bereits Lobo, der außer seiner Person auch einen Brötchenteller in Sicherheit gebracht hatte.

„Hallo, schöne Frau. Willkommen im Club“, sagte er.

„Puh“, sagte sie. „Das ist ja nicht auszuhalten. Hoffentlich sind wir hier sicher.“

„Ich denke schon.“

„Ist das nicht entsetzlich? Erst das ganze Theater um die Neubesetzung, und dann diese unsägliche Anschuldigung. Furchtbar!“

„Soll ich dir was sagen? Da könnte tatsächlich etwas dran sein.“

„Wie bitte?“

„Wenn ich es dir sage.“

„Weißt du etwas? Hast du etwas beobachtet?“

„Allerdings“, sagte Lobo, schraubte eine Colaflasche auf und leerte sie in einem Zug.

„Hast du die Selbstmordtheorie geglaubt?“, rülpste er. „Ich hatte von Anfang an meine Zweifel. Welcher halbwegs zurechnungsfähige Mensch glaubt denn, dass sich jemand selbst in eine Riesentuba steckt, um dort qualvoll zu ersticken? Da muss man schon hart an der Grenze zum Schwachsinn sein, wenn du mich fragst. Wenn sich hier einer umbringen will, legt er sich auf die Schienen oder wirft eine Packung Schlaftabletten ein. Aber nicht so. Nee, nee.“

„Was glaubst du?“ Sie gab sich keine Blöße.

„Da hatte einer seine Finger im Spiel. Wenn nicht sogar zwei.“

„Zwei? Wer? Was hast du gesehen?“

Das Getöse über ihnen schwoll weiter an. Lobo deutete nach oben.

„Wart's mal ab“, sagte er, biss in ein Schinkenbrötchen und zog den Belag in einem Stück mit den Zähnen herunter. „Gleich werden sie handgreiflich.“

„Jetzt mach's nicht so spannend. Also?“

„Okay, dann sag ich's dir halt. Als ich an dem Abend zu Kerstings Feier kam, war es schon nach Mitternacht. Wie viel genau, weiß ich nicht mehr, aber es war deutlich danach. Ronny packte gerade seinen DJ-Kram ins Auto. Ich sprach noch kurz mit ihm und bot ihm meine Hilfe an. Dann ging ich rein. Drinnen war was los. Günter mit seinem Akkordeon auf dem Tisch, und alle sangen. So wie immer halt.

Aber das weißt du ja. Du warst ja dabei. Und als die Kanoniere kamen, dachte ich, das muss ich mir nicht antun, und ging raus, eine rauchen. Da stand ihr Bus, und davor sah ich, dass Ronnys Wagen ein paar Meter vorfuhr, aber wieder hielt. Vor dem Anbau. Er stieg aus. Ich dachte, er hätte etwas vergessen. Hatte er aber wohl nicht. Er guckte sich ein paar Mal um, vermutlich um sicherzugehen, dass ihn keiner sah. Ich stand im Halbdunkel, sodass er mich nicht entdeckte. Und dann schlich er hinter den Anbau."

„Er schlich?"

„Ja. Dorthin, wo sich die Außentür befindet. Was mich stutzig machte, war, wie er sich bewegte. Geduckt, fast auf Zehenspitzen. Aber warum? Er hätte doch auch normal gehen können. Aber nein. Irgendetwas hatte er vor, wenn du mich fragst."

„Und was hast du gemacht?"

„Ich blieb, wo ich war und zündete mir noch eine an. Die Sache gefiel mir nicht, und ich wollte wissen, wie es weitergeht. Und soll ich dir was sagen? Ein paar Minuten später kam Kurt aus dem Saal, und wo ging er hin?"

Vanessa erschauderte.

„Hinter den Anbau!"

„Richtig. Es dauerte noch eine halbe Zigarette, dann kamen sie beide zurück."

„Wirklich sehr merkwürdig", sagte Vanessa. „Was taten sie? Hatten sie irgendetwas in der Hand? Oder verhielten sie sich sonst irgendwie auffällig?"

„Auffällig ist vielleicht zu viel gesagt. Kurt schien seine Kleidung zu richten, als ob etwas nicht richtig säße. Und Ronny wischte sich mit etwas die Hände ab und steckte es in seine Jackentasche, glaube ich. Dann gaben sich beide die Hand, Kurt ging zurück in den Saal, Ronny stieg in seinen Wagen und fuhr ab. Das war's."

„Hm", sagte Vanessa. „Und du? Hat jemand dich gesehen?"

„Ich bin dann auch zurück. Vor der Tür lief mir noch Alfons Klahold über den Weg. Gott habe ihn selig. Ich grüßte ihn kurz. Er ging zu seinem Auto, schätze ich. Hatte wohl keinen Bock darauf, mit den Kanonieren Lärm zu machen. Ich ging aber wieder rein und an die Theke. Zum Glück hörten die Kanoniere da gerade auf. Kurt gesellte sich zu Willi Harteisen und Heinz Struck und unterhielt sich mit ihnen. Ich habe ihn noch eine Zeit lang beobachtet, aber er verhielt sich völlig normal."

‚Alfons ...', dachte Vanessa. Dann sagte sie: „Hast du das der Polizei erzählt?"

„Nein. Die waren ja so schnell zur Stelle mit ihrer Selbstmordtheorie. Und ich hatte dem ja auch überhaupt keine weitere Bedeutung beigemessen, als Kurt wieder im Saal war und sich normal verhielt. Später vergaß ich es. Erst, als die Zeitung vom Abschluss des Falles berichtete, fiel es mir wieder ein. Aber da war es ja zu spät."

„Wie man's nimmt. Ich denke schon, dass der Fall

neu aufgerollt werden muss, wenn sich neue Anhaltspunkte ergeben. Aber ob die reichen, ist die Frage."

„Ist auch egal. Und jetzt muss ich mal für kleine Jungs."

„Durch das Tohuwabohu da oben? Bist du sicher?"

„Ganz sicher, Mädchen", sagte Lobo mit einem Grinsen, kroch unter dem Tisch hervor und verschwand, ohne dass er im allgemeinen Hahnenkampf Beachtung gefunden hätte.

Vanessa zog ihr Handy hervor und wählte eine Nummer.

„Herr Struck? Ich muss Ihnen unbedingt etwas berichten!"

„Was ist los, Mädchen? Du klingst so atemlos. Und was ist das für ein Krach im Hintergrund?"

„Ist jetzt egal. Ich habe etwas herausgefunden! Wann kann ich Sie treffen?"

Niemand rechnete mehr mit einem Ende des allgemeinen Durcheinanders, da hörte Vanessa plötzlich, dass jemand über ihr auf den Tisch sprang. Gleich darauf rief ein junger Mann: „Freunde! Liebe Freundinnen und Freunde! Seien wir doch vernünftig!"

Die Menge verstummte mit einem Schlag. Vorsichtig lugte Vanessa unter dem Tisch hervor, um zu sehen, wer dort oben stand.

„Was nützt es denn", rief der junge Mann, „wenn wir uns streiten? Wir haben alle dasselbe Ziel: Die Entwicklung unserer Gemeinde. Wir haben in der Vergangenheit Erfahrungen gemacht, die wir aufnehmen müssen und aus denen es hier und jetzt zu lernen gilt. Schauen wir doch vorwärts, nicht rückwärts oder seitwärts. Bringen wir neue Ideen ein. Anstatt uns gegenseitig das Leben schwer zu machen, sollten wir uns vielmehr auf das besinnen, was uns stark macht als Parteien und Fraktionen: Auf unsere Gemeinsamkeit! Und die liegt in unserer tiefen Verantwortung als Ratsmitgliederinnen und Ratsmitglieder für das Wohl unserer Gemeinde: Nah bei den Bürgerinnen und Bürgern, mit den Bürgerinnen und Bürgern und, das sage ich ganz bewusst, für die Bürgerinnen und Bürger! Wir haben die permanente Gewissensverpflichtung, die Zukunft unserer Gemeinde machtvoll zu gestalten! Das ist eine Herkulesaufgabe, die da vor uns liegt, aber wenn wir zusammenstehen als Einheit, können wir es schaffen!"

20

„Was hat der geschrieben?", fragte Heinz Struck und zog die Zeitung zu sich herüber.

„*Zänkisches Eggevölkchen*", zitierte Vanessa. „Passen Sie auf! Ihre Tasse! Gleich auf der ersten Seite. Im Kommentar unten links. Ist nicht zu übersehen."

„Will ich sehen! Ach, ich kann das sowieso nicht lesen. Hab ja meine Brille nicht dabei." Er schob die Zeitung zurück.

„Okay, ich erzähl's Ihnen. Also …"

Sie saßen in Vanessas Wohnung am Küchentisch. Der wohltuende Duft von frischem Kaffee umschmeichelte ihre Sinne, während die Kaffeemaschine behaglich blubberte. Der Raum war nicht besonders groß und bot gerade mal Platz für eine knappe Küchenzeile und einen kleinen quadratischen Tisch mit zwei Stühlen am Fenster. Dennoch wirkte er sehr hell. Das Fenster zeigte zur Südseite, und die Küchenmöbel waren im nordischen Stil der Achtziger gehalten und bestanden aus hellem Holz. Vanessa hatte die komplette Küche mit Ausnahme der Geräte von den Vormietern übernommen, einem älteren Ehepaar, das es nach der Pensionierung des Mannes an die Ostsee gezogen hatte.

Auf dem Tisch lag der *Paderborner Anzeiger* und ließ nicht mehr viel Platz für die Kaffeetassen. Der Aufmacher der Titelseite des Lokalteils war Rolf Beyers Bericht von der Gemeinderatssitzung tags zuvor, wo er, in bester Chronistenpflichterfüllung, kompromittierende Details des Sitzungsverlaufs zum Besten gab und sich auch um Namensnennungen nicht herumdrückte. Lediglich der mehr oder weniger offen geäußerte Mordverdacht gegen Kurt Halsband wurde ausgeklammert. Auf Antrag des jungen CDU-Ratsherrn Benjamin Junghans wurde die Sitzung schließlich ergebnislos vertagt. In seinem Kommentar wurde Beyer deutlicher. Genüsslich sezierte er das Verhalten der hinterwäldlerischen Parlamentarier und bezeichnete die Altenbekener mit ihrem Rat an der Spitze als ein zänkisches Bergvolk, das sich am liebsten die Köpfe eingeschlagen hätte und sich nicht in der Lage zeigte, in einer so bedeutsamen Angelegenheit wie der Kandidatenfrage Gemeinschaftssinn zu üben.

„Und du bist mit Lobo unter den Tisch gerutscht? Wie war das denn so?“ Struck war zu Scherzen aufgelegt.

„Er hat pausenlos Brötchen gemampft und Cola getrunken“, antwortete sie und ging zur Kaffeemaschine. „Und gerülpst.“

„Picknick im Grünen, was?“

„Wie, im Grünen?“

„Na, der Boden im Rathaussaal ist doch grün.“

„Sehr lustig.“ Sie brachte die volle Kanne mit an den Tisch und schenkte Struck ein. „Sie nehmen doch sicher noch ein Käffchen?“

„Danke. Na komm. Mir kannst du das doch sagen. Hast du was mit ihm?“

„Igitt! Der doch nicht. Ist überhaupt nicht mein Beuteschema und viel zu alt. Diese Vogelscheuche! Außerdem bin ich vergeben!“

„Ach der. Ich denke, dein Liebster gondelt für seine Firma in Osteuropa herum. Da kann man sich in der Zwischenzeit doch mal was gönnen. Willst ja schließlich nicht versauern.“

„Sie sind ja ein richtiger Scherzkeks, Herr Struck. Soso. Aber wissen Sie, was ich mich die ganze Zeit seit gestern Abend frage? Warum Lobo mir das alles erzählt hat.“

„Ins Ohr geflüstert, meinst du.“

„Witzig, Herr Struck. Warum ausgerechnet mir? Und warum in der Situation?“

„Hm“, sinnierte Struck. „Vielleicht …“

„Vielleicht, um von sich abzulenken? Könnten Sie sich das vorstellen?“

„Und den Verdacht auf Kurt und Ronny zu lenken? Hey Mädchen, du bist … du bist …“

„Clever, wollten Sie sagen?“

„Interlektuell, wollte ich sagen. Gerissene Taktik, wenn du mich fragst.“

„Und er hat Alfons erwähnt. Beiläufig zwar, aber jetzt wissen wir, dass er ihn gesehen hat. Und … na?“

Struck hatte einen Geistesblitz.

„Und Alfons ihn!“

Vanessa lächelte.

„Sie sagen es. Und was, wenn …“

Dem Geistesblitz folgte ein zweiter auf den Fuß.

„Wenn er es war, wenn Alfons ihn in der Nacht angerufen hat? Das wolltest du doch sagen!“

„Wenn Sie meinen“, lächelte sie.

„Das würde bedeuten …“

„Genau das.“

„Meine Güte! Ein Altenbekener wäre ein Mörder!“

„Oder zwei Altenbekener“, sagte sie.

„Aber … Warum sollten sie das tun? Oder er?“

„Kurt will Bürgermeister werden. Soviel ist sicher. Dafür würde er einiges tun. Nur … einen Mord?“

„Dafür hat er sich diesen Ronny geangelt! Der ist

kein echter Altenbekener. Kommt aus der DDR und hat nach der Wende rübergemacht. Das waren doch alles Verbrecher da im Osten! Er hat die Drecksarbeit erledigt, während Kurt im Hintergrund die Fäden zog! Und Wilma Schäfers hat das geahnt."

„Wilma …", sagte sie vorsichtig. „Und Lobo?"

„Dieser Schnorrer! Hat garantiert Kersting angepumpt, der hatte endgültig die Nase voll, es kam zum Streit und bumm!"

„Wilma …"

„Wilma?"

„Wilma Schäfers … Wie kommt sie dazu, einen solchen Verdacht zu äußern, und das noch in aller Öffentlichkeit? Reimt sie sich das alles nur zusammen, oder weiß sie etwas?"

„Dein Kaffee wird kalt."

„Lassen Sie mich nachdenken … Ich glaube, heute Abend ist Vorstandssitzung der Kanoniere. Anneke ist Schriftführerin, sie muss also hin. Und Wilma spielt Trommel und ist auch im Vorstand. Ich setze Anneke mal auf sie an. Vielleicht kriegt sie etwas heraus."

Feldherr-von-Tilly-Kanoniere Drums und Brass des 5. Regiments von 1628. *Einladung zur Vorstandssitzung. Thema: Vorbereitung des Festsonntages. Tagesordnung:*

1. *Allgemeines zum Ablauf des Festes*
2. *Motto des Festkonzerts*
3. *Antrag auf Erweiterung des Vereinsnamens*

4. Musikauswahl für den Festumzug
5. Probe mit Stargast
6. Verschiedenes

Um vollzähliges Erscheinen wird gebeten.
Verteiler:
1. und 2. Vorsitzender
1. und 2. Kassierer
1. und 2. Schriftführer
1. und 2. Dirigent
1. und 2. Notenwart
2. Gerätewart
1. und 2. Uniformwart
Vergnügungswarte
Ehrenuniformwarte

gezeichnet: Der Vorstand

Große Ereignisse werfen ihre Schatten voraus. Keine drei Wochen mehr würde es dauern bis zum Festsonntag anlässlich des Jubiläums zum zehnjährigen Bestehen des Fanfarenzuges.

Entstanden war er im Grunde aus dem Nichts, aus Ruinen, aus den kümmerlichen Überresten eines Blasmusikvereins, der aus guten Gründen nicht mehr mochte. Eine Handvoll Männer und Frauen waren es damals, die fanden, ein Ort wie Altenbeken brauche eine niveauvolle Pflege der Musikkultur. Sie trafen sich immer mittwochs, um zu diskutieren, welche

Art von Musikgruppe man gründen wollte. Doch das war gar nicht so einfach. Grandiose, ambitionierte Ideen wurden mangels Machbarkeit beziehungsweise Akzeptanz verworfen: Gitarrenensemble (hätte beim Schützenfest Ruhe an der Theke erfordert), Symphonieorchester (Perlen vor die Säue), Dudelsacksextett (eingeschränktes Wachstumspotenzial).

Kurz vor der Kapitulation blieb man bei der letzten aller möglichen Optionen hängen, einem historischen Fanfarenzug. Schnell wuchs er auf die stattliche und immer noch gültige Größe von 18 Mitgliedern an, als bekannt wurde, dass instrumentale Fertigkeiten nicht zu den Eingangsvoraussetzungen gehörten, sondern lediglich Würde beim Tragen einer Uniform. Auf der Suche nach einer historischen Einordnung blieb man bei den Landsknechten des Dreißigjährigen Krieges hängen. Ein angejahrtes Ehepaar aus dem Zug erklärte sich bereit, Uniformen nach zeitgenössischen Motiven zu entwerfen. Sie nutzten ihren Gestaltungsspielraum beim souveränen Umgang mit den Vorlagen, und was ihnen gelang, waren Hingucker, die ebenso farbenfroh wie historisch fragwürdig ausfielen. Doch niemand nahm Anstoß daran. Wozu auch? Als Dank für ihre Verdienste wurden die Eheleute in den Stand von Ehrenuniformwarten gehoben mit dem lebenslangen Recht auf Mitgliedschaft im Vorstand.

Als die Trachten vorlagen, gab der Verein sich den aktuellen Namen. Ein offizielles Werbefoto für die

Öffentlichkeitsarbeit wurde geschossen. Es zeigte zwei uniformierte Musiker, die eine auf den Bildbetrachter gerichtete Kanone im Moment des Abfeuerns flankierten. In einer Hand trugen sie Instrumente, eine Landsknechttrommel und ein Parforcehorn. Mit dem anderen Ellenbogen waren sie locker auf die Kanone gestützt. Weitere Instrumente wurden angeschafft, Fortbildungen des Volksmusikerbundes besucht und Muskelaufbau im Fitnessstudio am Ossensteg gebucht. Mit durchschlagendem Erfolg: Zogen die Kanoniere marschierend durch den Ort, waren Bäume im Herbst mit einem Schlag entlaubt, Fassaden plötzlich wieder sauber, Dachböden mäuse- und marderfrei. Nahten sie, zogen Mütter eilig ihre Kinder ins Haus und nahmen die Wäsche von der Leine.

Auf der Suche nach einem geeigneten Repertoire mussten käuflich zu erwerbende Notensammlungen für ihre Besetzung als nicht spielbar verworfen werden. Glücklicherweise geriet man aber an das Werk eines freischaffenden Komponisten namens Heiner Grotewohl, der kurz vor der Privatinsolvenz stand und schnell noch Kompositionen auf den Markt werfen musste, bevor es zu spät war. Für eine filigrane musikalische Ausgestaltung blieb dem Mann angesichts seines leeren Kühlschranks keine Zeit, und so bestanden die Märsche überwiegend aus ganzen und halben Noten in einem sehr begrenzten Tonumfang. Sie trugen martialische Titel wie *Ruck*

Zuck, Im Schritt, Auf dem Kutschbock, Huckepack oder Potzblitz. Für besonders festliche Anlässe hatte er den *Krupfensteyner* und den *Baron-Adelhard-von-Falkenberg-Jubelmarsch* im Angebot. Einem eher weiblichen Geschmack kam er mit dem *Oberamselsteiner Gretchenmarsch* entgegen. Die Zusammenarbeit mit Grotewohl erwies sich für beide Seiten als eine echte Win-Win-Situation. Die Kanoniere hatten spielbare Stücke, die ihre Qualitäten, nämlich Tatkraft, Entschlossenheit und Durchsetzungsvermögen herausstellten, und das Vermögen des Komponisten nahm zu, ebenso wie seine Leibesfülle.

Die Notwendigkeit der Besetzung aller satzungsgemäß geforderten Posten inklusive Stellvertreter führte dazu, dass 16 der 18 Musiker in den Vorstand gewählt wurden. Dazu kamen die beiden Ehrenuniformwarte, sodass die jährlichen Mitgliederversammlungen und die Vorstandssitzungen identische Anwesenheitslisten verzeichneten.

An diesem Abend jedoch fehlte der 1. Gerätewart. Er war entschuldigt. Als Verhinderungsgründe für eine Teilnahme wurden laut § 28 der Satzung nur zwei Umstände akzeptiert: a) Gefängnisaufenthalt und b) eigener Tod. Anneke notierte Alfons Klahold im Protokoll als entschuldigt fehlend mit dem Vermerk § 28 b).

An der Stirnseite des Sitzungstisches stand der kleine vierschrötige Kerl ohne Hals, der Bannerträger des Vereins.

„Achtung!", brüllte er und rammte den Fahnenstiel zweimal wuchtig auf den Boden. Alle Anwesenden erhoben sich von ihren Plätzen. Der Vorsitzende, ein bärtiger Mittvierziger, ergriff das Wort.

„Liebe Freunde der Blasmusik!" Er betonte das Wort *Musik*, wie jeder im Verein, auf der ersten Silbe. „Auch heute haben wir uns wieder hier versammelt zum Wohle unseres Vereins, getreu unserem Vereinsmotto ‚*Der Musik zur Ehre, uns zur Freude …* "

„*… und Gott zum Gruße!*'", schmetterte es wie Fanfarenklang aus 16 Kehlen.

Schnell gelangte man zum ersten Hauptpunkt der Tagesordnung, der Entscheidung über das Festmotto. Der Vorschlag des Vorstandes lautete: *Mit Musik geht alles besser.*

„Ach nee", sagte Wilma Schäfers, die das 2. Parforcehorn spielte. „Den Titel hatten wir doch vor fünf Jahren schon beim Herbstkonzert."

„Aber es stimmt doch", entgegnete Hubert, 2. Gerätewart und kraftvoller Trommler. „Mit Musik geht wirklich alles besser."

„Trotzdem können wir das nicht schon wieder nehmen. Das merkt doch jeder."

„Zu neu darf es aber auch nicht sein", warf Toni ein.

„Was hatten wir denn letztes Jahr? Und davor?", fragte Hubert.

„*Musik ist Trumpf, Gute Laune mit Musik, Musik und gute Laune*", sagte Wilma.

Uwe hob die Hand.

„Wie wäre es denn mit *Gute Musik macht Laune*? Das hatten wir noch nicht."

„Glaubst du denn, das spricht die Bevölkerung genügend an?", fragte der bärtige Vorsitzende.

„Definitiv", sagte Wilma. „Es trägt eine sehr schöne, positive Botschaft."

„Ich weiß nicht", sagte Anneke, die Wilma verstohlen im Auge behielt. „Es kommt mir so … so …"

„Bekannt vor?"

„Aber nein", sagte Uwe. „Es ist ganz neu. Das hatten wir noch nie. Und wer würde dem nicht zustimmen können?"

„Ich finde es ist zu umgangssprachlich."

„Es ist viel mehr als das! ‚Macht Laune', das ist Jugendsprache! Es zeigt, wie frisch und unverbraucht wir sind. Und dass wir uns vor allem an die Jugend wenden mit unserer Musik."

Dennoch: Das Naserümpfen überwog, und der Vorschlag fand keine Mehrheit. Nachdem auch knackige Formulierungen wie *Gute Laune ist Trumpf mit Musik, Gute Laune und Musik, das ist Trumpf* verworfen wurden, fiel die Wahl schließlich auf *Gute Musik trumpft auf! Das macht Laune.*

„Ich danke euch", fasste der bärtige Vorsitzende zusammen. „Damit kommen wir zum Antrag auf Erweiterung des Vereinsnamens. Wie ihr wisst, haben wir Experten damit beauftragt, uns einen niveauvollen Vorschlag für eine Erweiterung zu unterbreiten, die der Feierlichkeit des aktuellen Anlasses sowie der musikalischen Leistung unseres Vereins Rechnung trägt. Und hier ist das Ergebnis."

Er präsentierte einen DIN-A4-Umschlag, dem er mit der gebotenen Feierlichkeit ein gefaltetes Blatt entnahm. Sein Herz pochte, als er es öffnete, und seine Ohren liefen rot an, als er vorlas, was dort geschrieben stand: *„Bläserphilharmonie."*

Die Anwesenden brauchten einen Moment, um die Erhabenheit des Moments zu begreifen, dann brachen sie in eifriges Tischklopfen aus, das nicht enden wollte, auch nicht, als der Vorsitzende in den Lärm hineinrief: „Und ich beantrage die Aufnahme des Wortes in unseren Briefkopf und die Standarte!"

Die Positionierung des Wortes im ohnehin schon langen Vereinsnamen bereitete kein weiteres Kopfzerbrechen. Auf dem Vereinsbanner war unter Drums und Brass noch Platz, und somit wurde der neue Vereinsname unter unbeschreiblichem Jubel verkündet: *Feldherr-von-Tilly-Kanoniere Drums und Brass Bläserphilharmonie des 5. Regiments von 1628.* Anneke als Schriftführerin wurde beauftragt, die Briefkopfvorlage und die Homepage zu ändern. Der bärtige Vorsitzende wollte sich um den Eintrag ins Vereinsregister kümmern, und Hubert als amtierender Gerätewart war dafür zuständig, die Ergänzung auf der Vereinsfahne bei der im Nachbarort ansässigen Firma *Fahnen-Michel* zu veranlassen.

„Gleich morgen rufe ich an!", sagte er freudig.

„Willst du ihnen nicht lieber schreiben?“, fragte Wilma. „Das wirkt offizieller.“

„Quatsch! Man kennt mich bei der Firma. Außerdem geht das per Telefon viel schneller. Die holen die Fahne am selben Tag noch ab.“

Da meldete sich der Vierschröter ohne Hals zu Wort.

„Ich habe eine Anmerkung. Wir haben diesen Beschluss jetzt im Vorstand gefasst. Eine Namensänderung darf laut Satzung aber nur die Mitgliederversammlung beschließen. Wir müssen die also einberufen und dort den Antrag stellen.“

„Ui“, sagte Toni. „Und jetzt?“

„Kein Problem“, sagte der Vorsitzende. „Kraft meines Amtes verschiebe ich die restlichen Tagesordnungspunkte auf die noch einzuberufende Mitgliederversammlung und schließe hiermit die Vorstandssitzung. Ich danke euch für's Kommen. So, und damit eröffne ich die außerordentliche Mitgliederversammlung. Soweit ich im Augenblick feststellen kann, sind die Mitglieder vollzählig erschienen. Anneke, bitte vermerk das im Protokoll!“

21

„Sehr verehrte Fahrgäste, wir erreichen jetzt Altenbeken, Bahnhof. Ausstieg in Fahrtrichtung links. Der Zug endet hier. Sie haben Anschluss zum ICE nach Kassel, 18:19 Uhr von Gleis 21, zur Regionalbahn nach Hamm über Paderborn und Soest, Abfahrt 18:29 von Gleis 2, und zur S-Bahn Hannover nach Hannover Flughafen über Hannover, 18:40 Uhr von Gleis 1. Die Eurobahn wünscht Ihnen noch einen schönen Abend. Wir würden uns freuen, wenn Sie uns demnächst wieder Ihr Vertrauen schenken. Auf Wiedersehen."

Ein einzelner Mann entstieg dem Zug und stellte seinen Rollkoffer vor sich ab, um eine Jacke überzuziehen. Es war etwas frisch, und über den Bahnhof pfiff der Nordwestwind. Der Mann war der einzige Fahrgast, wie es schien. Der Zug bestand nur aus einem Triebwagen mit einem angehängten Waggon, und die Strecke, die er befuhr, war nur sehr wenig frequentiert. Er war nicht besonders groß gewachsen, von gedrungener Gestalt und muskulös. Sein Gesicht war braungebrannt, und sein welliges schwarzes Haar fiel hinten wie ein dicht gewobener Perserteppich auf seine Schultern herunter. Oben auf dem Kopf und vorn war es kurz, mit in die Stirn gekämmten Strähnen und freigeschnittenen Ohren. Seine Kleidung bestand aus einem Sommerhemd mit großem Blumenmuster, das er über der Hose trug, und weißen Sneakers. Die kurzen Ärmel seines Hemdes ließen seine Arme frei, die eine prachtvolle dunkle Behaarung zierte. Er blickte auf die Gleisanzeige: Nr. 32. Das wunderte ihn. Sicher, der Bahnhof erstreckte sich, links in einen langgezogenen Berghang hineingebaut, schier unendlich Richtung Westen und verlor sich in der Ferne, doch 32 Gleise? Eine reine Aufzählung konnte nicht die Erklärung sein. Die Nummerierung musste einen anderen Grund haben. Seine Jacke war eher ein Überwurf, eine Art Poncho, in Buntstiftfarben bestickt, der ihm von fern das Aussehen eines peruanischen Andenbewohners verlieh. Die Menschen, die er passierte, wandten sich nach ihm um. Einem solchen Exoten begegnete man auf einem ländlichen Bahnhof, und sei er auch noch so groß, nicht alle Tage.

Unten am Bahnhofsvorplatz erblickte er ein Taxiunternehmen. Es gehörte zu einem kleinen Gasthaus mit Hotel. Vier Fahrzeuge unterschiedlicher Größe standen auf dem schmalen Hof neben dem Gebäude. An einen der Wagen gelehnt stand ein Mann mit brauner Lederweste und Berliner Taxifahrerkappe.

„Tach“, begrüßte er den Ankömmling knapp. „Taxi?“

„Ja, gern“, sagte der Mann.

Der Fahrer öffnete die Heckklappe des Wagens und ergriff den Rollkoffer.

„Vorsicht“, sagte der Mann. „Ist schwer.“

„Hm“, raunzte der Taxifahrer, als er das Gepäckstück mit Leichtigkeit in den Kofferraum gehievt hatte.

Sie stiegen ein. Der Fahrer ließ den Motor an.

„Wo soll’s ’n hingehen?“

„Landbier-Westfalenstube.“

„Wie bitte?"

„Oder Gaststube. Westfälisches Bierhaus. Ich weiß nicht mehr so genau. Irgendwas mit Land und Gast und Bier. Und Westfalen."

„Was wollen Sie denn da?"

„Ich habe da ein Zimmer gebucht."

„Hm. Lange?"

„Knapp drei Wochen."

Der Fahrer stellte den Motor ab.

„Was ist?", fragte der Mann.

„Hier die Bahnhofstraße runter und unten im Ort noch mal fragen. Ist nicht weit. Zehn Minuten zu Fuß."

„Äh, fahren wir nicht?"

„Nein. Aussteigen."

„Und mein Koffer?", fragte der verdutzte Mann, als er draußen stand.

Der Fahrer zeigte mit dem Daumen zum Heck.

„Klappe auf, Koffer raus, Klappe zu. So einfach ist das. Tschüss."

Ein Viertelstunde später stand der Mann vor dem *Landgasthaus Westfälische Bierstube*. Es schien geschlossen zu sein. Die Leuchtreklame am Haus war nicht eingeschaltet, drinnen war kein Licht zu sehen, und die Eingangstür war zu. Er warf einen Blick auf die ebenfalls unbeleuchtete Preistafel und las: *Inhaberin: Bertlinde Schöttler.* Neben der Tür befand sich eine Klingel.

„Ja bitte?“, hörte er eine Frauenstimme aus der Gegensprechanlage.

„Guten Abend. Mein Name ist Dimitri Akropolis. Ich habe, ich meine, äh, meine Agentur hat bei Ihnen ein Zimmer für mich gebucht.“

„Moment.“

Es dauerte eine kleine Weile, bis die Tür von innen aufgeschlossen wurde. Bruni öffnete.

„Schönen guten Abend, Herr Akropolis“, sagte sie. „Bitte entschuldigen Sie. Wir haben Ruhetag.“

Er sah sie an. ‚Ein deutsches Rasseweib, weiß Gott‘, dachte er. Ihre Kleidung fiel ihm auf, eine weiße Bluse mit großem Kragen zu einem blauen kurzen Rock.

„Gestatten: Brunhilde Schöttler.“ Sie streckte ihm ihre Hand entgegen. Er ergriff sie und fragte: „Brunhilde Schöttler? Auf der Preistafel steht Bertlinde.“

„Ja, das ist meine Mutter. Eigentlich ist sie die Inhaberin, aber den Kneipenbetrieb kann sie schon lange nicht mehr schaffen. Tja, und so schmeiße ich eben den Laden.“ Sie lächelte. „Nennen Sie mich Bruni. So nennt mich sowieso jeder hier. Brunhilde ist mir inzwischen schon fremd geworden.“

„Sehr gerne, Bruni. Ich bin Dimitri.“

„Angenehm. Ach, kommen Sie doch herein. Was mache ich denn nur? Stehe hier mit Ihnen und palavere, und dabei haben Sie ein Zimmer bei mir gebucht. Na, der Koffer sieht ja schwer aus. Aber der Inhalt muss ja auch für drei Wochen reichen. Sie bleiben doch drei Wochen?“

Sie führte ihn in die Gaststube, wo sie hinter die Theke ging, um das Gästebuch aus einer Schublade zu holen. Er nahm auf einem Barhocker Platz und sah sich um.

Der Gastraum war nicht groß und auf den ersten Blick unspektakulär. Das schlichte Mobiliar bot bestenfalls 30 Personen Platz, dazu kamen ein paar Sitzgelegenheiten am Tresen. Die wenigen Tische bestanden aus heller, knorriger Eiche und waren leer. Die Fensterbänke hingegen waren gespickt mit Kleinigkeiten, die bei näherem Hinsehen einem Skurrilitätenkabinett glichen: ein Bonsai, ein cellospielendes Räuchermännchen, Käsespießchen im Glas mit Silvestermotiven (Schornsteinfeger, Glücksschwein, Kleeblatt), das *Weiße Haus* aus Lego-Steinen, Austernschalen, ein Revell-Modellflugzeug, Winnetou und Old Shatterhand als Spielfiguren, ein offenes Pixi-Buch *Die Kükenschule,* ein Sarazenendolch, ein Buddelschiff, ein Bild von Alec Guinness als Obi Wan Kenobi und einiges mehr.

„Kurios, nicht wahr?", fragte Bruni, als sie Dimitris Interesse bemerkte. „Jeder, der hier neu ist, reagiert wie Sie."

„Aber …"

„Sie wollen wissen, warum der Kram da liegt? Das sind alles Erinnerungsstücke meiner Mutter. Sie kann sich nicht von ihnen trennen. Sie alle erzählen Geschichten. Meine Mutter ist nicht mehr oft hier unten bei den Gästen. Früher hat sie zu gern jedem, der sie hören wollte, all diese Geschichten erzählt. Und die Gäste finden es gut. Das heißt, die Einheimischen haben sich längst daran gewöhnt und sehen all die Dinge gar nicht mehr."

„Ihre Mutter muss viel erlebt haben", sagte Dimitri. „Sicher ist sie eine ganz außergewöhnliche Frau."

„Das ist sie", lächelte sie. Vor ihr lag das Gästebuch. „Ich brauche noch ein paar persönliche Angaben. Das kennen Sie ja sicher." Sie hielt ihm einen Kugelschreiber hin. „Tee?"

„Gern."

Sie ging in die Küche, und er beugte sich über das Buch, um seine Daten einzutragen. Als sie zurückkam und ihm das Teeglas hinstellte, legte sie ihre Brüste auf die Theke und bemerkte seinen Geruch. Er gefiel ihr, er war so natürlich.

„39", las sie, als er das Buch zu ihr zurückgedreht hatte. „Manche Menschen bleiben ihr ganzes Leben lang 39 … Sie sehen jünger aus." Sie sah in sein Gesicht. Es war herb und kantig, mit markanten Wangenknochen. Sein Kinn hatte eine lange Kerbe in der Mitte. Auffällig war das tiefe Blau seiner Augen, die aus der Bräune herausstachen. ‚So muss Achilleus ausgesehen haben', dachte sie, ‚oder der schöne Paris.'

„Ihre Augen sind so blau wie die Ägäis", sagte sie. „Und Ihre Schrift ist schön. So feingliedrig … Heißen Sie wirklich Akropolis? Und Dimitri?"

Dimitri war in der Tat Grieche, aber in Deutschland geboren und aufgewachsen. Seine Eltern waren unter den Gastarbeitern, die in den Sechzigern kamen, und seitdem im Rheinland lebten. Nachdem er jahrelang in einer Tanzband bei Schützenfesten, in Bierzelten und bei Galaabenden gesungen hatte, um sein Studium zu finanzieren, wurde ein Manager namens Bob Boraucke auf ihn aufmerksam. Er hatte ganz dicke Fische an der Angel und versprach, auch Dimitri zum Star zu machen. Er verpasste ihm ein folkloristisches Outfit, den Künstlernamen Akropolis und eine üppige Vokuhila. Dazu schrieb er ihm Schmachtfetzen auf den Leib mit klangvollen Titeln: *Kalimera Akropolis, Im Hafen klingt die Bouzouki, Akropolis bei Nacht, Die Bouzouki und wir zwei, Mit der Bouzouki auf der Akropolis.* Doch das Manöver war durchsichtig und floppte. Für die ganz große Bühne war die Zeit der Mantafahrer-Mähne und der Griechentümelei längst vorbei. Es blieb der Gang in die Zweitklassigkeit und damit die Tingelei: Modenschauen, Malle, Ferienzentren. Schließlich der Abstieg in die C-Liga: Boraucke zwang ihn mehr oder weniger unverhohlen zur pausenlosen Prostitution als sogenannter Stargast bei Volksfesten und Musikvereinskonzerten. Den Löwenanteil der Kohle griff er selbst ab, um damit seine prominenteren Künstler zu promoten. Was Dimitri von allem blieb, waren ein magerer Rest der Gage und eine angegriffene Gesundheit.

„Ist aber okay“, seufzte er, als er seine Erzählung beendete, und rührte in seinem Tee. „In den nächsten drei Wochen habe ich ja nur die eine Probe mit dem Fanfarenzug morgen Abend und demnächst den Auftritt. Ansonsten kann ich hier Urlaub machen und wandern. Wird mir gut tun."

„Ja. Es ist schön hier", sagte sie sanft und sah ihn an. Vorsichtig sagte sie: „Sie haben so wunderschönes Haar. Würden Sie mir erlauben, es einmal anzufassen?"

Er sah von seinem Tee auf.

„Bitte verstehen Sie mich nicht falsch", sagte sie eilig. „Es soll keine Anmache sein. Ich finde es nur faszinierend, dass ein Mensch so dicke, dichte Haare haben kann."

„Sind manchmal ganz schön lästig. Kurz wären sie mir lieber. Aber mein Vertrag untersagt mir das."

„Darf ich?"

„Bitte."

Er beugte sich zu ihr, und wieder merkte sie, dass sie seinen Geruch mochte. War das der Duft von Freiheit und Abenteuer? Behutsam griff sie in seinen wallenden Schopf und ließ die Haare langsam durch ihre Finger gleiten. Sie fühlte, wie schwer und gleichzeitig seidenweich sie waren. Ein Schauer lief ihr über den Rücken.

„Unglaublich", hauchte sie, als sie ihre Hand zurückzog.

„Für mich ganz normal. Aber sie sind zu lang. Vor dem Auftritt muss ich auf jeden Fall noch zum Friseur."

„Ich muss übermorgen auch hin, die Spitzen abschneiden lassen. Sie brechen schon. Also wenn Sie möchten, besorge ich Ihnen einen Termin hier am Ort, gleich morgen."

„Oh, das würden Sie für mich tun? Das ist wirklich nett von Ihnen. Jetzt habe ich Ihnen so viel von mir erzählt. Darf ich Sie auch etwas Persönliches fragen?"

„Aber ja, natürlich."

„Sie sind nicht verheiratet?"

„Nein. Irgendwie hat es nie gepasst."

„Gibt es denn einen Freund oder … einen Liebhaber?"

Sie lächelte, bevor sie antwortete. „Schauen Sie mal", sagte sie und zeigte auf ein Foto an der Wand hinter sich.

„Pamela Anderson", sagte er. „Na und?"

„Schauen Sie genau hin."

„Tue ich. Pamela Anderson am Strand von Malibu. Baywatch."

„Sicher?"

Er wurde stutzig, dann begriff er.

„Sind Sie das etwa?"

„Ja, ich", sagte sie. Es klang sehr zurückhaltend, aber fest.

„Hey, wow! Schöne Frau! Ich wusste gar nicht, dass …"

„Sie wissen auch jetzt nichts. Ja, so sah ich damals aus."

„Sie waren in Kalifornien? Haben Sie da gelebt?"

„Das war auf Sylt. Da gab es mal eine Baywatch-Party am Strand, und man hat alles entsprechend hergerichtet. Ich habe eine Zeit lang in St. Pauli gelebt und bin am Wochenende immer nach Sylt gefahren, Party machen. Ich hab's richtig krachen lassen."

„Kann ich mir gar nicht recht vorstellen. Sie wirken so ..."

„Spießig, wollten Sie sagen? Oder bieder? Dann passen Sie mal auf!"

Sie zog ihre Bluse aus dem Rocksaum, hob sie an und mit ihr den Büstenhalter. Ihre bloßen Brüste sprangen heraus.

Dimitri war zu konsterniert, um vor Scham rot anzulaufen.

„Nun? Was ist? Glauben Sie's jetzt?"

„Ich ... äh ..."

„Was erstaunt Sie? Mein Auftritt? Hätten Sie nicht gedacht von einer braven Landpomeranze? Wenn man einen schönen Busen hat, kann man ihn auch zeigen, oder was meinen Sie?"

Damit packte sie alles wieder ein. Sein Mund stand offen.

„Die Waffen einer Frau", sagte sie fast bedauernd. „Damit hab ich sie alle rumgekriegt, da auf Sylt. Und wenn ich alle sage, dann meine ich auch alle."

Dimitri schloss den Mund und schluckte.

„Mache ich Sie verlegen? Das spricht für Sie. Sie sind ein sehr feinsinniger Mensch, das habe ich gleich gemerkt. Aber Sie brauchen nicht verlegen zu sein. Hier im Dorf weiß das jeder. Ich mache kein Geheimnis daraus. Wozu auch? Jeder hat doch seine Geschichte. Und das ist eben meine. Aber das ist lange her."

Er hatte sich gefasst.

„Und Ihre ist die des männermordenden Biests? Das sagt man doch so."

Sie musste lächeln. Er mochte die Form ihres Mundes und das winzige Weiß ihrer Frontzähne, das dabei zum Vorschein kam.

„Sie schmeicheln mir", sagte sie. „Nein, ganz so war es sicher nicht. Aber ich wusste damals schon, was ich wollte."

„Und warum sind Sie nicht geblieben? Das war doch ein aufregendes Leben."

„Weil ich heute auch weiß, was ich will. Eines Tages merkte ich, dass ich hier gebraucht werde, und kehrte zurück. So, genug geplaudert. Wann möchten Sie morgens frühstücken?"

„Äh, nicht vor neun, denke ich. Ich schlafe immer gern aus. Bin halt ein Nachtmensch."

„Also sagen wir halb zehn, okay? Nehmen Sie Tee oder Kaffee?"

„Schwarzen Tee, bitte. Kaffee vertrage ich leider nicht."

„Gut. Sie werden zufrieden sein. Dann darf ich Ihnen jetzt Ihr Zimmer zeigen."

22

„Sie haben so wunderschönes Haar“, schwärmte Marion.

Akropolis gähnte. „Wie bitte?“

„Ihr Haar. Es ist unglaublich.“

„Finden Sie?“, lallte er.

„Na hören Sie! Nur keine falsche Bescheidenheit. Wolle Petry wäre total neidisch. Mit Ihrem Haar hätte er niemals aufgehört. Im Gegenteil: Er wäre ein Weltstar geworden. Sie sind wohl etwas müde?“

„Bitte entschuldigen Sie. Ich habe nicht viel geschlafen letzte Nacht.“

„Dieser Glanz …“ Sanft, wie liebkosend strich sie durch seine lange Mähne, die herunterwallte bis auf die Rücklehne des Frisiersessels und noch darüber hinaus. Unmöglich, sich der Magie dieses Wunderwerks zu entziehen. Ein Schauer lief ihr von den Fingerspitzen bis in den Nacken. „Diese Fülle. Und wie es fällt. Sie können sich glücklich schätzen. 99 Prozent der Männer dieser Welt beneiden Sie um diese Pracht.“

„Und wenn schon. Ich wünschte mir weniger Pracht und mehr Normalität.“

„Aber wieso denn? Die Mädels stehen drauf. Das können Sie mir, ne? Und ich weiß, wovon ich spreche. Es gibt nichts Schöneres, als sich an eine starke Schulter anzulehnen, auf die eine solche Wolle fällt.“ Täuschte er sich, oder begann sie bei den letzten

Worten zu schnurren? „Das macht eine Frau ganz wuschig. Ist besser als jedes Lammfell."

Akropolis warf ihr einen befremdeten Blick zu. Sind alle Friseurinnen so distanzlos? Ach, wahrscheinlich schon, jede auf ihre Weise. Mit jedem Haarschnitt nimmt sie schließlich einen nicht unerheblichen Eingriff in die Privatsphäre vor. Das lässt die Distanz wohl schwinden.

„Und? Die Frauen stehen bei Ihnen Schlange, nicht wahr? Mir können Sie es ruhig, ne? Wenn Sie wollen, können Sie jede haben. Sie brauchen nur Ihren Schopf einmal zu schütteln."

„Ja, schon, aber das ist nie von Dauer. In meinem Beruf ist für eine längere Bindung kein Raum. Ich bin ja nie lange am selben Ort. Fahrendes Volk, Zigeuner, wenn Sie so wollen."

„Na ja, vielleicht hat es ja auch sein Gutes, wenn Sie für einen gewissen Teil der Damenwelt noch nicht verloren sind."

Wieder sah er sie an.

„Wollten Sie mir nicht die Haare schneiden?"

„Hach, am liebsten würde ich sie lassen, wie sie sind. Im Gegenteil: Sie können sie getrost noch länger wachsen lassen."

Und wieder hörte er das Schnurren in ihrer Stimme.

„Bloß nicht", sagte er. „Sie sind jetzt schon lästig genug. Außerdem will mein Agent das so. Die Haarlänge ist in meinem Vertrag klar geregelt."

Sie legte den Kopf schief.

„Und was ist, wenn meine Schere bricht? Oder meine Maschine in dem Dickicht stecken bleibt und den Geist aufgibt? Überlastung? Kurzschluss? Game over? Was dann?"

„Das wird nicht passieren. Also bitte."

„Dann muss ich wohl die Heckenschere einsetzen", sagte sie mit einem Schulterzucken und machte sich ans Werk. Akropolis fühlte, was sie tat. Es war wohltuend und entspannend. Er schloss die Augen und dämmerte ein wenig ein. Das Gespräch oder besser gesagt ihr Vortrag ging zu belanglosen, sedierenden Themen über: das Wetter, die Schönheiten des lokalen Wanderweges, Wandern allgemein, seine Unterkunft, und so weiter.

„Sie haben wirklich so wunderschönes, ne?", bemerkte sie wieder.

„Das habe ich gestern schon gehört", sagte er in einem wachen Moment.

„Von der Wirtin?"

„Ja. Nette Zeitgenossin übrigens. Gleich von Anfang an."

Marion lächelte. „Komisch, dass Sie das sagen. Meistens fühlen sich Neuankömmlinge zunächst abgeschreckt."

„Ja? Wovon?"

Sie setzte einen mysteriösen Blick auf. „Der Kittel des Grauens, sage ich nur", raunte sie kryptisch.

„Was für ein Kittel?"

„Dieser schmutzige Fummel, den sie immer trägt, Tag und Nacht. Schätze, sie zieht ihn nicht einmal zum Schlafen aus. Darin steckt das Frittenfett von Jahren.“

„Sie trug keinen Kittel.“

„Nicht? Was denn?“

„Eine weiße Bluse. Und einen blauen Rock. Fand ich eigentlich ganz schick.“

„Oho. Das ist ungewöhnlich.“

„Vielleicht trug sie den Kittel nicht, weil Ruhetag war.“

„Nein, nein, das ist für sie eigentlich kein Grund. Eigenartig.“

„Vielleicht hat sie ihn ja gewaschen. Jedenfalls war sie sehr angenehm. Und was sie trug, stand ihr.“

„Bei Ihrem Händchen für Frauen wird jede sympathisch. Aber im Ernst, der Erfolg ihrer Kneipe kommt ja nicht von ungefähr. Meine Freundinnen und ich haben sie schon ein paar Mal eingeladen, etwas Gemeinsames zu unternehmen. Aber irgendwie ist es nie dazu gekommen.“

„Kann ja noch werden“, sagte er. „Ganz bestimmt.“

„Ich glaube auch. Seit Kurzem machen wir ja so eine Art Kultur- und Gesundheitsabende. Wir treffen uns reihum, und der ganze Abend steht unter einem, ne? Letztens hatten wir Düfte und Aromen, davor Klangschalenmeditation und Lachyoga. Demnächst treffen wir uns wieder zum Thalasso-Abend mit Basteln. Verstehen Sie?“

„Vollkommen. Laden Sie sie ein. Sie wird begeistert sein und kommen."

„Ich hoffe. Wir alle würden uns freuen, wenn sie käme. Wussten Sie übrigens, dass Sie beide gewissermaßen Leidensgenossen sind? Verzeihen Sie, wenn ich das so sage."

„Schon gut. Inwiefern?"

„Das mit den Bindungen, meine ich. Man soll ja eigentlich nicht tratschen, aber sie hat eine bewegte Vergangenheit. Affären, wenn Sie wissen, was ich meine. Na ja, jetzt wissen Sie es."

„Was man beim Friseur nicht alles erfährt", lächelte er.

„Von mir haben Sie das aber nicht! Dass das mal klar ist."

„Ich werde schweigen wie ein Grab."

Da hörten sie draußen ein lautes Gewirr von kraftvoll bellenden Männerstimmen. Im nächsten Moment flog die Eingangstür auf, und eine Horde robuster Polizisten in wuchtigen Schutzanzügen stürmte lärmend und gummiknüppelschwingend in den Salon. Sie trugen Helme mit heruntergeklapptem Visier, hinter dessen spiegelnder Oberfläche ihre Gesichter im Verborgenen blieben. Im Nu hatten sie Marion und Akropolis umringt und verschränkten ihre Arme miteinander zu einem blickdichten, undurchdringlichen Wall.

‚Um Gottes willen!', schoss es Marion durch den Kopf. ‚Außerirdische!'

Eine kriegerische Stimme von der Tür her unterbrach ihre Gedanken.

„Personenkontrolle! Keiner verlässt den Raum! Sie sind umstellt! Schön ruhig bleiben, ist das klar? Und keine Mätzchen! Die Herren sind äußerst humorlos!"

Die Aliens klappten ihre Visiere hoch, und zum Vorschein kamen ihre Grimassen, die zum Äußersten entschlossen waren. Die Stimme gehörte Hauptkommissar Breitenbach. Ein Fingerschnipsen genügte, eine Lücke im Ring der Beamten zu erzeugen. Er trat auf den Frisiersessel zu.

„Sie mal einer an", sagte er. „Wen haben wir denn da?"

„Ich bin Marion. Ich bin hier die, ne?"

Breitenbach sah sie mit dem äußersten Ausdruck der Geringschätzung und Herablassung an, der ihm zur Verfügung stand.

„Das interessiert hier niemanden. Wir suchen einen Mann. Sie nämlich!"

Harpunengleich schnellte sein Zeigefinger aus dem Ärmel seines Trenchcoats hervor und schoss auf Akropolis zu. Fast wäre er in seiner Brust steckengeblieben.

„Was? Mich?"

„Sie! Jawohl! Und damit eins klar ist: Ich stelle hier die Fragen! Wir haben einen Mord aufzuklären, und ich werde das Gefühl nicht los, wir stehen kurz davor. Name?"

„Äh …"

„Wie sagten Sie?"
„D-Dimitri Akropolis."
„Beruf?"
„Sch-Schlagersänger. Also griechische …"
„Das genügt. Sie haben vorhin diesen Laden betreten?"
„Ja …"
„Und sind seitdem hier?"
„Ja, das sehen Sie doch."
„Sparen Sie sich derartige Kommentare. Zu welchem Zweck?"
„Ich wollte mir die Haare schneiden lassen."
„Das sagen alle, die hierher kommen."
„Ha, ha", knarzte die Gruppe der Aliens. Ihre Grimassen verzogen sich zu einem Grinsen und ihre gebleckten Zähne zur gitterstabgespickten Fassade des nahen Gefängnisses.
„Doch wer weiß, was Ihre wahren Motive sind. Nun?"
„Er ist wirklich zum Haareschneiden gekommen", warf Marion ein.
„Ach. Und das dauert so lange? Über eine Stunde?"
„Schauen Sie sich mal seine Haare an. Da schneiden Sie nicht einfach so etwas ab. Das ist echte Arbeit. Das dauert."
„Hm", brummte Breitenbach. „Tatsache ist jedenfalls, dass vor einer guten Stunde ein balkanisch aussehender Mann unbekannter Herkunft diesen

Laden betrat. Er ist bei uns bislang nicht registriert, und aufgrund dieses Verhaltens und seiner Herkunft müssen wir ihn zum Kreis der Verdächtigen zählen."

„Mich?", fragte Akropolis.

Breitenbach warf sich in die Brust. Die Fülle seiner Autorität schwoll unter seinem Oberhemd an.

„Ich stelle hier die Fragen", sagte er und mühte sich, diesem Satz so viel Bedeutungsschwere wie möglich zu verleihen. „Sie stammen aus Bulgarien?"

„Nein", sagte Akropolis.

„Kroatien? Bosnien-Herzegowina?"

„Griechenland. Aber wieso nur?"

„Wir wissen inzwischen, dass das Verbrechen eine internationale Dimension hat. Bisher sind wir nur von Mitteleuropa ausgegangen, müssen unseren Ansatz aber wohl auch nach Südeuropa ausdehnen."

„Ich habe doch nichts mit einem Mord zu tun!"

„Auch das sagen alle. Wo waren Sie in der Nacht vom 9. auf den 10. September?"

„9. auf 10. September? Warten Sie …"

„Spielen Sie nicht auf Zeit! Das zieht bei mir nicht!"

Die Gesichtszüge der Außerirdischen fielen in ihre ursprünglichen Fratzen zurück.

„Jetzt weiß ich es. Genau! Ich war in Augsburg. Kreishandwerkerball. Mein Auftritt war um Mitternacht. Begleitet von einer backline von Oben-Ohne-Girls."

„Was Sie nicht sagen."

„Definitiv. Fragen Sie meinen Agenten. Und die Presse hat mit Sicherheit auch berichtet."

„Wir werden das überprüfen. Und fehlt in Ihrer Kleidung vielleicht ein Stück?"

„In meiner Kleidung? Meinen Sie, ob in meiner Garderobe ein Hemd fehlt oder so?"

„Nein. Ein Fetzen Baumwolle."

„Ich trage nur Satin."

Marion sah ihn an. Ein Lächeln zwischen Staunen und Bewunderung umspielte ihre Lippen.

„Das wird sich zeigen", sagte Breitenbach. „Sie werden sich jedenfalls zu unserer Verfügung halten und den Ort in den nächsten Wochen nicht verlassen. Haben wir uns verstanden?"

„Das werde ich ganz bestimmt nicht tun. Demnächst habe ich hier ja einen Auftritt. Ich stehe Ihnen zu Diensten."

„Gut. Männer", wandte er sich an den Ring der Extraterrestrier. „Wir rücken ab. Schönen Tag." Die Männer klappten ihre Visiere herunter, lösten den Wall auf und der Spuk verzog sich ebenso schnell und lärmend, wie er hereingekommen war.

23

Es war 19:26 Uhr. Ludwig Meinolft, musikalischer Leiter der Kanoniere, öffnete nichtsahnend die Tür zum Probenraum, trat ein … und traute seinen Augen nicht. Vor ihm saß das vollständig versammelte Ensemble, die Instrumente in Spielbereitschaft. Er sah auf seine Uhr. Vier Minuten vor dem regulären Probenbeginn. Unglaublich. Das war neu. Normalerweise wurde ein angesetzter Zeitpunkt für so etwas wie eine Probe von den Musikern mit großer Gelassenheit gehandhabt und hatte bestenfalls den Charakter eines Vorschlages. In aller Regel trafen sie zu ganz individuellen Zeiten ein, die großräumig um die festgelegte Uhrzeit herum und vor allem nach ihr gruppiert waren, was immerhin bewies, dass sie die offizielle zur Kenntnis genommen hatten. So kam es schon mal vor, dass der erste Ton der Probe erst kurz vor der Pause fiel, weil das Ensemble vorher noch nicht spielfähig war. Gelegentlich vorgebrachte Bitten um mehr Pünktlichkeit und Disziplin verpufften genauso schnell, wie sie geäußert worden waren.

Ludwig Meinolft war all das gewohnt. Doch an diesem Abend war alles anders. Etwas Großes, nie Dagewesenes sollte sich ereignen. Denn niemand Geringerer als Dimitri Akropolis, der Stargast des anstehenden Vereinsjubiläums, der Verheißene, der Heilsbringer würde jeden Moment vom Olymp des Schlagerhimmels hinabsteigen in die Niederungen der Dorfmusik, um mit ihnen, den Altenbekener Kanonieren, zu proben. Welch eine Ehre würde ihnen damit zuteilwerden! Es würde sie ein für allemal adeln unter all den Fanfarenzügen der weiteren Umgebung. Dabei hatte ihr ursprüngliches Bemühen um einen Gastsolisten gar nicht Akropolis gegolten, sondern einem Sohn des Dorfes, der als Jazzgitarrist Karriere gemacht hatte. Er stand für das Moderne, Zeitgenössische ebenso wie für die Heimatverbundenheit und sagte spontan zu, denn Musiker seines Metiers sind alles andere als finanziell auf Rosen gebettet. Als die Vereinsvorständler sich jedoch näher mit seiner Musik befassten, gewannen sie den Eindruck, dass seine Solos recht säuerlich klangen und im Wesentlichen aus Fragezeichen und überhaupt Interpunktionszeichen bestanden. Das hätte dem Erfolg des Jubiläumskonzerts und damit dem Kassenbestand des Vereins vermutlich eine empfindliche Einbuße beschert. Unter einem billigen Vorwand lud man ihn daher wieder aus und begab sich auf die Suche nach einer volkstümlicheren Lösung, die schließlich mit Akropolis gefunden wurde.

Die Aussicht, sich ein wenig im Glanz der Lichtgestalt zu sonnen, weckte ungeahnte Kräfte und förderte längst verschüttete, vergessen geglaubte Tugenden zutage: Instrumente wurden plötzlich instandgesetzt und geputzt, Notensammlungen wurden sortiert, und in den Straßen hörte man wochenlang Musik. Sie drang aus den Häusern, in denen die Musiker vorzugsweise bei geöffnetem Fenster schwierige Stellen übten. Nicht, dass die Ergebnisse zu jedermanns Vergnügen ausgefallen wären. Üben bedeutet vor allem hartnäckiges Wiederholen dessen, was nicht klappt. Doch niemand nahm Anstoß daran, zumindest nicht öffentlich. Jeder wusste, es war ja für einen guten Zweck.

Zu den frisch erweckten Tugenden gehörte auch die neue Pünktlichkeit, sehr zum Erstaunen Ludwig Meinolfts. Er selbst bevorzugte die Bezeichnung Stabführer, in angemessener Bescheidenheit und nicht ohne Grund. Als ihm nämlich bei der Gründung des Fanfarenzuges die musikalische Leitung angetragen wurde, besuchte er alsbald einen Dirigierkurs des Volksmusikerbundes, um seiner Verantwortung auch fachlich gerecht werden zu können. Bei der Abschlussprüfung meldete sich ein Musiker des Ensembles, das er dirigieren musste, und sagte: „Könnten Sie bitte diesen Takt genauer schlagen? Das gilt übrigens für jeden Takt.“ Die Prüfungskommission wertete dies als tödliches Kriterium und ließ ihn durchfallen. Den Titel Dirigent mochte er daraufhin, obwohl er nicht geschützt ist, doch lieber nicht führen. Für seine Aufgabe aber reichten die erworbenen Kenntnisse und Fertigkeiten allemal aus.

Nun verharrten die Musiker in gespannter Erwartung dessen, der da kommen würde. Auf einem Stuhl in der hinteren Reihe wartete Rolf Beyer, der in der Zwischenzeit eingetroffen war, um einen Artikel über die Ankunft des berühmten Gastes zu verfassen und ein paar Fotos zu schießen. Der offizielle Zeitpunkt für den Probenbeginn war längst verstrichen. Doch die Probe ohne den Solisten zu beginnen, stand nicht zur Debatte. Nicht auszudenken, wenn plötzlich die

Tür aufging, während sie sich mitten im Stück befänden. Entweder müsste man kläglich abbrechen, und der erste musikalische Eindruck, den er gewänne, wäre gleich ein erbärmlicher. Würde man dagegen weiterspielen und ihn quasi zwingen, das Ende des Stückes abzuwarten, käme das einem Affront gleich. Nein, einem Mann seines Formats gebührte ein Akt der Ehrerbietung in Würde und Formvollendung, was wiederum eine vorausgehende Stille gebot.

20 Minuten etwa mochten vorüber sein, ohne dass sich etwas gerührt hätte. Da, plötzlich, hörten sie Schritte vor der Tür. Auf den Holzdielen des Korridors zwischen Probenraum und Festsaal waren sie nur zu gut zu hören. Beyer brachte seine Kamera in Anschlag. Langsam schritt, wer immer es war, den Flur entlang, außergewöhnlich langsam und gewichtig. Das würde, das musste er sein. Oder war es jemand ganz anders? Jemand, den sie gar nicht erwarteten? Bedrohlich dröhnten die Schritte auf dem Holz. „Long John Silver!", tuschelte Gerd seinem Nachbarn Toni zu. Der fuhr zusammen. Doch nein, was sich dort näherte, war nicht der Klang eines Holzbeins. Es pochte an der Tür, dreimal. Gerd ergriff Tonis Arm. Und im nächsten Augenblick stand er in der Tür: Dimitri Akropolis, der Star, gehüllt in hautenge rote Jeans und ein weites, gewagt buntes Hemd mit einem Ausschnitt bis zur Gürtelschnalle. Einen Moment des Sammelns brauchten die Musiker, dann sprangen alle wie ein Mann von ihren Sit-

zen auf, nahmen Haltung an, und der bärtige Vorsitzende ergriff das Wort.

„Sehr verehrter Herr Akropolis, im Nahmen des Fanfarenzuges *Feldherr-von-Tilly-Kanoniere Drums und Brass Bläserphilharmonie des 5. Regiments von 1628* darf ich Sie auf das Herzlichste willkommen heißen. Und so begrüßen Sie hiermit die Mannen vom Goldenen Via…"

„…dukt!", schmetterte die Schar, und Beyers Blitzlicht ratterte.

Akropolis war tief beeindruckt.

„Danke … vielen Dank. Ich weiß gar nicht, was ich sagen soll. Womit habe ich das verdient? Ich habe doch noch gar nichts getan."

„Aber ich bitte Sie", sagte der Vorsitzende. „Das ist unsere Weise, einem Mann Ihrer Verdienste die Ehre zu erweisen."

„Sehr herzlich, wirklich. Und zu viel der Ehre. Das ist das gesamte Orchester?" Er blickte in die Runde und lächelte. Die Musiker nickten zustimmend. „Schön. Ich freue mich, dass ich heute hier sein darf, um mit Ihnen an diesem wunderbaren Projekt zu arbeiten. Ich bin überzeugt, es wird ein voller Erfolg werden. Nun, lassen Sie uns doch zusammen Musik machen, oder? Sie haben sicher schon angefangen zu proben. Bei welchem Stück sind Sie? Ich kann überall einsteigen."

Und damit begann der Abend. Zentraler Gegenstand der Probe sollte das Medley *Akropolis Adieu* sein, ein Potpourri der größten Erfolge des Meisters. Er zeigte sich für diese Aufgabe gewappnet, denn er hatte seine besten Ohrstöpsel eingesetzt, eine Spezialanfertigung, die 50 Prozent des Umgebungslärms filterten. Außerdem hatte Bruni ihn detailliert über die musikalische Qualität aufgeklärt, die ihn erwarten würde.

Wovon er nichts wusste, war das Fehlen eines wirklichen Melodieinstruments in der Besetzung. Die Begrenzung der Naturtrompeten und Parforcehörner auf die Naturtöne bedingte einige schmerzliche Kompromisse hinsichtlich der Melodien. Gleich im Vorspiel zum ersten Titel fuhr er zusammen. Die Nackenhaare unter seiner Mähne sträubten sich, die Zehen in den Sandalen krampften sich zusammen, und er riss die Augen auf. Die Musik brach ab.

„Jetzt wären Sie schon dran gewesen", sagte Ludwig Meinolft.

„Schon?", fragte Akropolis.

„Ja. Ich hatte Ihnen einen Einsatz gegeben."

„Und um welches Stück handelt es sich?"

Ludwig Meinolft sah ihn an.

„*Akropolis bei Nacht.* Wie vorhin besprochen."

„Sind Sie sicher?"

„Ja. Steht hier in meinen Noten. Und das haben wir auch gespielt."

„Okay. Bitte verzeihen Sie." Er wollte niemanden bloßstellen, schon gar nicht, da seine vertragliche Entlohnung sehr großzügig vereinbart war. „Ich bin etwas angeschlagen. Schlecht geschlafen letzte Nacht, verstehen Sie?“

„Das versteht doch jeder. Bitte noch mal.“

Das Vorspiel wurde wiederholt, doch auch beim zweiten Mal verpasste Akropolis seinen Einsatz. Ludwig Meinolft brach ab.

„Was ist? War ich schon dran?“, fragte Akropolis.

„Ja. Dieselbe Stelle wie vorhin.“

„Und sind Sie sicher, dass es sich um *Akropolis bei Nacht* handelt?“

„Ja, natürlich. Wieso fragen Sie?“

„Sorry, aber das war nicht die originale Melodie.“

Ludwig Meinolft fühlte sich ertappt.

„Doch, äh, schon … Die Sache ist nur, wir haben ja kein chromatisches Melodieinstrument. Wir können nur die Naturtöne. Und da haben wir manche Töne etwas … äh, angepasst.“

„Angepasst?“

„Ja. An die Möglichkeiten, die uns zur Verfügung stehen.“

Jetzt begriff Akropolis. ‚Herrje!‘, dachte er und sagte: „Das war bestimmt nicht einfach zu bewerkstelligen für Sie. Aber man muss schon sehr genau aufpassen. Allein durch das Hören der Melodie erschließt sich einem der Titel nicht direkt.“

„Deswegen werden wir auch ein Programmheft herausgeben, wo jeder Titel genau verzeichnet ist, und wir sagen ihn auch jeweils vorher laut und deutlich an.“

‚Meine Güte, ja', dachte Akropolis. „Das ist sicher hilfreich, ja", sagte er. „Auch für mich. Aber sagen Sie, erwähnten Sie nicht bei unserem Telefonat vor ein paar Wochen eine Ventilposaune? Ich meine, mich daran zu erinnern. Damit kann man doch jede Melodie spielen. Aber die sehe ich hier gar nicht."

„Nein, die haben wir nicht mehr."

„Ach. Hat der Spieler den Verein verlassen?"

„Sozusagen, ja. Er ist verstorben."

„Oh, das tut mir leid. So plötzlich?"

„Wie man's nimmt. Irgendwann erfahren Sie es ja doch. Die Wahrheit ist, er wurde ermordet."

„Mein Gott! Das ist ja schrecklich! Und, hat man den Täter schon gefasst?"

„Bis jetzt nicht, aber die Polizei ist ihm auf der Spur. Sie ist im ganzen Ort präsent, und eigentlich ist es nur eine Frage der Zeit, bis er gefasst wird."

„Von wegen", flüsterte Anneke Wilma Schäfers zu. „Die zerschlagen doch nur Porzellan."

„Kann man wohl sagen. Alles trampeln sie hier kurz und klein."

„Und ich will dir mal was sagen. Wenn du mich fragst, müssten Sie den Fall Kersting auch noch mal aufrollen. Wer weiß, ob der nicht auch umgebracht wurde."

„Du hast davon gehört, klar. Ich habe Kurt Halsband ja offen beschuldigt. Genau weiß ich es natürlich nicht, aber für mich stinkt der Fisch vom Kopf her. Er hat ein ganz starkes Motiv. Ohne den Abtritt von Kersting hätte er doch niemals eine Chance gehabt. Er ist ja auch um einiges älter."

„Aber überleg mal. Der Mörder musste doch Riesenkräfte aufwenden. Allein um Kersting in die Tuba zu stecken. So klapprig, wie Kurt ist, wird er das wohl kaum geschafft haben."

„Glaubst du, dass der saubere Herr Sozialist sich die Hände schmutzig macht? Kann ich mir nicht vorstellen."

„Du meinst, er hat einen Killer engagiert?"

„Oder er hatte einen Komplizen, der für ihn die Drecksarbeit macht."

„Wilma! Anneke! Bitte!", rief Ludwig Meinolft ihnen zu. „Wir machen mit dem zweiten Titel weiter. *Im Hafen klingt die Bouzouki.* Achtung!" Er wartete einen Moment, bis alle bereit waren, dann zählte er mit den Fingern vor: „Eins, zwei, drei, vier!"

Akropolis staunte nicht schlecht. Hatte der Leiter vorhin den Einsatz für das Ensemble auf dieselbe Weise gegeben? Es war ihm gar nicht aufgefallen. Und schon brach dasselbe Getöse los wie zuvor. Ein Unterschied zum ersten Stück war nicht festzustellen. ‚Nein', dachte er, ‚das geht so nicht.' Er fuchtelte ein paar Mal mit den Armen durch die Luft, um Ludwig Meinolft zu bedeuten, er möge unterbrechen.

„Einen Moment bitte", sprach er das Orchester an. „So geht das nicht. Wie Sie das Lied spielen, ist es nicht zu erkennen. Und wie ich es singe, ist es eine zarte Romanze, eine Schnulze von mir aus.

Das bedeutet grundsätzlich erst einmal piano. Was Sie gespielt haben, ist ein Dreifachforte. Mindestens. Außerdem steht es im Dreivierteltakt. Da können Sie nicht erst auf Vier anfangen. "

In der hinteren Reihe meldete sich ein Mann.

„Tut mir leid, aber auf meiner Trommel sind keine leisen Töne."

Ein Fanfarenspieler pflichtete ihm bei.

„Wenn ich nicht ordentlich reinhalte, kommt hier gar nichts heraus. Und klingen muss es schon."

„Ja, aber doch nicht so!", protestierte Akropolis.

„Und für den Takt sind bei uns die Trommeln zuständig", sagte Toni.

„Meine Herren, bitte!", sagte Ludwig Meinolft. „Reißt euch zusammen. Wir alle haben doch ein Ziel, und das heißt, bei unserem Jubiläum schöne Musik zu machen."

„Das meine ich auch", sagte Akropolis. „Aber das mit den Melodietönen, Herr Meinolft, das geht gar nicht. Da müssen wir etwas ändern."

„Tut mir leid. Wir haben keine anderen Töne. Da müssen wir hier und da etwas passend machen, was von sich aus nicht passt."

„Aber … Das Lied steht in Moll. Aber wie Sie es spielen, ist es Dur."

„Das kommt sicher, weil ich im zweiten Takt ein C spielen muss statt eines As", sagte eine Frau mit einem Horn. „As kann mein Horn nicht. Und C ist halt immer Dur."

„Was?“, fragte Akropolis, der seinen Ohren nicht traute.

„Letztes Jahr haben wir ein Ennio-Morricone-Medley gespielt“, warf der Fanfarenspieler von vorhin ein. „Da hat auch alles gepasst.“

„Ich hatte die Mundharmonikamelodie“, sagte Gerd. „Und alle Leute sagten, es klingt original. Haben sie gesagt.“

„Und ich habe meine Stimme letzte Woche lange geübt“, sagte die Hornistin. „Die spiele ich jetzt so, wie ich sie kann. Anders kann ich die jetzt nicht mehr.“

„Aber hier passt es nicht“, sagte Akropolis, der um Geduld bemüht war. „Manche Töne können so, wie sie jetzt sind, nicht bleiben. Eigentlich die meisten nicht. Sagen Sie, besteht nicht die Möglichkeit, für das Konzert noch einen Posaunisten aufzutreiben, für etwas Geld? Es gibt doch sicher auch Profis hier in der Gegend, die sich etwas dazuverdienen möchten. Musiker sind von Natur aus klamm. Das würde uns allen sehr helfen.“

Im Hintergrund war die Eingangstür aufgegangen, nicht weit, nur ein kleines Stück. Die meisten bemerkten es in der allgemeinen Diskussion gar nicht, doch Anneke saß so, dass sie Gerda Kerstings Kopf durch den Spalt sehen konnte. Sie schaute einen Augenblick herein, machte eine leichte Kopfbewegung und schloss die Tür wieder. Was wollte sie? Warum war sie hier? Anneke maß dem Umstand keine weitere Bedeutung bei, doch plötzlich sah sie, wem ihr kurzer Auftritt gegolten hatte: Rolf Beyer, der seine Sachen bereits gepackt hatte, schlich zur Tür und stahl sich hinaus.

Die Diskussion war in vollem Gange. Alle redeten mehr oder weniger gleichzeitig. Spiralförmig wanden sich die Argumente um Dreivierteltakt und angepasste Töne, um Dur und Moll, um piano und forte unaufhaltsam Richtung Zentrum, Richtung Auge des Tigers. Es schien nur eine Frage der Zeit zu sein, bis sich die Situation so verdichtet haben würde, dass sie eskalierte. Da wuchs der Arm Tonis kerzengerade in die Höhe.

„Alle mal Ruhe!", rief Ludwig Meinolft. „Toni möchte etwas sagen."

„Danke", sagte der. „Sagt mal, warum plagen wir uns eigentlich mit all diesen Schwierigkeiten herum? Wir sind doch hier, um einfach nur Musik zu machen. Schöne Musik. Musik, die wir mögen. Ich habe einen Vorschlag. Wie wäre es, wenn wir jetzt erst mal einen unserer Lieblingsmärsche spielen und dann weitersehen?"

Ein Johlen der Zustimmung erhob sich, und im Nu erklang der *Krupfensteyner* mit sämtlichen Wiederholungen, gefolgt von *Zurück ins Glied, Peitschenknall, Potzblitz* und weiteren Perlen aus der Feder Heiner Grotewohls. Die eigentliche Probenabsicht, das Medley mit den größten Erfolgen des Stargastes, geriet völlig in den Hintergrund. Als der vierte Marsch angestimmt war und unter vollen Segeln lief, verstand der verdutzte Akropolis schließlich, hatte ein Einsehen und schlüpfte aus der Tür, ohne dass es jemandem aufgefallen wäre.

24

Vanessa, Anneke und Marion hatten sich mit Struck auf ein Treffen bei ihm verständigt, sobald sie neue Informationen hätten.

„Mädels", begann Anneke sprühend vor Motivation, „ich habe das Gefühl, heute wird Großes geschehen. Schätze, wir erleben gleich nicht mehr und nicht weniger als die Lösung unseres ersten Kriminalfalles!"

„Nicht so schnell", sagte Vanessa. „Die Sache scheint komplex zu sein. Ich denke, wir sollten festhalten, was wir herausgefunden haben. Mit etwas Glück erkennen wir Querverbindungen, wenn wir alles schwarz auf weiß vor uns haben. Nur … Ich habe mein Notebook nicht dabei. Jemand von euch? Nein? Okay. Äh, Herr Struck, Sie haben nicht zufällig …"

„Typisch", unterbrach Struck sie und schüttelte den Kopf. „Aber das haben wir gleich." Er ging kurz hinaus und kehrte mit einer dunkelbraunen Ledermappe zurück. „Typisch", sagte er, legte die Mappe auf den Tisch und warf den Frauen einen tadelnden Blick zu. Sie wirkte edel und unberührt. Struck schlug sie auf, und ein vergilbter Schreibblock kam zum Vorschein. Es war zweifelhaft, ob er jemals benutzt worden war. In einer Lasche steckte ein schwarzer Kugelschreiber.

„Wow", sagte Vanessa. „Sieht kostbar aus."

„War ein Hochzeitsgeschenk", erklärte Struck. „Krokoleder. Da staunt ihr, was? Das nenne ich ein Schreibgerät. So etwas kennt ihr heutzutage gar nicht mehr."

„Und Sie meinen, damit können wir …"

„Nicht wir. Ich. Im Gegensatz zu euch habe ich nämlich noch richtig schreiben gelernt damals in der Volksschule. Heinz Struck hat eine ordentliche Handschrift. Und macht keine Rechtschreibfehler."

„Also gut, wenn Sie meinen …"

Struck setzte seine Lesebrille auf und nahm den Kugelschreiber zur Hand.

„Kann losgehen."

„Okay", sagte Anneke. „Aber erst einmal das Neueste, Mädels. Gestern Abend war dieser Sänger bei der Probe, dieser Dimitri Aristoteles. Ganz schön müde war er, aber …"

„Akropolis", korrigierte Marion. „Am Morgen saß er schon bei mir zum Haareschneiden. Und ist doch glatt ein paar Mal im Sessel eingeschlafen."

„Was der wohl in der Nacht getrieben hat", gluckste Anneke. „Aber müde hin, müde her. Mädels, das ist ein ganz rattenscharfer Dübel!"

„Sahneschnittchen", sagte Marion mit einem Schuss Erotik in der Stimme. „Diese Löwenmähne!"

„Aber hallo“, sagte Anneke. „Rote Jeans! Das Hemd offen bis zur Gürtelschnalle! Und eine Stimme! Dieser Schmelz! Leute, ich sage euch, vergesst alles, was ihr an Männern bisher erlebt habt. James Bond und George Clooney waren gestern.“

„Hach!“, sagte Marion und versuchte, den Schauer abzuschütteln, der ihren Körper durchfuhr.

Struck blickte über seinen Brillenrand hinweg und grinste.

„Hast du denn auch seinen Waschbärbauch gesehen?“

Die Frauen sahen sich an und unterdrückten ein Prusten.

„Sie Wüstling!“, schnaubte Vanessa.

„Das heißt Wasch*brett*bauch, Herr Struck“, lachte Marion.

„Aber selbstverständlich habe ich den gesehen!“, sagte Anneke in gespieltem Protest. „Was denken Sie denn von mir! Da kann man doch gar nicht weggucken, so als Frau. Sie als Mann natürlich schon.“

„Stellt euch vor, er hat sich für die ganze Zeit bis zum Jubiläum bei Bruni einquartiert. Das sind noch fast drei Wochen! Und sie hat sich wohl richtig in Schale geworfen für ihn, als er ankam.“

„Wie denn? Hat sie ihren Kittel gebügelt?“, lachte Vanessa. „Gewaschen wird sie ihn ja wohl nicht haben.“

„Nein, noch besser. Den hat sie gar nicht getragen. Bluse und Rock, sagte Dimitri. Richtig schick.“

„Oho!“, sagte Anneke.

„Sensationell, nicht wahr? Und es kommt noch besser. Er fand sie sehr sympathisch.“ Marion zwinkerte mit einem Auge.

„Ist sie ja auch.“

„Offenbar hat sie ihm auch schon direkt ihre ganze Lebensgeschichte erzählt, einschließlich Sylt und St. Pauli und was alles bei ihr … ne? Das Landei und ihre alten Stadtgeschichten.“

„Ach, hat sie sich mal wieder in einen Mann verliebt?“, fragte Anneke.

„Sollte mich nicht wundern“, sagte Marion. „Bei ihrem Verschleiß …“ „Eine Frau mit Vergangenheit“, sagte Anneke bedeutungsvoll. „Das lieben die Männer.“

„Dabei dachten wir alle, sie wäre über diese Phase hinaus“, sagte Marion.

„Tja, dachten wir. Aber sie kann es wohl nicht lassen.“

Da fiel Vanessa ihr ins Wort. Ihr Tonfall wurde energisch.

„So, genug jetzt! Reißt euch zusammen! Wir sind nicht zum Lästern hier. Kommen wir endlich zur Sache. Ich denke, wir sind uns einig, dass wir für beide Morde von ein und demselben Täter ausgehen können.“

Die anderen nickten zustimmend.

„Also los. Wer kommt in Frage, und wen können wir ausschließen? Beginnen wir mit Kurt. Wilma

Schäfers verdächtigt ihn bei der Ratssitzung. Offener geht es nicht. Das kann eigentlich doch nur bedeuten, sie muss etwas wissen. Anneke, konntest du Näheres von ihr erfahren?"

„Keine wirklichen Fakten, nein. Ich glaube, sie zählt bloß zwei und zwei zusammen, wenn ihr mich fragt. Kurt will Bürgermeister werden. Soviel ist klar. Er ist älter als Kersting und hat nach all den Jahren als zweiter Mann seine Felle schwimmen sehen. Gegen den ewigen Kersting hätte er nie eine Chance gehabt. Seine biologische Uhr tickt. Schätze, das ist schon ein gewichtiges Motiv. Aber natürlich Spekulation, solange wir nichts Konkretes haben."

„Jedenfalls ist das auch Lobos Vermutung", sagte Vanessa. „Als Mensch ist Kurt nicht einfach. Wir kennen ihn ja. Sarkastiker. Und völlig gefühlskalt."

„Vielleicht ist es ja auch das", sagte Anneke. „Als junge Frau war Wilma jahrelang scharf auf Kurt, doch der hat sie immer verschmäht und ihr die kalte Schulter gezeigt. Sie war frustriert und hat daraufhin nie geheiratet. Und jetzt nimmt sie späte Rache. Kann doch sein."

„Und belastet ihn öffentlich und schiebt dabei irgendeinen erfundenen Grund vor? Klingt nicht wirklich plausibel. Lasst uns mal auf Kersting zurückkommen. Er ist ja nicht einfach erschossen worden", sagte Marion, „sondern … ne?, bevor er in die Tuba gesteckt wurde. Vielleicht ja auch erwürgt, wie Alfons."

„Hey, du hast recht. Und vielleicht ja sogar mit demselben Lappen", sagte Anneke.

„Ja, könnte sein", sagte Marion. „Nur, allein wäre Kurt rein körperlich niemals in der Lage dazu gewesen. Das bedeutet, wenn die Tat wirklich so gelaufen ist, brauchte er einen Komplizen. Oder gar einen Killer."

„Lobo berichtete, er habe Kurt und Ronny für einige Minuten hinter dem Probenraum verschwinden sehen", fuhr Vanessa fort.

„Na und? Die waren mal Pinkeln. Die Toiletten drinnen waren ja schon … ach, ich sag's nicht. Und Ronny ein Killer? Quatsch!"

„Es gibt Leute, die für Geld alles tun", sagte Marion. „Er hat aus dem Osten rübergemacht. Da ist man nicht auf Rosen gebettet. Und keiner kennt ihn hier wirklich."

„Aber hätte Kurt denn genug Geld, ihn zu bezahlen?", fragte Vanessa.

„Keine Ahnung. Lasst uns bei dem bleiben, was wir wirklich wissen", sagte Anneke. „Was ist mit Lobo?"

„Er hat Alfons zum Auto gehen sehen, wie er selbst sagte", erklärte Vanessa. „Das bedeutet, nachdem der den toten Kersting in der Tuba entdeckt hatte. Aber das ist auch alles. Bisschen dünn, finde ich."

„Als Mörder kann ich mir den Lobo auch nicht vorstellen", sagte Anneke. „Der ist grundgechillt. Die Energie brächte er gar nicht auf."

„Den hat die Polizei gerade am Haken“, sagte Vanessa. „Breitenbach, diese Flachpfeife. Also für mich ist das ein sicheres Indiz dafür, dass er mit der ganzen Sache nichts zu tun hat. Was haben wir noch?“, fragte Vanessa.

„Ich weiß nicht, ob das bedeutsam ist“, sagte Anneke, „aber bei der Probe gestern Abend saß auch Rolf Beyer. Er sollte einen Riesenartikel schreiben über Dimitri Akropolis und unsere Zusammenarbeit mit ihm, als Werbung für das Jubiläum. Und plötzlich, mitten in der Probe, ging die Tür auf und Frau Kersting guckte herein. Ich glaube nicht, dass jemand anders sie gesehen hat außer mir. Wir spielten ja gerade einen Marsch. Nur ich saß so, dass ich in den Türspalt blicken konnte. Und kurze Zeit später stand Beyer auf und ging. Wenn ihr mich fragt, hat sie ihm ein verstecktes Zeichen gegeben. Mir war, als hätte sie mit dem Kopf gezuckt. Jedenfalls hat er auf sie reagiert. Und es sah vertraut aus.

„Beyer!“, entfuhr es Vanessa. „Na, sieh mal an!“

„Und Frau Kersting!“, sagte Marion.

„Tja, Geld macht sexy“, sagte Anneke. „Die Lebensversicherung. Kann doch sein, dass Beyer darauf scharf ist. 200 000 Euro sind eine Menge Kohle. Dafür bringt man schon mal jemanden um. Und beißt anschließend auf die Zähne. Frag lieber, was sie an ihm findet.“

„Das ist doch klar“, sagte Vanessa. „Einsame Witwe, vorher unglückliche Ehefrau. Die will getröstet werden. Da wird man schon mal anspruchslos. Und wer immer einem über den Weg läuft, rennt offene Türen … Herr Struck?"

„Was?", fragte Struck und schaute auf. Seine Wangen glühten, und sein Haar stand wirr von seinem Kopf ab.

„Schreiben Sie mit?"

„Was denkst du denn", sagte er kurz und fokussierte sich wieder auf seinen Block.

„Rolf Beyer …", sagte Marion, „immer auf der Jagd nach der Sensation. Wenn du die Zeitung liest, fragst du dich jedes Mal, woher hat ausgerechnet er die frischesten Infos? Das ist doch auffällig."

„Sollte mich gar nicht wundern, wenn Gerda nicht die Einzige ist, die er besucht", sagte Anneke. „Vielleicht gibt es ja bei der Paderborner Polizei auch eine einsame Witwe."

„Rolf Beyer …" Marion dachte nach. „Klar, warum nicht? Die Gelegenheit, Kersting zu töten, hatte er wie jeder andere auch. Aber Alfons?"

„Halt!", rief Vanessa plötzlich. „Es kann nicht Beyer gewesen sein, den Alfons angerufen hat. Das passt nicht zu dem Telefonbuch, das wir in seinem Haus gefunden haben. Der Nachname muss mit G oder H beginnen."

„Das stimmt", sagte Marion. „In der Tat. Also doch Kurt Halsband?"

„Oder Ronny?", fragte Anneke. „Sein Nachname ist Gerold."

„Was ist denn mit Willi Harteisen?“

„Harteisen? Quatsch! Der flucht zwar wie ein Kesselflicker, wenn ihm etwas nicht passt, aber im Grunde kann er keiner Fliege etwas zuleide tun.“

„Moment mal. Es ist doch auch möglich, dass Alfons die Nummer auswendig wusste.“

„Die von Rolf Beyer?“, fragte Anneke.

„Warum nicht?“

„Leute!“ rief da Vanessa gedehnt. Es wirkte ungeduldig. „Wir vermuten und spekulieren hier die ganze Zeit wie wild herum, aber was wissen wir tatsächlich? Nichts außer ein paar Indizien, aus denen wir uns etwas zusammenreimen. Seien wir doch ehrlich.“

Marion und Anneke sahen sie mit offenem Mund an.

„Was starrt ihr mich so an? Ist doch wahr! Was wir brauchen, sind Fakten. Unsere ach so tollen Schlussfolgerungen sind nichts wert, solange wir nichts Greifbares in der Hand halten.“

„Das bedeutet …“, begann Anneke.

„… das war's dann ja wohl“, ergänzte Vanessa.

„Herzlichen Glückwunsch“, sagte Marion.

„Drei Frauen vom Dorf, die großen Kriminalistinnen“, sagte Vanessa bitter.

„Und nicht zu vergessen ein Rentner. Ha ha. Ganz großes Kino. Wisst ihr was? Wir gehen jetzt einfach nach Hause, legen uns ins Bett und ziehen die Decke über den Kopf. Ich will heute keinen mehr sehen und auch nichts hören. Herr Struck?“

Der Angesprochene antwortete nicht.

„Hallo, Herr Struck?"

„Wie?"

„Haben Sie das etwa alles mitgeschrieben? Das gesamte Desaster?"

Strucks gesamtes Gesicht war scharlachrot angelaufen. Sein Blutdruck war am Anschlag, und kalte Schweißperlen hatten sich auf seiner Stirn niedergeschlagen. Seine Haare waren in bizarren Formen um seinen Kopf herum verwirbelt. Er saß tief über den Schreibblock gebeugt. Um ihn herum breitete sich eine Mondlandschaft von Papierbällchen aus.

„Um Gottes willen", sagte Vanessa. „Ist alles in Ordnung mit Ihnen?"

„Alles im Griff", röchelte Struck.

„Sind Sie sicher?"

„Jetzt bring mich bloß nicht aus dem Konzept! Bin sofort fertig."

„Okay, schreiben Sie von mir aus in Ruhe zu Ende. Aber Sie können genauso gut auch aufhören und alles wegwerfen. Ist sowieso nichts wert. Schade um das schöne Papier."

Mit zitternder Hand beendete er einen Satz auf seinem Blatt. Nach einem kurzen Blick auf das Geschriebene schüttelte er den Kopf, riss das Blatt ärgerlich vom Block, zerknüllte es und warf es von sich. Schließlich ließ er den Kugelschreiber fallen, atmete laut aus und fiel entkräftet gegen die Lehne seines Stuhls.

„Ihr habt mich völlig verwirrt“, schnaufte er. „Und vorlesen werde ich nicht.“

„Na, dann zeigen Sie mal her, was Sie da haben“, sagte Vanessa und drehte die Ledermappe zu sich herüber. Ein Blick auf das Blatt und sie stutzte.

„Was ist?“, fragte Marion.

„Äh …“

„Nun lies schon vor“, sagte Anneke. „Oder kannst du die Schrift nicht entziffern?“

„Doch doch …“

„Dann schieß los.“

Langsam begann Vanessa.

„Sänger Dimitri Akropolis ist angekommen“, las sie. *„Er ist ein Sahneschnittchen mit einer Löwenmähne. Morgens war er beim Friseur und war müde. Abends bei der Probe war er immer noch müde. Er trug rote Jeans und ein offenes Hemd. Darunter hat er einen Waschbärbauch. Seine Stimme ist besser als die von George Clooney. Er hat für die nächsten Wochen ein Zimmer. Bruni trug ihren Kittel nicht, weil er nicht gebügelt war. Sie war schick angezogen.. Er fand sie sympathisch. Sie hat ihm ihr Leben erzählt und er hat sich in sie verliebt. Sie kann es nicht lassen.“*

Damit klappte sie die Mappe zu und sah die anderen an. Die sagten nichts. Betretenes Glotzen beherrschte den Moment.

„Das ist alles?“, fragte Anneke.

„Ja“, sagte Vanessa. „Mehr steht hier nicht.“

Marion wandte sich an Struck.

„Und wo ist der Rest?“

„Ja, wo ist der … äh, hier“, stammelte er und zeigte auf das Meer der Papierkugeln.“

Marion nahm ein paar Blätter auf und zog sie auseinander.

„Aber da steht so gut wie nichts drauf. Immer nur ein oder zwei Wörter.“

„Herrgott noch mal, ich bin eben nicht mitgekommen! Ich habe doch gesagt, ihr habt mich total verwirrt. Das ging alles so schnell. Ihr hättet ruhig auf mich warten können. Ein alter Mann ist doch kein D-Zug. Aber ihr habt ja einfach immer weitergemacht.“

„Sie haben also unseren Tratsch aufgeschrieben, den ganzen Blödsinn? Und der Rest ist quasi gelöscht?“

„Ach, lasst mich doch in Ruhe!“, schmollte Struck. „Wer konnte denn ahnen, dass ihr so schnell reden würdet! Und so kompliziertes Zeugs! Da kann ja kein normaler Mensch folgen.“

„Gott sei Dank“, sagte Anneke und atmete auf. „Nicht auszudenken, wenn jemand das in die Finger bekommen könnte.“

Marion stimmte zu.

„Zu Tode müssten wir uns schämen.“

Struck merkte, dass etwas nicht stimmte. Was, verstand er aber nicht.

„Äh … wie jetzt?“

„Alles gut, Herr Struck“, sagte Marion. „Haben

Sie toll gemacht. Ganz toll. So, Mädels, es ist ja wohl vorbei. Wir können einpacken. Hier haben wir nichts mehr zu schaffen. Auf geht's, nach Hause. Vanessa?"

Die Angesprochene reagierte nicht. Sie starrte auf die wenigen Zeilen auf dem Blatt.

„Wir wollen gehen, Vanessa", sagte Anneke. „Kommst du?"

„Sie kann es nicht lassen", murmelte Vanessa langsam. *„Sie kann es nicht lassen …"*

25

„Sag mal, Mädchen", begann Struck, „warum wolltest du denn nicht mitgehen? Wir waren doch im Grunde fertig mit allem."

Vanessa antwortete nicht.

„Nicht, dass die beiden jetzt beleidigt sind, weil sie ohne dich gehen mussten."

Wortlos hing ihr Blick auf dem Blatt in ihrer Hand.

„Frauen können in solchen Dingen sehr speziell sein. Ich kenne mich da aus."

Sie nahm keine Notiz von ihm.

„Also was ist denn nun? Ich glaube, ich habe jetzt noch etwas zu arbeiten. Und außerdem …"

Mit einer unwirschen Handbewegung brachte sie ihn zum Schweigen.

„Sie erinnern sich doch garantiert. Die Geschichte

mit Kersting und Bruni letztes Jahr beim Schützenfest. Herr Struck?"

„Ja, klar", antwortete er. „Haben ja ein paar Leute beobachtet. Drinnen hingen sie vor den Ritzen der Zeltwand und haben hindurch gepeilt. Hinter dem Zelt im Regen! Meine Güte, war ihm das peinlich am nächsten Tag."

„Kann man wohl sagen."

„Na ja, dabei ist es aber auch geblieben. Passiert schon mal im Suff. Es gab Freibier für alle, er hat sich öffentlich entschuldigt, und seitdem war da nichts mehr. Und Gerda hat ihm seinen Auftritt ja verziehen."

„Wir alle hier kennen Bruni. Und wir wissen, dass sie einen Mann gehörig um den Finger wickeln kann. Was wäre denn …"

Er sah sie an.

„Was?"

Noch immer war sie in den Text vertieft. Sie sprach wie abwesend.

„… wenn er zwar nichts mehr von ihr wollte, sie aber umso mehr von ihm?"

Struck verstand nicht.

„Wie meinst du das?"

„Wir kennen sie doch. Jeder hier kennt sie. Allen hat sie damals bei ihrer Rückkehr erzählt, dass sie mit ihrer Vergangenheit abgeschlossen hat. All die Männergeschichten. Jede Woche ein Anderer. Das sollte ein für allemal vorbei sein."

„Ja, und?“

„Stellen wir uns doch mal vor, da ist wieder etwas in ihr aufgebrochen. Die alte Bruni. Sie hat sich in Kersting verguckt. Weiß der Geier, wie das angefangen hat. Aber wählerisch war sie ja nie gewesen. Und Gelegenheiten zu nutzen, fällt ihr nicht schwer, egal, wie schäbig sie sind. Nach der Sache hinterm Zelt hatte er keinen Bock mehr auf sie, aber sie auf ihn! Sie rückte ihm auf den Pelz, immer näher, immer dichter, und ließ nicht locker.“

Struck bemerkte die drängende Intensität in Vanessas Stimme.

„Du meinst, sie haben sich weiter getroffen?“

„Er hatte jedenfalls die Nase voll von ihr“, fuhr sie fort, ohne seine Frage zu hören. „Doch je öfter er sie abwies, desto …“

„Desto?“

„… desto schärfer wurde sie auf ihn!“

„Jetzt hör mal, Mädchen, findest du das alles nicht reichlich weit hergeholt?“

„Finde ich überhaupt nicht. Also ich als Frau kann mir das sehr gut vorstellen.“

„Was? Du … du bist doch wohl nicht mannstoll?“

„Quatsch! Ich kann mich nur in Bruni hineinversetzen. Es gibt Frauen, die stehen darauf, von den Kerlen zurückgewiesen zu werden. Und es würde einiges erklären.“

„Ach. Und was?“

„Nicht so schnell. Sie wissen doch auch, wie sie

manchmal ihre Brust auf dem Tresen ausrollt, wenn einer an der Theke sitzt und sie ihm etwas ins Öhrchen flüstert."

„Ja schon, aber ich kenne keinen, der das ernst nimmt. Und sie selbst am allerwenigsten. Ein nettes Spiel ist das, nichts weiter. Damit der Idiot noch ein Pils mehr bestellt. Aber jeder durchschaut es doch."

„Sie kann's nicht lassen …"

„Wie bitte?"

„Das haben Sie notiert. Hier, steht auf dem Zettel. Sie kann's nicht lassen. Ich sage Ihnen, das ist es! Eine Zeit lang ging alles gut, nachdem sie zurück in Altenbeken war. Sie wollte ihren Frieden machen mit ihrem Vorleben und riss sich zusammen, jahrelang. Bis zum Schützenfest letztes Jahr oder kurz vorher. Irgendein Funke muss da zwischen ihr und Hartwig Kersting übergesprungen sein. Und alles brach wieder in ihr auf."

Struck schüttelte ungläubig den Kopf.

„Also ich weiß nicht … Ich verstehe überhaupt nicht, was das mit den Morden zu tun haben soll. Und wie du auf all das kommst. Das ist doch verrückt."

„Durch Dimitri Akropolis!", sagte sie mit Triumph in der Stimme. „Vorhin haben wir noch herumgeblödelt, dass er sich in sie vernarrt hat. Falsch! Genau andersherum war es! Sie war von ihm hingerissen. Und ich bin sicher, es stimmt, dass sie ihn in der Nacht herumgekriegt hat."

„Wozu herumgekriegt?"

„Na, wozu wohl? Herr Struck! Manchmal stehen Sie wirklich auf der Leitung. Das letzte Objekt ihrer Begierde, unseren tollen Herrn Bürgermeister, gibt es nicht mehr, und als ihr ein neues auf dem Tablett gereicht wird, greift sie zu."

„Okay ... Aber warum sollte sie Kersting umbringen, wenn sie ihn doch liebt?"

„Weiß ich noch nicht. Aus Enttäuschung vielleicht, permanent abgewiesen zu werden. Und die schlug dann in Wut um. So oder so ähnlich."

Plötzlich flackerte Strucks Blick auf.

„Nein! Ich hab's! Sie wollte Geld!"

„Geld? Wofür?"

„Frauen wollen immer Geld. Lass dir das gesagt sein. Erpressen wollte sie ihn, Mädchen. Dafür, dass sie ihn in Ruhe lässt."

„Sie meinen ..."

„Na, jetzt stehst du aber auf der Leitung. Sie hat gemerkt, dass sie bei ihm nicht landen konnte. Vielleicht wollte er ja zur Polizei gehen, weil sie keine Ruhe gab. Daraufhin dreht sie den Spieß um. Sie droht, seiner Frau irgendwelche fantastischen Geschichten über sie beide aufzutischen. Oder noch schlimmer, diesem Schmierenschreiber etwas zu stecken, aus dem er eine Sensationsstory machen würde. Damit wäre Kersting geliefert, privat wie beruflich. Für ihr Schweigen verlangt sie Geld. Also schlägt er ein Treffen vor, bei unauffälliger Gelegenheit ..."

„… der Geburtstagsfeier …“

„… es kommt zum Streit, sie ist definitiv stärker als er, und …“

„… sie stranguliert ihn.“

„Wieso strangulieren? Womit?“

Vanessa sprang auf.

„Mit ihrem Kittel! Derselbe Kittel, mit dem sie auch Alfons erdrosselt! Der Fetzen in seiner Hand, als er gefunden wird!“

„Moment mal. Du willst sagen, sie streiten sich, und dabei zieht sie den Kittel aus, um ihn zu erwürgen? Das ist doch Mumpitz.“

„Klingt so, ja. Aber es würde das Verschwinden des Kittels erklären. Der taucht nicht mehr auf, das können sie mir glauben.“

„Hm. Und was ist mit Alfons?“

„Das weiß ich noch nicht.“

Struck wurde nachdenklich.

„Im Grunde wissen wir gar nichts, Vanessa. Wir stellen eine Reihe von Vermutungen an, aber haben nichts in der Hand.“

„Aber so war es!“, erwiderte sie. „Es muss so gewesen sein. Was wir jetzt brauchen, ist Gewissheit. Und deswegen werden wir etwas unternehmen! Ich habe auch schon einen Plan.“

Er sah sie an.

„Na, dann lass mal hören.“

„Wir legen einen Köder aus und hoffen, dass sie anbeißt.“

„Kapier ich nicht."

„Wir lassen ihr eine Nachricht zukommen, am besten einen Brief. Anonym, versteht sich. Darin schreiben wir, dass wir die Identität des Täters kennen. Wir erzählen vom Einbruch in Alfons' Haus. Dort haben wir die Wahlwiederholungstaste des Telefons gedrückt, und da wurde ihre Nummer angezeigt."

„Aber das hatte doch gar keine solche Taste!"

„Herr Struck! Wie war das mit der Leitung?"

„Jaja, ist ja schon gut. Weiter."

„Wir wissen ja, dass Alfons kurz zuvor noch jemanden angerufen hat …"

Struck glotzte.

„… Sie nämlich, was wir natürlich nicht verraten."

„Moment mal. Ich habe da noch eine Frage."

„Und die wäre?"

„Sag ich nur, wenn du dich nicht wieder über mir lustig machst."

„Versprochen. Also?"

„Sie heißt doch Schöttler. Das Telefonbuch war aber bei den Buchstaben G und H aufgeschlagen. Wie kommst du überhaupt darauf, dass es ihre Nummer sein kann?"

Vanessa lächelte. „G wie *Gaststätten.*"

Struck sah sie an. Schließlich begriff er.

„Sag jetzt nichts Falsches", sagte er. Es sollte drohend klingen.

Mit betonter Sachlichkeit und ohne Struck anzusehen fuhr Vanessa fort: „Wir wissen auch den

Grund und die Uhrzeit. Das alles deuten wir an. Dann schlagen wir ihr einen Deal vor und einen Treffpunkt, wo sie auf uns warten soll. Dort legen wir uns auf die Lauer. Und wenn sie tatsächlich auftaucht, ist die Sache klar."

„Und dann willst du aus deinem Versteck kommen und sie mit allem konfrontieren? Das kannst du vergessen, Mädchen. Solltest du dabei an mich gedacht haben, da mache ich nicht mit. Ich bin doch nicht lebensmüde!"

„Keine Angst. Ich habe eine viel bessere Idee. Hören Sie zu."

26

Protokoll der Sitzung des Rates der Gemeinde Altenbeken vom …

Die Vollzähligkeit sämtlicher Fraktionen wird festgestellt.

Tagesordnung s. Einladung

TOP 1 (Begrüßung)

Geschäftsführender Bürgermeister Kurt Halsband begrüßt die Mitglieder der Fraktionen und mahnt zur Vernunft. Ebenso begrüßt er die im Zuge der Mordermittlungen anwesenden Polizeibeamten.

TOP 2 (Protokoll der letzten Sitzung)

Aufgrund des möglicherweise für einige Ratsmitglie-

der kompromittierenden Inhalts wird auf ein Verlesen verzichtet.

TOP 3 (Neubesetzung des Bürgermeisteramts)

Dem Antrag auf nichtöffentliche Fortführung der Sitzung wird stattgegeben. Abstimmungsergebnis: einstimmig ohne Enthaltungen. Die anwesenden Bürger erheben sich unter lautstarken Protest- und Unmutsbekundungen, deren Wortlaut und Inhalt hier aus sehr guten Gründen nicht wiedergegeben werden. Massiver Einsatz der Tischglocke durch geschäftsf. Bürgerm. zwecklos. Die Polizeibeamten werden für die Räumung des Saals um Amtshilfe gebeten. Die Sitzung wird unterbrochen.

– Nichtöffentlicher Teil –

Dank der Initiative und Tatkraft der Beamten, die mit Höflichkeit, aber auch mit Festigkeit vorgingen, kann die Sitzung eine halbe Stunde später wieder aufgenommen werden. Geschäftsf. Bürgerm. Halsband mahnt erneut Sachlichkeit an und bittet die Versammlung um Kandidatenvorschläge. Der erste, eingebracht von der SPD-Fraktion, lautet Kurt Halsband. Darauf erhebt sich ein deutliches Murren im Saal, und der Vorschlag wird umgehend zurückgezogen. Der folgende Vorschlag der CDU-Fraktion lautet Alfred Göke, darauf erneutes Einsetzen des Murrens und Zurückziehen des Vorschlages. Der Vorschlag der Grünen bleibt im allgemeinen Murren unverständlich, und der der FDP wird verworfen, bevor er geäußert werden kann. Der Einsatz der Tischglocke (mehrfach) beendet die Unruhe.

Die Sitzung wird abermals unterbrochen, dieses Mal durch Kommissar Breitenbach von der Paderborner Mordkommission. Er berichtet, sein Sondereinsatzkommando habe vor dem Gebäude einen Chevrolet unbekannter Herkunft entdeckt, was die Anwesenheit einer verdächtigen Person im Saal nahe lege, und fordert den Halter auf, sich zu stellen. Ratsherr Lothar Bollmann (UWG) meldet sich und wird in Handschellen abgeführt, worauf die Sitzung fortgesetzt werden kann.

Ratsherr Benjamin Junghans meldet sich zu Wort. Er erinnert die Ratsmitglieder an das, was sie als Parteien und Fraktionen stark macht, nämlich die Gemeinsamkeit. Darin liege die Verantwortung für alle Bürgerinnen und Bürger, neben der permanenten Gewissensverpflichtung zur machtvollen Gestaltung der Zukunft. Diese Herkulesaufgabe sei nur zu schaffen, wenn alle zusammenstehen als Einheit. Nach Beendigung des spontan aufbrandenden Applauses schlägt er vor, aufgrund der bisherigen Erfahrungen einen unabhängigen Kandidaten zu suchen, der sich über die Parteigrenzen hinweg auf einen breiten Konsens im Rat und in der Bevölkerung stützen kann. Er rät von einer externen Person ab, welche die lokalen Verhältnisse nicht kennen könne. Stattdessen sollte seiner Meinung nach ein Kandidat gefunden werden, der im Ort verwurzelt ist und sich eines hohen Ansehens erfreut.

Ratsfrau Theresa März beantragt die sofortige Bildung einer Arbeitsgruppe. Abstimmungsergebnis: einstimmig ohne Enthaltung angenommen. Jede Frak-

tion, mit Ausnahme der UWG, entsendet daraufhin eine Person in die Gruppe, die ihre Arbeit sofort aufnimmt. Die Sitzung wird unterbrochen. Nach einer Viertelstunde kehrt die Gruppe zurück und präsentiert der Versammlung das Ergebnis, verbunden mit dem Antrag der Ernennung der vorgeschlagenen Person zum gemeinsamen Kandidaten aller Fraktionen. Nach kurzer Diskussion erfolgt die Abstimmung. Ergebnis: einstimmig angenommen bei einer Enthaltung. Großer Jubel erhebt sich, als das Ergebnis verkündet wird. Unglaubliche Szenen spielen sich ab. Auf detaillierte protokollarische Darlegung wird mangels Relevanz verzichtet. Schließlich wird das folgende Prozedere vereinbart: Die Information des Kandidaten über den Wunsch der Verwaltung und des Rates soll schriftlich zugestellt werden, verbunden mit den besten Grüßen und der Bitte, seine Entscheidung rechtzeitig vor dem Jubiläumswochenende des örtlichen Fanfarenzuges zu treffen, damit der neue Bürgermeister das Fest standesgemäß eröffnen kann.

Gezeichnet: Protokollführer Tayfun Senel

27

„Vernehmung des Tatverdächtigen Lothar Bollmann im Mordfall Alfons Klahold. Der Erschienene verzichtet auf einen Rechtsbeistand sowie auf die Wahrnehmung seines Aussageverweigerungsrechts. Ist das so weit richtig, Herr Bollmann?“

„Ja“, antwortete Lobo knapp.

„Gut“, sagte Breitenbach und lehnte sich zurück. „Fangen wir an.“

Das Büro im ersten Stock des Paderborner Polizeireviers war eng und miefig. Die Wände waren in einem gräulichen Grün gehalten und sicher jahrelang nicht gestrichen worden. Ein einzelnes Fenster ließ nicht mehr als eine schummerige Andeutung von Licht in den Raum. Die Topfpflanzen auf der kargen Fensterbank waren verdorrt. Mitten unter der Decke baumelte eine nackte Glühbirne in einer primitiven Fassung vom Bau. Für einen Lampenschirm hatte wohl das Budget des Landes nicht gereicht, oder der lokale Betriebsrat hatte nicht engagiert genug auf den Missstand aufmerksam gemacht. Wer immer den Raum betrat, spürte einen Anflug von Endzeitstimmung und war froh, wenn er ihn wieder verlassen konnte.

Breitenbachs Outfit mutete an wie das eines billigen Cops aus Hollywoods B-Movies. Er trug eine schwarze Lederjacke zu nietenbestückten Jeans, die mit einem Cowboygürtel am Bund gehalten wurden. Damit einher ging sein Verhalten. Er kaute Kaugummi mit offenem Mund und hing zurückgelehnt in seinem Schreibtischstuhl, einen Arm lässig über die Lehne gehängt. Auf dem Tisch stand ein bejahrtes Aufnahmegerät mit einem Schwanenhalsmikrofon.

„Sprechen Sie deutlich da rein, klar?“

Er schaltete die Schreibtischlampe an und drehte den Schirm so, dass der Lichtkegel Lobo direkt ins Gesicht fiel.

„Muss das sein?“, fragte Lobo und hielt die Hand schützend vor die Augen.

„Hier stelle ich die Fragen“, wies Breitenbach ihn zurecht. „Also, Sie fahren einen Chevrolet?“

„Ja, schon, aber …“

„Kein Aber. Sie sind nicht aufgefordert zu kommentieren. Antworten Sie schlicht mit Ja oder Nein. Am besten versuchen Sie es von vornherein mit der Wahrheit und nichts als der Wahrheit. Und keine Faxen. Wir haben Mittel und Wege, wenn Sie verstehen, was ich meine. Hier sind schon ganz andere als Sie weichgekocht worden. Also?“

„Was also?“

„Ob Sie einen Chevrolet fahren.“

„Hab ich doch schon gesagt.“

„Sie sollen mit Ja oder Nein antworten!“

„Aber wenn Sie es doch schon wissen, muss ich doch nicht noch …“

Breitenbach beugte sich weit vor und schlug mit der Rechten auf den Tisch, der in seinen Grundfesten erzitterte.

„Herr Bollmann! Sie befinden sich hier in einer Vernehmung durch die Polizei des Landes NRW, und zwar in Ihrer Funktion als Tatverdächtiger! Das bedeutet ein standardisiertes Prozedere, dem Sie sich zu unterwerfen haben! Nach einer breit angelegten Evaluation der praktizierten Vorgehensweisen in vergleichbaren Fällen hat das Innenministerium als oberste Polizeibehörde eine Reihe von Zielvereinbarungen mit den Dienststellen getroffen. Qualitätssicherung auch auf der untersten Ebene. Optimierung und Rationalisierung einschlägiger Bereiche. Beispiel: Themenfeld Zugriff. Demzufolge sind Gebrauchsutensilien wie Telefon, Schreibpapier, Stifte und Büroklammern auf dem Schreibtisch dergestalt anzuordnen, dass sie auf einer gedachten Halbkreisbahn um die Führhand des Diensthabenden herum liegen mit einem Radius von nicht mehr als 50 Zentimetern. Das bedeutet optimale Erreichbarkeit. Im Ernstfall kann das Leben retten. Machen Sie sich das mal bewusst. Ein anderes Operationsfeld ist die Normierung der Fragetechnik, die gegenüber Zeugen und Verdächtigen zum Einsatz kommt, wie auch deren Antwortoptionen. Sehen Sie diese Urkunde dort?"

Er wies auf einen vergilbten Bilderrahmen, den einzigen kümmerlichen Schmuck, den man der kargen Wand zugestanden hatte. Die Glasscheibe fehlte, und das Papier schlug Wellen.

„Lesen Sie!"

Lobo warf einen kurzen Blick darauf.

„Habe ich. Und jetzt?"

„Laut!", herrschte Breitenbach ihn an. „Und sprechen Sie gefälligst in das Mikro!"

Lobo warf ihm einen gequälten Blick zu. „„Herr

Hauptkommissar Breitenbach", las er, „hat am einwöchigen Seminar *Qualitätssicherung unter besonderer Berücksichtigung der untersten Dienstebene* teilgenommen.'"

„Weiter!"

„‚Prädikat: mit besonderem Erfolg.' Meinen Sie das?"

„Sehen Sie?", schmatzte Breitenbach und lehnte sich zurück. Mit elegant gemeintem Schwung schlug seine Pranke auf die Returntaste seines Computers.

„Voilà. Ihre Vorgeschichte."

„Meine Vorgeschichte? Bin ich etwa bei Ihnen registriert? In Ihrer Verbrecherkartei?"

„In der Tat. Da staunen Sie, was? Wir haben alles. Engagement in der sogenannten Friedensbewegung der Achtziger als Steinwerfer und Krawallmacher, Fidel-Castro- und Che-Guevara-Sympathisant. Verurteilung zu zwölf Tagessätzen auf Bewährung wegen Beamtenbeleidigung. Steile Karriere."

„Ach, die alten Geschichten. Von mir aus. Aber was haben die in Gottes Namen mit ..."

„Ich stelle hier die Fragen!" Breitenbachs Geduld näherte sich ihrer Grenze. „Ein gewisses Gewaltpotenzial ist da ja wohl nicht von der Hand zu weisen. Und nun, 30 Jahre später, sind wir in Altenbeken einem Kapitalverbrechen auf der Spur. Ganz konkret suchen wir Verbindungen zur ehrenwerten Gesellschaft der Großstädte, zu den feinen Herren mit den Fedora-Hüten, amerikanischen Nobelkarossen und ganz viel Dreck am Stecken. Und wie durch einen Zufall tauchen Sie plötzlich auf der Bildfläche auf. So, und nun frage ich Sie: Fahren Sie einen Chevrolet?"

„Das sind doch Hirngespinste!"

„Fahren Sie einen, Herr Bollmann?", insistierte Breitenbach, die Beleidigung ignorierend.

„Verdammt noch mal, ja!"

„In welchem Zustand?"

„Nüchtern natürlich! Ich trinke nie, wenn ich fahre."

„Ich meine das Auto, was denn sonst?"

„Ach so. Wenn Sie es genau wissen wollen: eine Rostlaube. 20 Jahre alt. Der rostet mir unterm Hintern weg. Die Amis können einfach keine Autos bauen."

Da sprang Breitenbach auf, fletschte die Zähne und brüllte Lobo ins Gesicht: „Zum letzten Mal: Sie sollen mit Ja und Nein antworten! Sonst nichts! Wann geht das endlich in Ihren verdammten Schädel?"

„Rolf?", säuselte die Frau.

„Ja, Liebes?", antwortete Beyer.

„Es ist so schön mit dir. So wunderschön."

Ihre Stimme klang weich wie Samt. Sie saßen auf einer Bank bei *Drei Linden*, einer Baumgruppe auf einer Anhöhe oberhalb des Viadukts, und blickten gen Westen in die untergehende Sonne hinein. Sie hatte langes, dunkles Haar, das sie offen trug. Der sanfte Wind ließ es leicht um ihr Gesicht herum spielen. Sie hielt ihren Kopf an Beyers Schulter gelehnt und hatte seine Hand ergriffen.

„Ich möchte, dass dieser Moment nie zu Ende geht."

Beyer hörte sie atmen.

„Du bist ein so großartiger Mann … so anders als die anderen."

„Wie bin ich denn?"

„So … fein. Und sinnlich."

Beyer schwieg. Sie sah ihn an.

„Das ist etwas ganz Besonderes", lächelte sie. „Und ganz selten."

Er streichelte ihre Hand.

„Du brauchst darauf nicht zu antworten", sagte sie.

„Ja, Liebling."

„Und intelligent bist du."

„Findest du?"

„Psst", sagte sie und hielt ihre Hand vor seinen Mund. „Stell es nicht in Frage. Lass es einfach gelten."

Wieder hörte er ihrem Atem zu und spürte das sanfte Wogen ihrer Brust.

„Es soll einfach immer so schön sein wie jetzt. Kannst du nicht die Zeit für uns anhalten?"

Er antwortete nicht.

„Es wird kalt", sagte sie.

Er legte seinen Arm um ihre Schulter

„Du bist so ein starker Mann."

„Wenn du meinst. Darling?“

„Ja, mein Geliebter?“

„Was habt ihr eigentlich unter den Fingernägeln der Leiche gefunden?“

Wieder lächelte sie ihn an.

„Mein großer wissbegieriger Reporter“, säuselte sie und stupste seine Nasenspitze an. „Bestimmt wirst du noch ganz berühmt.“

„Und? Was habt ihr gefunden?“

„Was wir erwartet haben. Baumwollfasern. Nichts Besonderes eigentlich. Aber auffällig verschmutzt. Und Hautpartikel, die vom Täter stammen dürften.“

„Konntet ihr sie schon einer Person zuordnen?“

„Nein, leider nicht. Sie ist nicht in unseren Dateien.“

„Werdet ihr eine Rasterfahndung starten?“

„Das zu entscheiden liegt nicht bei mir als Medizinerin, aber es macht Sinn, ja. Ich werde es Breitenbach empfehlen.“

Ein Lächeln umspielte Beyers Lippen.

„Ich liebe dich“, schnurrte er und streichelte ihre kühle Wange.

„Hältst du jetzt die Zeit für uns an?“

„Ich versuch's, Schatz.“

Ronny betrat sein Lager und schaltete das Licht ein. Eine kleine Weile brauchte die alte, staubige Neonröhre, die senkrecht neben der Tür angebracht war, direkt über einem kleinen Tischchen mit einem alten

Telefon, bevor sie zu flackern begann, ohne jedoch voll aufzuleuchten. Ronny schlug mit der Faust auf den Lichtschalter, drei-, viermal. Da endlich blieb das Licht konstant und tauchte den Raum in die bläulich-fahle Gemütlichkeit eines Munitionsdepots der Nationalen Volksarmee.

‚Nervig', dachte Ronny. ‚Irgendwann baue ich mal was Neues ein. Halogen, LED, irgendwas. Na ja.'

Der Raum war kalt und kahl, der Boden PVC, die Wände Beton, das Dach Wellblech. Es ruhte auf vier Stahlstützen, die über den Raum verteilt angeordnet waren. Vom Fenster her zog es. Die Einrichtung bestand aus ringsum angebrachten Bodenregalen, in denen Ronnys DJ-Ausrüstung gelagert war: Lautsprecherboxen für alle denkbaren Saalgrößen, Scheinwerfer, Stative, Mischpulte, Verstärker, Kabelrollen, Vorhänge und vieles mehr.

Ronny sah sich um und seufzte. Er ging auf ein Regal mit einigen aufgereihten Plastikkisten zu. Sie waren bis zum Rand vollgestopft mit Schraubzwingen, Halterungen, Rollen, Schellen und anderen Kleinteilen. Er zog eine von ihnen halb heraus, und noch eine, und schließlich, bei der dritten, hatte er gefunden, was er suchte. Sie war schwer, schwerer, als er es seinem Rücken eigentlich zumuten konnte. Jedes Wochenende als DJ unterwegs zu sein bedeutete für ihn als Ein-Mann-Betrieb in erster Linie Aufbauen, Abbauen und Schleppen. Dabei war er froh darüber, es in die Szene geschafft zu haben. In der ersten Zeit nach seiner Flucht aus der DDR hatte er sich gegen Stasivorwürfe zur Wehr setzen müssen und einen schweren Stand gehabt, und es hatte lange gedauert, bis Gras über die Sache gewachsen war. Vor zwei Jahren hatte ein Bandscheibenvorfall ihn jedoch weit zurückgeworfen, und seine Ärzte hatten ihm geraten, seine Tätigkeit aufzugeben. Doch ein paar Monate später juckte es ihn wieder, und seitdem war er wieder unterwegs, durchaus in dem Bewusstsein, dass er sich auf die Dauer einen irreparablen Schaden zufügte.

Als er an der Tür war, sah er die Neonröhre wieder. Sie war mit einem dicken Filz überzogen. ‚Ekelig', dachte er. Er setzte die Kiste ab, nahm einen großen, schmuddelig-weißen Lappen heraus und begann, die Röhre abzuwischen. Direkt beim ersten Versuch blieb er in der Kruste aus Staub, Spinnweben und Fett stecken. Es widerte ihn an, und er warf den Lappen auf den Boden. Ja, er würde die Lampe austauschen, gleich morgen.

Da klingelte das Telefon neben der Tür. Ronny hob ab.

„Ronny Gerold. Hallo?"

„Scheiße, Scheiße, Scheiße!", fluchte Willi Harteisen und zog seinen Arm aus dem Abflussrohr der Toilettenschüssel. Bis zur Achsel hatte er hineingreifen müssen, und der Ärmel seines Blaumanns war nass bis zur Schulter. Neben ihm stand Gerda Kersting, die ihn gerufen hatte, weil ihre Toilette blockiert war. Sie schlug die Hände über dem Kopf zusammen.

„Und wenn ich Scheiße sage, meine ich Scheiße!"

„Ist es sehr schlimm, Herr Harteisen?"

„Schlimm ist gar kein Ausdruck! Wie soll ich das Rohr denn wieder freikriegen? Wer konstruiert überhaupt so etwas, mit einem so engen Knick? Das muss ja ständig blockieren. Die ganze Schüssel ist ein einziger Konstruktionsfehler. Doch die feinen Herren, die ihre Sessel vollfurzen und so was bauen, kassieren und sind damit fein raus aus der Sache. Gewährleistung? Pah! Kennen wir doch! Liegt alles in der Verantwortung des Kunden. Der hätte ja auf den Kauf verzichten können. Und wer muss es ausbaden, wenn die Probleme auftauchen? Willi Harteisen! Der hat das ja an seinen Wagen geschrieben, der Idiot: Gas, Wasser, Scheiße!"

„Bitte beruhigen Sie sich doch", sagte Frau Kersting, die Harteisens Tiraden auch ein wenig persönlich nahm. „Möchten Sie vielleicht einen Kaffee?"

„Kaffee? Um Gottes willen! Ich könnte kotzen! Lassen Sie mich bloß in Ruhe damit! Ich werfe die Brocken hin!"

„Kann ich Ihnen nicht irgendwie helfen?"

„Helfen? Mir kann keiner helfen! Es macht doch alles keinen Spaß mehr! Jahrelang hat dieser blöde Kerl von den Kanonieren bei offenem Fenster seine schiefen Töne gehupt, dass ich fast wahnsinnig geworden wäre. Den hätte ich vor Jahren schon umbringen müssen. Und jetzt, wo er endlich aufgehört hat, mir das Leben zur Hölle zu machen, fängt der Job an. Der hat mir immer noch Spaß gemacht, aber das ist vorbei! Ich habe keinen Bock mehr, mich mit so einer Scheiße herumschlagen zu müssen!"

Er wischte sich die Hände in dem Lumpen ab, der neben der Toilette lag, warf ihn in die Schüssel und stand auf.

„Bitte, Herr Harteisen", flehte Gerda Kersting. „Gehen Sie jetzt nicht! Wie soll ich denn ... ich meine, wo ... Ich brauche Sie doch! Ich habe doch niemanden mehr!"

„Hm", brummte Harteisen und blickte auf den Boden.

„Es ist schwer, den wichtigsten Menschen im Leben zu verlieren. Können Sie sich vorstellen, wie das ist?"

„Ich ...", begann Harteisen nach einer Pause und schluckte, „ich weiß, wie Sie sich fühlen. Ich hatte mal ein ... einen ungarischen Zwerghamster. Ein ganz besonderes Tier. Yussuf, so hatte ich ihn genannt. Eines Tages ..."

28

Mitten im Ort, in unmittelbarer Nähe zu Kindergarten und Kirche, erstreckt sich eine weitläufige, leicht geneigte Grasfläche, Selkers Wiese genannt. Nach oben hin wird sie in einem sanften Halbkreis von ein paar Wohngrundstücken begrenzt, nach unten hin ist sie offen und zugänglich. Die meiste Zeit des Jahres verharrt sie weitgehend ungenutzt, sieht man von Hundebesitzern ab, die ihren Lieblingen Auslauf gewähren und gestatten, was andernorts mit empfindlichen Bußgeldern belegt wird. Einmal im Jahr jedoch, am Schützenfestwochenende, ändert sich das gewohnte Bild. Die Wiese wird zum Zentrum des Geschehens im Ort, wenn nämlich die Kompanien aufmarschieren, der neue Hofstaat sich der Bevölkerung präsentiert und ihm zu Ehren der Große Zapfenstreich erklingt. 500 Menschen oder mehr mögen es sein, die sich zu diesem Anlass sozusagen offiziell auf der Wiese versammeln, die zahlreichen Schaulustigen nicht mitgezählt, die das Ereignis in respektvollem Abstand erleben wollen. Allein die mannstarken Blasorchester und Musikzüge bringen es auf an die 150 Mitwirkende. Da die Kanoniere aus verständlichen musikalischen Gründen, und zu jedermanns Erleichterung, nicht in der Lage sind, den Zapfenstreich zu bestreiten, lädt der Schützenverein stets drei bestimmte hochkarätige Ensembles ein, die ihr Handwerk trefflich verstehen und dem Wochenende einen würdigen, klanggewaltigen Auftakt bescheren.

Vom oberen Rand der Wiese bildet ein schmaler, beidseitig von hohen Hecken eingefriedeter Fußweg einen Zugang für Festbesucher. Er führt zwischen zwei kleinen Häusern hindurch. In einem von ihnen lebt Marion. Ihre Eltern hatten es gekauft, doch nun, nach ihrem Tod vor einigen Jahren, bewohnt sie es allein. Im vergangenen Sommer erwies sich die Lage des Hauses als praktisch und bitter zugleich. Marion war nämlich zur Schützenkönigin gekürt worden. Der Hauseingang lag etwas erhöht zur Wiese hin, und als sie vom gesamten Schützenbataillon wie üblich mit allen Ehren zum Fest abgeholt wurde, brauchte sie nur aus der Haustür zu treten und stand gewissermaßen schon auf dem Hofstaatpodest, das auf der Wiese errichtet war. Damit entfiel für die Musikgruppen und die Schützen der lange Marsch durch das Dorf zum Festplatz, wofür diese äußerst dankbar waren, denn sie hatten ein kräftezehrendes Wochenende vor sich. Leider entfiel aber auch, sehr zum Bedauern der neugierigen Bevölkerung, die Kutschfahrt des Königspaares durch den Ort. Für einen Weg von gerade einmal 20 Metern lohnte sich der Aufwand eines Pferdegespanns nicht.

Es war ein ruhiger Sonntagnachmittag. Am Mittag hatte ein feiner Nieselregen eingesetzt, der alles in einen dichten Sprühnebel hüllte. ‚Kein Wetter für einen Sonntagsspaziergang', dachte die Frau, die am unteren Ende des Durchgangs stand, als sie auf die menschenleere Wiese blickte. Sie hielt einen aufgespannten Regenschirm in der Hand. Wie ein hauchdünner Schleier von Spinnweben klebte die Nässe auf ihrer Kleidung. Die Größe ihres Schirms verriet, dass sie wohl nicht oft zu Fuß im Regen unterwegs war. Er bot nur einen unzureichenden Schutz gegen das, was von oben kam, doch es schien ihr nichts auszumachen. Immer wieder drehte sie sich um, als erwartete sie jemanden, der jeden Moment auftauchen müsste. Auf dem Pflaster zu ihren Füßen lagen ein paar Zigarettenkippen verstreut. Geduld war an diesem Tag nicht ihre Stärke.

Bald war es eine halbe Stunde her, dass sie dort Posten bezogen hatte. Die Kirchenglocke hatte Viertel vor drei geschlagen, dann drei Uhr, und obwohl die Frau nun den einzelnen Schlag erwartete, der das erste Viertel nach der vollen Stunde verkünden würde, war ihr, als sei die Zeit stehengeblieben, ja, als gäbe es sie gar nicht. Die Nachtwächter vergangener Jahrhunderte kamen ihr in den Sinn: *‚Hört, ihr Leut', und lasst euch sagen …'*

Da plötzlich vernahm sie durch das sachte Rauschen des Regens hindurch ein Geräusch. Was war das? Da, noch einmal! Ein Pochen, ein Klopfen, fünf-, sechsmal, laut, schnell und hektisch. Sie warf den Kopf herum. Über die Spitzen der Hecke hinweg sah sie ein offenes Fenster, aus dem eine Person herausschaute.

„Bruni? Hallo? Siehst du mich?", rief Marion und winkte.

„Äh, ja … wer … ach Marion, du bist es."

„Ja. Ich gucke gerade zufällig aus dem Fenster, und wen sehe ich? Dich. Sag mal, was machst du denn da so allein im Regen?"

„Ach, nichts weiter …“

„Na hör mal. Bist du schon lange da? Man steht doch nicht einfach so an dieser trostlosen Ecke herum bei dem Wetter.“

„Eigentlich warte ich auf jemanden.“

„Möchtest du nicht hereinkommen? Hier ist es wenigstens trocken.“

„Wie gesagt …“

„Warten kannst du auch drinnen. Wenn du hier am Fenster sitzt, kannst du den Weg optimal einsehen und merkst sofort, wenn jemand aufkreuzt. Und du bleibst trocken.“

Bruni zögerte einen Moment. Schließlich seufzte sie und sagte: „Ich glaube, du hast recht. Ich fürchte sowieso, da kommt niemand mehr.“

Marion führte sie ins Wohnzimmer, wo Vanessa und Anneke bei Kaffee und Kuchen am Tisch saßen.

„Bruni!“, rief Vanessa. „Na, das ist ja mal eine Überraschung!“

„Setz dich doch zu uns“, sagte Anneke. „Wir beißen nicht.“

„Ich bleibe aber nicht lange“, sagte Bruni.

„Und wenn schon“, sagte Marion. „Wenn da noch jemand kommt, gehst du halt wieder. Aber in der Zwischenzeit machen wir es uns hier gemütlich.“

„Wir wollten dich ja immer schon mal einladen“, sagte Vanessa, „aber irgendwie hat das nie geklappt. Umso schöner, dass du jetzt hier bist! Und nun setz dich, greif zu und lass es dir gut gehen.“

Die Skepsis stand Bruni ins Gesicht geschrieben, als sie das erste Stück Pflaumenkuchen im Mund hatte.

„Was ist?“, fragte Vanessa. „Schmeckt es dir nicht? Du kannst auch ein Stück von der Pfirsichtorte haben.“

„Nein, alles gut“, sagte Bruni. „Es ist nur …“

„Wir haben alles im Blick von hier. Sobald da vorn jemand vorbeikommt, sehen wir ihn und klopfen ans Fenster.“

„Danke.“

Marion schenkte Bruni Kaffee ein, und der warme Duft, vermischt mit dem des ofenfrischen Kuchens, ließ sie allmählich ein wenig entspannen. Sie nahm den Kuchenteller und die Gabel in die Hand, lehnte sich zurück und begann, die Situation zu genießen. Für einen Moment schloss sie die Augen, um sich mit ihren übrigen Sinnen dem Augenblick hinzugeben, dem einschmeichelnden Geruch, dem heimeligen Klappern des Geschirrs und Gewirr der Stimmen, dem vertrauten Geschmack von Obst, Sahne und Kindheit und dem witzigen Gefühl, dieses glatte, viel zu kleine Werkzeug in der Hand zu halten, mit dem sie den Kuchen zum Mund hob. Der Gedanke an den Brief, der sie hergeführt hatte, war in den Hintergrund getreten.

Konsterniert war sie gewesen, als sie ihn geöffnet hatte, wie vor den Kopf geschlagen, und ihre Hände hatten gezittert. Der Entschluss, der darin enthaltenen Aufforderung zu folgen, war ihr nicht leicht gefallen. Gequält hatte er sie, tagelang, nächtelang, sie bis in ihre Träume verfolgt. Sollte sie? Sollte sie nicht? Doch all das, was sie so beschäftigt hatte, war in dieser Stunde verschwunden, als hätte es nie existiert. Es hatte Platz gemacht für ein urtümliches, elementares Wohlgefühl, das sie nicht kannte, und wenn sie es jemals gekannt hatte, so hatte sie es vor langer Zeit schon vergessen.

Da klingelte es an der Tür. Bruni schrak auf und ließ die Kuchengabel scheppernd auf den Teller fallen.

„Bruni! Aber du brauchst dich doch nicht zu erschrecken", sagte Marion. „Das wird Herr Struck sein. Ich eile!", tirilierte sie laut, hopste aus dem Zimmer und öffnete die Haustür.

In der Tat: Vor ihr stand Heinz Struck im anthrazitfarbenen Nadelstreifenanzug. Sie sah an ihm herunter und pfiff durch die Zähne.

„Ja, da staunst du, was?" sagte er. „Es ist doch Sonntag. Da wäscht man sich und zieht sich gut an. Eine Frage der Kinderstube. So hat meine Mutter mir das damals gelernt."

Sie führte ihn ins Wohnzimmer, wo die anderen ihn launig begrüßten. Er setzte sich mit einem derartigen Selbstverständnis zu ihnen, dass Bruni völlig vergaß zu fragen, was er denn in der Damenrunde zu schaffen hatte. Eine Schnapsflasche wurde auf den Tisch gestellt, ein heimisches Produkt. Ein betagter Richter aus dem Nachbarort Schwaney hatte es sich nach seiner Pensionierung zum Hobby gemacht, Obstbrände im eigenen Keller selbst herzustellen, nach eigenen Angaben völlig im Rahmen der Legalität. Die bot er zu Spezialitätenpreisen in der Umgegend feil, mit durchschlagendem Erfolg. Einige Gläser des edlen Tropfens später war die Stimmung endgültig gelöst. Alle sprachen mehr oder weniger gleichzeitig und durcheinander, jeder zu einem selbstgewählten Thema.

Da gab Vanessa den anderen ein Zeichen, das Bruni nicht bemerkte, worauf sie verstummten. Sie begann: „Sag mal, Bruni, musst du nicht eigentlich bedienen?"

„Och, ich habe mir für heute Nachmittag eine Vertretung besorgt. Die blasse Dürre von der Eisdiele. Kennst du ja. Das bisschen Kuchen, das wir sonntags verkaufen, schafft sie schon allein."

„Okay. Und was genau führt dich hierher?"

„Nichts Wichtiges. Im Grunde hätte ich mir das auch schenken können. War eine Schnapsidee, überhaupt herzukommen."

„Na ja, so unwichtig scheint es dir wiederum nicht zu sein, wenn du schon jemanden bezahlst, dich zu vertreten. Also?"

„Was, also? Es ist nichts."

„Aber du warst doch verabredet", bemerkte Anneke. „Na, wen wolltest du denn treffen? Uns kannst du es doch sagen", fügte sie hinzu, als Bruni nicht antwortete.

„Also, mich kriegten bei dem Mistwetter keine zehn Pferde vor die Tür“, warf Struck ein.

„Eben“, sagte Marion.

Bruni, die sich die ganze Zeit auf ihrem Stuhl hin- und hergewunden hatte, wollte aufstehen.

„Sorry, Mädels“, sagte sie. „Mir ist nicht gut. Ich glaube, irgendetwas habe ich nicht vertragen. Ich weiß auch nicht, was es war. Jedenfalls ist es wohl besser, wenn ich jetzt nach Hause gehe. Also …“

„Ach bitte bleib doch noch“, sagte Anneke und drückte sie sanft auf den Stuhl zurück. „Es ist gerade so schön, und wer weiß, wann sich die nächste Gelegenheit für uns fünf bietet. Es wäre doch schade, jetzt, da wir es endlich einmal geschafft haben, uns zu treffen.“

Sie goss sich selbst und ihr einen Schnaps ein und schob das Glas zu ihr herüber.

„Prost, Bruni! Ist gut für den Magen.“

Die anderen folgten ihrem Beispiel.

„Prost!“

Der Schnaps beruhigte Bruni etwas, und sie entschied sich zu bleiben, ohne dass jedoch ihr mulmiges Gefühl gewichen wäre. Die Gespräche kehrten zu Belanglosigkeiten und Alltäglichkeiten zurück, bis Vanessa erneut das Wort ergriff.

„Mädels, ich glaube, es war ein heimlicher Verehrer, der Bruni hier treffen wollte.“

„Und wer sollte das sein?“, fragte Anneke, bevor Bruni etwas sagen konnte.

„Ich will ja nichts sagen, aber vor ein paar Tagen war dieser Schlagersänger bei mir im Salon“, sagte Marion. „Er …“

Vanessa unterbrach sie. „Du meinst, er könnte ihr einen Brief geschrieben haben? Für ein Rendezvous?“

„Brief hin oder … ne?“, antwortete Marion. „Jedenfalls mag er sie.“

„Hat er das gesagt?“, fragte Struck.

„Das brauchte er nicht. Eine Frau spürt so etwas, Herr Struck.“

„Wenn ihr Herrn Akropolis meint“, sagte Bruni, nun wieder auf der Höhe des Geschehens, „der hat mir bestimmt keinen Brief geschrieben.“

„Aha“, sagte Marion. “Und wer dann?“

„Und was stand drin?“, fragte Anneke.

Vanessa sah Bruni in die Augen. Ihre bisherige Heiterkeit war gewichen, und ihr Tonfall klang plötzlich kühl.

„Das war kein Verehrer, stimmt's? Sondern jemand, der dich aus einem anderen Grund herbestellt hat. Habe ich recht?“

„N-nun ja“, stammelte Bruni und lächelte, um ihre Verlegenheit zu überspielen, „die Zeiten mit den Verehrern sind doch lange schon vorbei. Das wisst ihr doch auch.“ Ihr Lächeln sah gequält aus.

„Wer weiß“, sagte Vanessa. „Was wollte der Verfasser des Briefes, Bruni?“

„Was für ein Brief? Sagt mal, was soll das denn werden hier? Ein Verhör oder was?“

„Wer weiß“, sagte Anneke.

„Okay, Mädels“, sagte Bruni und stand auf. „Danke für die spontane Einladung. War nett mit euch, bis hierher. Ich glaube nicht, dass ich mir das noch länger anhören muss.“

„Ich an deiner Stelle würde mich wieder setzen“, sagte Struck. „Könnte besser für dich sein.“

Sie hielt inne und sah ihn mit stieren Augen an. Er hielt ihrem Blick stand und hob eine Augenbraue. Sie fuhr zusammen und erschrak vor ihrer eigenen Reaktion. Ganz leicht nur, völlig unmerklich, dachte sie, doch dann sah sie Struck an und wusste, es war ihm aufgefallen. Sie schaute zu Anneke herüber, die den Kopf leicht schief legte, dann zu Marion und schließlich zu Vanessa. Alle musterten sie starr, jede auf ihre Weise, und die schneidende Schärfe ihrer Blicke schien sie zu durchbohren. Sie fühlte, wie etwas mit einem Mal in ihr Herz stach, und schloss die Augen. Es war nur für einen Augenblick, doch der währte eine Ewigkeit. Der Schmerz war grässlich. Sie atmete tief ein, ballte die Fäuste und wünschte sich fort, weit weg. Ihr war, als wären ihr soeben Flügel gewachsen, aus heiterem Himmel, als höbe sie vom Boden ab, und das Dach täte sich auf, sodass sie in das Blau des Firmaments aufsteigen und flugs entschwinden könnte.

Als das nicht geschah und sie sich ihrer vollkommenen Schutzlosigkeit bewusst wurde, zog sie den Kopf ein und öffnete vorsichtig die Augen.

Nichts hatte sich geändert. Sie alle waren noch da und ihre Blicke kälter als zuvor. Vanessa machte eine Geste mit der Hand, die ihr bedeutete, sie möge sich wieder setzen, und etwas in ihr gebot ihr, dieser Aufforderung lieber Folge zu leisten. Sie sank zurück auf ihren Stuhl.

Und dann dämmerte es ihr.

„Nee, oder?"

Niemand regte sich oder sagte ein Wort. Sie erbleichte. „Ihr Schweine", zischte sie leise. Sie zog die Füße hoch auf die Sitzfläche und verbarg den Kopf zwischen den Knien. Als immer noch alle stumm blieben, brach sie schließlich das Schweigen und fragte: „Okay. Ihr habt meine Nummer auf Alfons' Display gesehen. Und jetzt? Welchen Deal schlagt ihr vor?"

„Dazu kommen wir später", antwortete Vanessa. „Jedenfalls waren wir uns nicht ganz sicher. Also wagten wir ein Experiment. Der Brief. Zugegeben, darin mussten wir ein wenig schwindeln. Aber dadurch, dass du gekommen bist, und zwar allein, hast du uns das Geständnis geliefert, das uns noch fehlte. Jeder Unschuldige hätte an deiner Stelle die Polizei informiert."

Bruni schluckte. Das Blut schoss in ihr Gesicht, und sie schob ihren Kopf noch tiefer zwischen ihre Knie, wie um dem zu entfliehen, was sie auf sich zukommen sah. Ihr Atem ging schwer.

„Du hast Hartwig Kersting und Alfons Klahold ermordet", sagte Vanessa.

Wie Rasierklingen schnitten sich ihre Worte in Brunis Fleisch.

„Du warst es", sagte Marion.

„Aber warum nur, Bruni?", fragte Struck.

„Was war zwischen dir und Hartwig Kersting?", fragte Vanessa.

Es dauerte lange, bis Bruni antwortete. Noch immer hockte sie zusammengekauert auf ihrem Stuhl, in sich verkrochen wie in einem Krampf, der sich nicht lösen mochte.

„Es …", begann sie leise und stockend, „es fing alles schon viel früher an."

„Letztes Jahr beim Schützenfest?", fragte Vanessa.

„Nein, noch früher. Ich hatte Hartwig schon lange zuvor bewundert, still, im Geheimen, versteht ihr? Ohne dass da aber etwas war. Irgendwann traf ich am Abend dann auf ihn. Er hatte viel getrunken und ich auch. Seine Frau war nicht da. Wir standen an der Theke und haben viel gelacht. Und dann waren wir auch schon hinter dem Zelt und …"

„Was, und?", fragte Marion.

„Gebumst haben wir, mein Gott! Das weiß doch jeder hier! Frag nicht so doof! Und soll ich euch was sagen? Es war gut! Richtig gut!"

„Na gut … und weiter?"

„Als ich ihn am nächsten Tag traf, wollte er nichts mehr von mir wissen. Er sagte, es sei ihm total peinlich, dass ihm das passiert war, besoffen, wie er gewesen war. Er wollte es am liebsten ungeschehen machen. Und auf keinen Fall wollte er etwas mit mir anfangen. Öffentlich entschuldigt hat er sich, vor allen Leuten! Und mich bloßgestellt! Das hatte mich verletzt. Aber ich wollte ihn wiedersehen und habe ihn angerufen, immer wieder."

„Du hast ihn gestalkt", sagte Anneke.

„Gestalkt …", sagte Bruni. „Was für ein Wort … Ich konnte eben nicht von ihm lassen und habe versucht, Begegnungen mit ihm zu arrangieren, wann immer es ging. Er faszinierte mich. Diese Ausstrahlung, diese Männlichkeit, diese Aura von Macht. Und je öfter er sich mir verweigerte, desto stärker wurde mein Verlangen nach ihm. Das hat mich angeturnt."

„Hm", sagte Vanessa. „Schöne Geschichte. Klingt fast nach Rosamunde Pilcher. Aber etwas an ihr gefällt mir nicht. Könnte es nicht vielmehr so gewesen sein, dass er dir Geld geboten hat dafür, dass du ihn in Ruhe lässt? Und du hast eingewilligt und das Geld genommen. Doch nach einiger Zeit war dir das nicht mehr genug. Du wolltest mehr. Er wollte aber nicht mehr zahlen, und so hast du ihn erpresst. War es nicht so?"

„So oder so ähnlich?", fragte Anneke.

„Geld? Und Erpressung? Nein, das war es nicht. Auf so einen Gedanken wäre ich niemals gekommen. Nein, irgendwann drohte er, zur Polizei zu gehen, falls ich nicht aufhören würde, ihn zu belästigen. Belästigen, ha! Als ob ich ihn belästigt hätte! Er sollte doch froh sein, dass sich eine Frau für ihn interessierte. Mit seiner lief ja wohl schon lange nichts mehr, schätze ich. Guckt sie euch doch an, dieses farblose Nichts! Bei seiner Geburtstagsfeier schließlich wiederholte er seine Drohung. Er wollte so früh wie möglich nach Hause gehen und am nächsten Morgen direkt die Polizei einschalten."

„Verstehe", sagte Vanessa. „Und das konntest du nicht zulassen."

Bruni löste ihre Umklammerung und ließ die Beine herab.

„Als Günter mit seinem Akkordeon angefangen hatte", fuhr sie fort, ohne auf die Bemerkung einzugehen, „sah ich eine Gelegenheit für mich. Alle standen ja um ihn herum und sangen. Ich gab ihm ein Zeichen, mich im Musikraum zu treffen. Eigentlich wollte ich ihn nur von seinem Vorhaben abbringen. Na ja, nicht nur … Als er da vor mir stand, so zornig und so … männlich … Was guckt ihr so? Jawohl, das war er: ein Mann! Nicht so ein Waschlappen wie die meisten anderen in Altenbeken. Da war sie wieder da, die Sucht nach ihm. Ich wollte mich ja wehren, aber die Erregung war stärker, versteht ihr? Ich konnte mich nicht widersetzen! Das versteht ihr doch?"

„Du wolltest ihn anmachen?", fragte Marion.

„Anmachen? Quatsch! Scharfmachen wollte ich ihn, so richtig! Einmal, ein letztes Mal noch wollte ich ihn haben, ganz, und nur für mich."

„Aber er wollte nicht, hat sich gewehrt, also hast

du die Beherrschung verloren und ihn umgebracht“, sagte Vanessa. „Aber wie hast du es gemacht? Und warum um alles in der Welt die Tuba?“

„Ich hatte mich ja fast komplett ausgezogen. Unter dem Kittel hatte ich so gut wie nichts an, weil ich mir schon gedacht hatte, dass ich ihn allein treffen könnte. Ich dachte, es fixt ihn an, wenn er mich nackt sieht. Das konnte ihn doch nicht kalt lassen! Aber wie reagierte er? ‚Du ekelst mich an!‘, schrie er. Das war grausam! Wie konnte er das tun? Wie konnte er meine Liebe nicht nur verachten, sondern mit Füßen treten und sie anspucken? Ihr hättet ihn mal sehen sollen! Wie verächtlich seine Fratze aussah und wie hässlich, wie widerlich! Da bin ich ausgerastet, habe meinen Kittel aufgehoben und bin auf ihn zu. Ich schlug auf ihn ein mit dem verdammten Ding. Und was tat er? Anstatt sich zu wehren, der Feigling, hielt er bloß die Arme vor den Körper und wimmerte. Je mehr ich drosch, desto weiter wich er zurück. Diese Memme, dieser Schwächling! Plötzlich strauchelte er und fiel. Da lag ja diese bescheuerte Riesentuba herum! Daran war er hängengeblieben, und im Fallen stieß er sich den Kopf. Und dann rührte er sich nicht mehr. Ihr hättet ihn mal sehen sollen, wie er da lag. Er, der starke Hartwig, mein innigst geliebter Held! Pah! Davon war nun nichts mehr übrig. Das Einzige, was blieb, war Hass! Hass auf dieses erbärmliche Etwas, diesen jämmerlichen Wurm, der da vor mir lag. Ich fühlte den Kittel in meinen Händen, fühlte noch, wie meine Hände sich im Stoff verkrampften, ich schloss die Augen, und dann … dann weiß ich auch nicht mehr, was geschah. Ich …"

„Du hast ihn erwürgt", sagte Vanessa und erschauderte.

„Ja, mein Gott! Und wie ich ihn in die Tuba gewuchtet habe und warum, weiß ich auch nicht mehr. Ich war so wütend! Habt ihr überhaupt irgendeine Vorstellung davon, was in mir vorging?"

„Du wolltest ihn demütigen?"

„Weiß nicht … Vielleicht, ja. Ach, es ist ja auch gleichgültig. Jetzt ist alles egal." Sie tat einen tiefen Seufzer, bevor sie fortfuhr. „Ihr habt mir noch gar nicht gesagt, wieso ihr so sicher wart, dass ich es war. Nur wegen der Telefonnummer?"

„Wir waren uns ganz und gar nicht sicher", sagte Vanessa. „Nur auf einmal war da …"

„Dein Kittel", ergänzte Marion.

„Mein Kittel?"

„Dimitri Akropolis erzählte, dass du bei eurer Begegnung keinen Kittel getragen hattest. Das war für dich völlig ungewöhnlich. Den ziehst du doch niemals aus. Wo du auch gehst und stehst, trägst du ihn. Immer, egal ob es Sommer oder Winter ist. Und ganz plötzlich ohne erkennbaren Grund nicht mehr."

„Das hat uns aufmerksam gemacht", sagte Vanessa. „Und vorher war ja schon bekannt, dass Alfons mit einem Stück Stoff erdrosselt wurde. Von da an wussten wir, da stimmt etwas nicht. Alfons hatte ganz offensichtlich im Kampf mit seinem Mörder ein Stück Stoff aus dem Kleidungsstück herausgerissen, mit dem er stranguliert wurde. Stand ja sogar in der Zeitung."

„Und dann war da die Art und Weise, wie dieser Schlagersänger von dir sprach", sagte Marion. „Offensichtlicher ging es nicht. Na ja, und mal ehrlich: Hättest du an unserer Stelle nicht auch vermutet, dass … du weißt schon."

„Dass meine Männergeschichten wieder angefangen haben?", fragte Bruni, die sich wieder gefasst hatte. „Ja, kann schon sein. Und da dachtet ihr euch, ihr stellt mich mal auf die Probe? Und ich tappe brav in eure Falle hinein. Ist euch gelungen. Respekt. So, was ist jetzt mit dem Deal?"

„Erzähl uns vorher von Alfons", sagte Vanessa. „Warum er? Warst du in ihn auch … verliebt?"

„Alfons … Nein, da war nichts", lächelte Bruni. „Er hatte mich im Probenraum beobachtet. Ich selbst hatte ihn gar nicht bemerkt. Als ich hörte, dass jemand die Außentür aufschloss, musste ich zur anderen Tür raus. Dabei muss er mich gesehen haben. Viel kann es nicht gewesen sein, höchstens meine Silhouette, aber die reichte wohl, mich zu erkennen. Wahrscheinlich hatte er sich zunächst nichts dabei gedacht, aber die Sache trotzdem mit sich herumgeschleppt. Und irgendwann ist ihm ein Licht aufgegangen. Jedenfalls rief er mich eines nachts noch an. Ich hatte längst geschlafen, doch er weckte mich.

Nur, um mir zu drohen. Er sagte, er wüsste, wer Hartwig getötet hatte."

„Wieso drohen?", fragte Anneke. „Womit? Mit der Polizei? Dazu brauchte er dich doch nicht anzurufen."

„Das war mir auch nicht klar", antwortete Bruni. „Er sagte nicht viel und klang sehr geheimnisvoll. Daher schlug ich ein Treffen an der Brücke vor, um mit ihm darüber zu sprechen, direkt, noch in der Nacht. Es musste ja schnell gehen. Ich wollte ihn von unüberlegten Handlungen abbringen, bevor es zu spät war."

„Was genau wollte er denn von dir?"

„Ich kenne … ich kannte ihn ja schon sehr lange. Wir waren Nachbarskinder gewesen und hatten im Grunde jeden Tag miteinander gespielt. Ich will nicht sagen, dass wir wie Geschwister waren. So eng waren wir nun auch wieder nicht. Aber wir kannten und verstanden uns. Später dann trennten sich unsere Wege. Aber das wisst ihr ja. Und seitdem ich zurück war, gab es nicht mehr viel zwischen uns. Ein gelegentliches „Hallo" oder „Wie geht's", mehr nicht. Doch dann wurde ihm irgendwann klar, was ich getan hatte. Das muss ihn wahnsinnig getroffen haben. Als er mich anrief, klang es, als spräche er unter schweren Schmerzen. Und so war es auch, als wir uns in der Nacht trafen."

„Wollte er Schweigegeld?"

„Aber nein! Ihr versteht das nicht. Auf einmal war alles wieder da, was uns verbunden hatte. Zunächst einmal wollte er wissen, ob es stimmte, was er vermutete. Dabei hat er schon geheult wie ein Schlosshund. Und dann klagte er mich an, wie ich so etwas nur tun konnte. Machte mir die bittersten Vorwürfe. Für ihn war es fast so, als hätte ich es *ihm* angetan. Und abwechselnd geheult und geschrien hat er. Er packte mich, schüttelte mich, schlug mit Fäusten auf mich ein. Ihr hättet ihn mal erleben sollen! Wie ein Irrer gebärdete er sich, vollkommen durchgeknallt. Ich versuchte noch, ihn zu beruhigen, aus Angst, dass jemand aufmerksam werden würde. Ich dachte, jeden Moment geht ein Fenster in einem der Häuser auf, und das war es dann. Als er dann aber gar nicht aufhörte, da …"

„… musste er sterben?", fragte Vanessa.

„Ich wollte das nicht! Das müsst ihr mir glauben! Ich wollte doch nur, dass er sich beruhigt! Aber er hat einfach weitergemacht. Und da musste ich mich doch wehren! Was hättet ihr denn gemacht an meiner Stelle? Ich musste doch was tun!"

Vanessa blieb kühl. „Und dabei hat er ein Stück aus deinem Kittel gerissen und in seiner Hand festgekrallt."

„Ja. Keine Chance, den Fetzen aus seiner Hand herauszubekommen."

Bruni atmete schwer. „Und den Kittel konnte ich wegwerfen. Aber jetzt sagt mir doch bitte, welchen Deal ihr vorschlagt. Und was in eurem Brief war geschwindelt?"

Niemand sagte ein Wort. Während die anderen vor sich herunterblickten, um nicht antworten zu müssen, sah Vanessa ihr direkt ins Gesicht. Die Frau vor ihren Augen war in der Tat eine Mörderin. Unfassbar. Mühsam versuchte Vanessa zu ordnen, was in ihrem Kopf umhergeisterte. Sie kannte die ganze Wahrheit, doch zu begreifen vermochte sie sie nicht. Das männermordende Biest … Sie erschrak vor dem Gedanken an die bittere Realität dieser Wortspielerei. Doch war Bruni das tatsächlich, die Gottesanbeterin, die ihre Männchen frisst, die Tarantel, die ihre Opfer erbarmungslos auslöscht? Nein … War nicht vielmehr Liebe ihr Antrieb gewesen, die Sehnsucht nach Geborgenheit nach all den Jahren der Umtriebigkeit, die verzweifelte Suche nach dem sicheren Hafen, in den sie nie einlaufen durfte? Und war es nicht auch Verzweiflung, die sie in den zweiten Mord getrieben hatte?

Es war Struck, der zuerst wieder das Wort ergriff.

„Ich habe hier noch …“, begann er.

„Still!“, unterbrach Vanessa ihn. „Hört doch mal. Was ist das denn für ein Krach draußen?“

29

Erst jetzt bemerkten sie das Stimmengewirr, das schon seit einiger Zeit vor dem Fenster herrschte und immer dichter geworden war. Auf einmal setzte Musik ein. Vom ersten Takt an erkannte Anneke den *Baron-Adelhard-von-Falkenberg-Jubelmarsch.* Die Kanoniere spielten auf! Jetzt? Hier? Und warum wusste sie nichts davon? Die Frauen sprangen auf. Struck wollte protestieren. Er war in seinem Auftrag unterbrochen worden. Das irritierte ihn. Er wollte aufstehen, doch als er sah, dass die Frauen bereits aus der Tür waren, setzte er sich wieder und griff zum Obstler.

Die Breitseite des Tuschs, der ihnen entgegenprallte, als sie die Haustür aufrissen, traf sie mit maximaler Wucht und ließ sie zurückfahren. Bruni kreischte auf und taumelte rücklings, wie von einem schweren Geschütz getroffen. Nur mit Mühe gelang es den anderen, sie aufzufangen und einen Sturz zu verhindern.

Ein donnernder Applaus brandete auf, begleitet von frenetischem Jubel einer unübersehbaren Menschenmenge. Fahnen wurden geschwenkt und Hüte in die Luft geworfen.

„Toller Stunt", sagte Vanessa bitter. „Irre lustig."

„Was wollen die denn alle hier, Marion?", fragte Anneke. „Ich denke, du bist nicht mehr die Schützenkönigin."

„Bin ich auch nicht", antwortete Marion. „Ich verstehe das alles nicht."

Da trat ein Mann vorn aus der Menge heraus und hob den Arm. Es war Kurt Halsband. Der Jubel ebbte ab.

Als die Frauen sich etwas gefasst hatten, erkannten sie, was sich vor ihren Augen abspielte. Unmittelbar hinter der breitbrüstigen Front der Kanoniere hatte eine mannstarke Abordnung des Schützenvereins Position bezogen. Daneben stand, in Reih und Glied, eine Gruppe von 20 Polizisten in extraterrestrischen Schutzanzügen, die Hände auf dem Rücken verschränkt, an ihrer Spitze Hauptkommissar Breitenbach. Ganz vorn hielten sich etwa 30 für einen Alltag deutlich zu schick gekleidete Männer und Frauen. Hinter all diesen hatte sich eine ansehnliche Schar weiterer Menschen angesammelt, die keiner festen Gruppierung anzugehören schienen.

Kurt erhob das Wort.

„Liebe Mitbürgerinnen und Mitbürger", rief er, dass es weit über die Wiese schallte. Er rollte das *r*, denn ein weihevoller Moment war gekommen. „Oder ich sollte besser sagen, liebe Altenbekenerinnen und Altenbekener, ich kann euch gar nicht sagen, wie sehr ich mich über euer zahlreiches Erscheinen freue. Heute spreche ich einmal nicht als der Fraktionsvorsitzende der Sozialmokratischen Partei im Rat zu euch, sondern in meiner Funktion als der geschäftsführende Bürgermeister, der ich, so Gott will, schon bald nicht mehr sein werde. Als solcher macht es mich stolz zu erleben, dass ihr alle hier seid. Als ihr uns durchs Dorf ziehen saht, den Gemeinderat und die Kanoniere, habt ihr spontan alles stehen und liegen lassen und seid uns gefolgt. Ein besonderes Lob gebührt den Mannen des Schützenvereins, die es trotz der Eile noch geschafft haben, nicht nur alle Kompanien zu mobilisieren, sondern sogar die traditionellen Uniformen anzulegen, was dieser Stunde noch einmal eine besondere, äh, Hochwürde verleiht. Dass ihr alle es euch heute nicht nehmen lasst, euch hier zu versammeln, zeigt einmal mehr, dass unsere schöne Eggegemeinde am Rande des Teutoburger Waldes lebendig ist und voller Zuversicht in die Zukunft blicken kann."

Er pausierte einen Moment, denn er fand, nun war es an der Zeit für einen ersten Zwischenapplaus. Den bekam er auch und fuhr fort: „Wie ihr alle wisst, ist das Amt des ersten Bürgers unserer Gemeinde schon seit geraumer Zeit vakant. In der letzten Ratssitzung nun wurde im vertraulichen Teil beraten, welche Person geeignet wäre, dieses verantwortungsvolle Amt auszufüllen. Einigkeit bestand darin, dass dafür nur eine unabhängige, überparteiliche Persönlichkeit in Frage kommen würde, die über eine hohe Integrationskraft verfügt, eine natürliche Autorität und Ausstrahlung besitzt und die in der Lage ist, unterschiedliche Positionen zu einer gemeinsamen Linie kraftvoll zu vereinen. So fassten wir den einstimmigen Beschluss, die Kanditur einer verdienten und allseits beliebten Person anzutragen, die all diese Qualitäten in sich vereinigt. Nun wurde dem Rat aus einer, äh, Quelle zugetragen, dass diese Person heute hier anzutreffen sei, und da dachten wir uns, es wäre eine schöne Möglichkeit, der Person die Kanditur in einer kleinen Zermonie öffentlich anzutragen. Dass so viele Bürger und Gruppierungen uns dabei gefolgt sind, verleiht diesem erhabenen Akt noch eine zusätzliche Feierlichkeit. So stehen wir denn hier und werden nun die ausgewählte Person befragen, ob …"

„Da ist er!", schrie es jäh aus den Reihen der Polizisten heraus. Mit ausgestrecktem Arm zeigte einer der Beamten zur Haustür, wo Heinz Struck soeben aufgetaucht war. In der Hand hielt er ein Schnapsglas.

„Teufel noch mal", sagte er, auffällig gut gelaunt, und hielt das Glas hoch. „Der ist gut, euer Schwaneyer …"

Weiter kam er nicht. Ein Tusch aus den Hörnern und Trommeln, wie Altenbeken ihn in den über 800 Jahren der urkundlichen Erwähnung noch nicht erlebt hatte, zerfetzte die letzte Silbe des Wortes in der Luft. Während der gesamten Vorrede Kurt Halsbands hatten die Kanoniere ihre Instrumente in Alarmbereitschaft und die Muskeln unter ihren Landsknechttrachten bis zum Bersten angespannt gehalten, um den Moment der Proklamation ja nicht zu verpassen. Und nun entlud sich die solchermaßen aufgestaute Energie mit einem Schlage gleich dem Urknall, dem ein Dynamikschub galaktischen Ausmaßes folgte. Der Nachhall verfing sich im Halbrund der umstehenden Häuser und setzte sich in alle Himmelsrichtungen fort. Am nächsten Tag berichtete der *Paderborner Anzeiger* über ein unerklärliches Echo im gesamten Kreisgebiet. Man vermutete eine Luftwaffenübung mit Einsatz eines Tornados. Spekulationen älterer Mitbürger, dass der Russe komme, konnten glücklicherweise noch einmal ins Reich der Fantasie verwiesen werden.

Die Menge der Umstehenden war noch zu überrascht, um zu applaudieren. Vanessa war die Erste, die sich fasste.

„Was denn", fragte sie und sah Struck an, der wie alle anderen gar nichts verstand, „*der* soll Bürgermeister werden?"

Nun war auch Breitenbachs Geistesgegenwart zurück.

„Ergreift ihn!", brüllte er, und im nächsten Augenblick war Struck von zwei kantigen Beamten eingerahmt, die ihn bei den Armen packten und seinen Kopf herunterdrückten. Drei Scharfschützen warfen sich vor ihm auf den Boden, brachten ihre Gewehre in Anschlag und peilten durch die Zielfernrohre. Laut schrie er vor Schmerz auf und ließ das Schnapsglas fallen.

„Mein Gott, Herr Struck!", schrie Vanessa. „Nein! Herr Kommissar! Was machen Sie denn mit dem armen Mann? So lassen Sie ihn doch los!"

„Mal ganz ruhig, junge Frau", antwortete Breitenbach kühl. „Der Mann wird verdächtigt, Mitglied einer kriminellen Vereinigung zu sein und einen Mord verübt zu haben."

„Was? Der? Das ist doch völliger Unsinn!"

„Das würde ich nicht sagen. Schauen Sie ihn sich an."

„Schauen Sie ihn sich lieber an! Der Mann ist über 70 und völlig harmlos! Der kann keiner Fliege etwas zuleide tun!"

‚Na, na', wollte Struck sagen, und dass er noch lange nicht zum alten Eisen gehörte, aber es ging nicht. Der Polizeigriff saß.

„Ich meine den Nadelstreifenanzug", sagte Breitenbach.

„Was ist damit? Der ist schick, und?"

„Wir fahnden nach einem Mann im Nadelstreifenanzug. Et voilà!"

„Ach, und weil Herr Struck zufällig einen trägt, ist er gleich dringend tatverdächtig, oder was?"

„Ich bin unschuldig", quetschte Struck aus der Enge heraus.

„Das werden unsere Ermittlungen zeigen", versetzte Breitenbach. „Abführen!"

„Aber … der Brief! Ich soll doch einen Brief übergeben an …"

„Das hat ja wohl Zeit", sagte Breitenbach.

„Stopp!", rief da Kurt. „Augenblick einmal! Sag mal, Heinz, hast du den Brief denn noch gar nicht zugestellt?"

„Hmgrmpf", knautschte Struck, dem der Mund zugehalten wurde.

Kurt wandte sich an Breitenbach.

„Herr Kommissar! Dieser Mann ist der Gemeindebote, der eine eminent wichtige Nachricht zu überbringen hat. Er handelt namens und im Auftrag des Gemeinderates. Der Brief kann nicht warten! Genau deswegen sind wir doch alle überhaupt erst gekommen. Die Übergabe muss sein. Jetzt! Hier! Es geht um die Zukunft unserer Gemeinde“, fügte er hinzu, als Breitenbach nicht sofort reagierte.

„Also gut“, knurrte der. „Von mir aus. Lasst ihn los. Aber die Scharfschützen bleiben im Anschlag!“

Die Schützen luden ihre Gewehre durch.

„Danke“, sagte Struck gequält, richtete sich mühsam auf und bedachte seine beiden Peiniger mit einem grimmigen Zähneknirschen. „Viel länger hättet ihr das sowieso nicht durchgehalten. Nicht bei Heinz Struck.“

„Nun mach schon, Heinz“, sagte Kurt. „Was ist jetzt mit dem Brief? Wir dachten, du hättest …“

„Ja wie denn?“ antwortete Struck. „Ich hatte von euch doch den Auftrag, ihn nicht einfach schnöde über den Tresen zu reichen, sondern auf eine geeignete, würdige Gelegenheit zu warten. Und die ist heute, dachte ich mir. Also bitte.“

Er fasste in die Innentasche seines Jacketts und zog einen Umschlag hervor. Er war zerknittert. Die Polizeiaktion hatte ihn in Mitleidenschaft gezogen. Struck versuchte ihn glattzustreichen, gab sein Vorhaben aber schnell auf und übergab ihn Bruni.

Geistesabwesend nahm sie ihn entgegen, ohne das

Geschehen zu begreifen. Das ganze Spektakel hatte sie bis hierher komplett überfordert.

„D-danke“, stammelte sie und starrte auf den Umschlag. „Aber was …“

„Keine Ahnung“, murmelte Struck. „Mach ihn einfach auf.“

Eine andächtige Stille war eingekehrt. Niemand sprach ein Wort, als Bruni den Brief aus dem Kuvert nahm und entfaltete. Sie begann zu lesen, doch nach wenigen Augenblicken ließ sie ihn sinken. Matt und erschöpft fühlte sie sich. Der Brief entglitt ihren kraftlosen Fingern und fiel zu Boden. Sie blickte ins weite Rund. 300 Augenpaare oder noch mehr mochten es sein, die auf sie gerichtet waren. Niemand regte sich. Allmählich begann sie zu verstehen, was alles zu bedeuten hatte.

Hinter Kurt, der sie mit offenem Mund anglotzte, standen die Mitglieder des Gemeinderats. Die Frauen unter ihnen hatten zur festlichen Garderobe gegriffen. Ihre farbigen, wallenden Kleider und aufwendigen Frisuren hätten den Hofstaatdamen des Schützenfests zur Ehre gereicht. Die Männer sahen aus wie Kommunionjungen in ihren straff gebügelten Sonntagsanzügen. Die meisten der Schützenbrüder hatten in aller Eile ihre Grünröcke aus dem Schrank raffen müssen. Bei einigen hatte die Zeit nicht mehr gereicht, die Knopfleiste richtig zu schließen oder den Federschmuck auf der Kopfbedeckung angemessen zu richten. Ihre Mienen waren voller Sanftmut und

Unschuld, und irgendwie waren ihre Nasen zu groß. Der Anblick rührte Bruni. Für einen Moment schloss sie die Augen, damit niemand ihre Tränen sah.

Erneut ergriff Kurt das Wort und legte nun alles Pathos hinein, das ihm zur Verfügung stand.

„Brunhilde Schöttler", hob er an, „doch ich glaube, ich darf Bruni sagen, liebe Bruni also, du hast den Brief des Gemeinderats gelesen und weißt nun, dass wir dir zur Ehre hier in so stattlicher Zahl versammelt sind. Du fragst dich sicher, woher wir überhaupt wissen, dass du hier bist. Nun, als wir unseren Gemeindeboten instruierten, dir unseren Antrag feierlich zu übergeben, verriet er uns, er würde dich sowieso heute hier antreffen, um diese Uhrzeit. Und da dachten wir uns, nutzen wir doch diese schöne Gelegenheit."

Bruni sah Struck an. Der zuckte mit den Schultern.

Kurt fuhr fort: „Somit frage ich dich hier und jetzt: Brunhilde Schöttler, möchtest du unsere Bürgermeisterin werden?"

Brunis Atem ging schwer. Sie fühlte ihr Herz in ihrer Brust schlagen. Das Blut hämmerte in ihren Pulsadern, viel schneller und heftiger als sonst.

Da lief ein bunt gekleideter Mann mit langem schwarzen Haar auf sie zu.

„Bruni!", rief er.

In der Hand trug er einen prachtvollen Strauß roter Rosen.

„Dimitri ...", flüsterte sie. „Du ..."

„Jemand sagte mir, wo du bist. Ich wollte zu dir. Und ich muss dir etwas gestehen."

Er streckte ihr den Strauß entgegen. Geistesabwesend nahm sie ihn an, immer noch benommen, und drückte ihn an ihre Brust. Dann hielt sie ihn hoch an ihr Gesicht, schloss wieder die Augen und tat einen tiefen Atemzug. Ein leises Lächeln huschte über ihre Lippen, als sie wieder aufschaute.

„Dimitri …"

Wieder senkte sie ihr Gesicht in die Blüten und roch daran.

„Meine liebe Bruni", sagte nun Kurt, „wir alle freuen uns mit dir und verstehen deine Ergriffenheit. Einen Antrag wie diesen erhält man nicht alle Tage. Auch wir sind tief bewegt. Möchtest du jetzt vielleicht schon zu uns sprechen und uns etwas sagen?"

Bruni schluckte. Sie blickte ins Rund, sah Akropolis an, tat einen letzten schweren Atemzug und begann: „Ja, ich muss euch sogar etwas sagen. Aber es ist nicht das, was ihr hören möchtet."

Epilog

„Vorsicht, Heinz", sagte Kurt. „Nicht in die Würfel beißen!"

„Schmecken doch gut, diese Erdbeerstückchen", grinste Willi.

„Redet doch keinen Unsinn", entrüstete sich Struck. „Als ob das Erdbeeren wären! Ich sag euch, Heinz Struck merkt sowas. Mir könnt ihr nicht verscheißern!"

Nebeneinander am Pissoir standen sie, drei Männer und ein Ziel, und gaben alles. Das Bull's Eye ihrer Übungen waren kleine rosa Duftseifestücke, die verteilt in der Edelstahlrinne lagen und lustig hin- und hertanzten, wenn sie vom Dauerstrahl getroffen wurden.

Es war der Sonntag des Jubiläums. Die Zeit war nicht stehengeblieben seit den dramatischen Ereignissen, und die Vorbereitungen für das Jubelfest der Kanoniere verhalfen Vielen zu einer willkommenen Ablenkung von allzu trüben Gedanken. Natürlich gab es immer noch fassungslose Stimmen, die fragten, wie all das geschehen konnte im sonst so friedlichen Altenbeken. Insgesamt aber überwog die Erleichterung, dass der Albtraum vorbei war und man sich angenehmeren Dingen zuwenden konnte.

Die Vorbereitungen für das Fest hielten dieses Mal besonders viele Hände beschäftigt. Die Vorgärten mussten in Ordnung gebracht werden, der Rasen gemäht, die Hecke gestutzt, die Häuser beflaggt. Nun war es Zeit für den fälligen Pinselstrich an Fensterrahmen und Fassaden. Auf dem Parkplatz vor dem Hallenbad wurde ein kleines Festzelt errichtet, der Vorplatz wurde mit bunten Lampions geschmückt. Ursprünglich waren die Feierlichkeiten im Festsaal des *Landgasthaus Westfälische Bierstube* angesetzt worden, doch der stand nicht mehr zur Verfügung. *Wegen eines Trauerfalls bis auf Weiteres geschlossen,* sagte ein kleines Schild, das an der Eingangstür baumelte. Es war in Schreibschrift abgefasst. Die Hand verriet, dass die Schreiberin eine betagte Dame war.

Der Morgen hatte mit einem Festhochamt in der katholischen Kirche begonnen, dessen feierlicher Höhepunkt die Enthüllung und Einweihung der neu gestalteten Vereinsfahne der Kanoniere sein sollte. Tags zuvor war sie eingetroffen, dick in pinkfarbene Luftpolsterfolie gehüllt. Nun war der Tag gekommen, der Öffentlichkeit die beschlossene Namenserweiterung des Vereins in einem angemessenen Rahmen zu präsentieren.

Während des gesamten Gottesdienstes hatte der vierschrötige Bannerträger ohne Hals, eskortiert von zwei wichtig dreinblickenden Adjutanten des Fanfarenzuges, unbewegt neben dem Altar gestanden, das Kinn in der Luft, den Fahnenstiel auf den Boden gestützt. Nach einer ausgedehnten Liturgie, wie es sich für ein Festhochamt ziemte, nahte schließlich der Höhepunkt der Zeremonie, die feierliche Enthüllung der Standarte. Der in bischöflichen Farben gewandete Pastor schritt langsam auf sie zu. Ein schüchtern dreinblickender Messdiener neben ihm hielt einen Eimer mit Weihwasser für ihn bereit, aus dem er sich reichlich bediente und die Gemeinde mit einer Großportion christlicher Segnungen bedachte. Dann war es soweit. Einer der Adjutanten zog ein Cuttermesser hervor und trennte die Folie fachgerecht auf. Der Mann ohne Hals rollte langsam das Banner aus, stellte sich seitlich zur Gemeinde hin und stützte den Fahnenstiel auf seinen Oberschenkel, sodass das Prachtstück bis in die letzten Reihen zu sehen war.

Die Kanoniere waren als Ehrengäste in der ersten Bankreihe platziert worden. Ihre Anspannung stieg ins Unermessliche. Wie würden die Leute reagieren? Würden sie die Neuerung akzeptieren? Würden sie sie überhaupt wahrnehmen, und wenn ja, würden sie sie verstehen? Eigentlich waren sie sich der Zustimmung gewiss. Die Kirche war bis zum Bersten gefüllt. Ein gutes Zeichen. Und dennoch blieb ein Rest der Unsicherheit. Der neue Name war beschlossen worden, ihr neues Selbstbewusstsein zu repräsentieren, zu dem sie allen Grund zu haben glaubten. Aber, wenn er ihnen als Blasiertheit, ja als Arroganz ausgelegt werden würde? Doch das konnte nicht sein … eigentlich.

Die freudige Erwartung auf einen spontan aufbrandenden Applaus wich allerdings einem betretenen Glotzen, als das Banner aus seiner Ummantelung befreit war und sich in all seinem Glanz präsentierte. Sofort erkannten die Kanoniere, welch fataler Fehler geschehen war, welches Missgeschick, welche Katastrophe. Statt einer stolzen *Bläserphilharmonie* leuchtete ihnen eine grandiose *Jägerphilosophie* in einem kräftigen Jubiläumsgelb entgegen. Anneke lief puterrot an, die Adjutanten zogen ihr Barett tief in die Stirn, Wilma Schäfers erlitt einen plötzlichen Schweißausbruch, Hubert hielt eine Hand schützend vors Gesicht, und der bärtige Vorsitzende schickte ein spontanes Stoßgebet zum Himmel mit der Bitte, der Boden möge sich auftun, ihn verschlingen und sich alsbald wieder schließen, damit niemand etwas merkt. Wie auf ein Kommando zogen alle den Kopf tief zwischen die Schultern und rutschten klammheimlich tiefer auf ihrer Bank in der Hoffnung, sich den allgemeinen Blicken entziehen zu können. Nur der Bannerträger bewies Standhaftigkeit und führte seinen Auftrag mit ungebrochener Fassung aus.

Ergriffenheit, wenn nicht gar Betroffenheit malte sich in die Mienen der anwesenden Gläubigen.

„Wie konnte das passieren?“, zischte der bärtige Vorsitzende dem neben ihm sitzenden Hubert zu.

„Ich habe keine Ahnung! Ehrlich!“, wisperte Hubert. Er zitterte am ganzen Körper.

„Was zum Teufel hast du in Auftrag gegeben?“

„Was wir beschlossen haben natürlich! Das musst du mir glauben. Ich schwöre es dir.“

„Grundgütiger! Weißt du denn, wer in dieser beknackten Firma deine Mail gelesen hat?"

„Keiner."

„Keiner? Wieso?"

„Ich habe doch angerufen. Ich dachte, weil es schneller geht. Wer weiß, ob in einer so kleinen Firma das Internet immer funktioniert. Oder die Software auf dem neusten Stand ist."

„Du willst mir aber jetzt nicht sagen, dass du *Jägerphilosophie* gesagt hast."

„Nein, natürlich nicht! Wenn ich es dir doch sage!"

„Wer war denn am Telefon? Die Seniorchefin etwa?"

„Ja, wieso?"

Der Vorsitzende schlug die Hände vors Gesicht.

„Neiiin!"

Ein paar Blicke des Pastors nach links und rechts hatten genügt, um zu verstehen. Wieder erwies er sich als ein kluger Mann. Geistesgegenwärtig entschied er, die Situation zu retten, indem er sie als gegeben hinnahm und die angefangene Zeremonie zügig fortsetzte, als sei nichts gewesen. Er sprach die vorgesehenen Gebete mit außerordentlicher Eindringlichkeit, fügte noch ein paar unvermutete hinzu, flocht den unerwarteten Namenszusatz wie selbstverständlich in seine Texte ein und vollführte den gesamten Kanon ritueller Handlungen, der ihm spontan einfiel.

Eine Viertelstunde später war alles vorbei. Das

Banner war geweiht und die Kommunion empfangen. Das Hauptportal der Kirche öffnete sich, und die Kirchenbesucher verließen den Ort im guten Gefühl, bis zum nächsten Sonntag geläutert zu sein. Niemand dachte noch weiter über die Begebenheit nach. Man hatte sie zwar nicht verstanden, aber mit Respekt zur Kenntnis genommen. Damit war es gut, und man konnte zur sonntäglichen Routine übergehen: die Herren zum Frühschoppen, die Damen zur Bereitung der Rindfleischsuppe mit Markklößchen und des Rollbratens. Nur den Kanonieren lief unter ihren Trachten der Angstschweiß den Körper herunter bis in die Schuhe. Sie beeilten sich, den Ort ihrer Schande zu verlassen und sich zu Hause frisch zu machen für das, was ihnen an diesem Tag noch bevorstand.

Der Nachmittag stand im Zeichen des Festumzuges durch den Ortskern, selbstverständlich mit zünftiger Marschmusik. Auswärtige Gäste, die ihren Verwandten einen Besuch abstatteten, um mit ihnen gemeinsam den Umzug anzuschauen, zeigten sich überrascht ob der musikalischen Darbietung. Manche vermuteten den verfrühten Beginn einer neuen Oktoberrevolution.

Für das Festkonzert am Abend im Zelt war der Auftritt des Stargastes Dimitri Akropolis angekündigt gewesen, doch der fiel aus. Nach der Verhaftung Brunis war ihm nicht mehr nach einsamen Wanderungen im Eggewald und schon gar nicht nach seinen bescheuerten Schlagern unter Begleitung eines Fanfarenzuges. Er zog es vor, seine Koffer zu packen und abzureisen. Damit entfielen beim Konzert die versprochenen Hits des Künstlers, sehr zum Glück aller Beteiligten. Den Gästen blieb einiges an musikalischer Zumutung und den Kanonieren so manche Peinlichkeit erspart. Stattdessen gaben sie ihre wohlbekannten Märsche zum Besten, den *Krupfensteyner* und den *Oberamselsteiner Gretchenmarsch*, *Zurück ins Glied* und *Peitschenknall*, bekannt und beliebt bei Jung und Alt. *Frohe Klänge, flotte Weisen und beschwingte Rittmen* versprach das Programmheft. Niemand störte sich an der individuellen Schreibweise des letzten Wortes oder gar am dargebotenen Repertoire. Jeder war zufrieden und lobte die Kanoniere höflich. Und auch auf Dimitri Akropolis' größte Erfolge musste niemand verzichten. DJ Ronny zeigte sich vorbereitet. Er hatte sie in sein Programm aufgenommen und ermunterte die Gäste zum Mitsingen, wovon auch fleißig Gebrauch gemacht wurde. Laut erklangen die griechischen Weisen über das Festgelände, so laut, dass sich ein ansässiger Rechtsanwalt nach einer schrecklichen Nacht veranlasst sah, am nächsten Morgen Klage beim Amtsgericht wegen akustischer Belastung mit Schlaflosigkeitsfolge einzureichen.

Vor dem Zelt hatte man eine kleine Würstchenbude und einen Toilettenwagen aufgestellt. In diesem standen Heinz Struck, Willi Harteisen und Kurt Halsband an der Edelstahlrinne und übten sich im

Zielschießen. Die Tür der einzigen Kabine ging auf, und heraus trat Lobo. Er zog ein Gesicht, als hätte er soeben die Eiger Nordwand ohne Steigeisen bezwungen und die Namib barfuß durchschritten.

„Na, Lobo?“ sprach Willi ihn an. „Gab’s da drinnen etwas umsonst?“

Lobo antwortete nicht und ging, ohne ihn eines Blickes zu würdigen. Doch Willi war noch zu weiteren Scherzen aufgelegt.

„Und, Heinz, wie wär’s? Erdbeerstückchen gefällig?“

Kurt lachte, doch Struck brummte etwas Unverständliches und zog es vor, ihn ansonsten einfach zu ignorieren.

Für Mitternacht war die Rede des neuen Kandidaten für das Bürgermeisteramt angekündigt, der als Schirmherr der Veranstaltung fungierte. Pünktlich um null Uhr war es soweit: Ein Tusch von den Kanonieren, die noch aufrecht stehen konnten, und ein Mann sprang voller Dynamik auf die Bühne im Festzelt. Er trug einen altrosa Maßanzug zu einem gelben Oberhemd mit steif gebügeltem Kragen und sprühte vor Jugendlichkeit und Frische. Seine aufwendig gepunktete Krawatte saß wie seine Gelfrisur, Marion hatte am Nachmittag ganze Arbeit geleistet. Winkend trat er ans Rednerpult, flankiert von den Vorsitzenden der Ratsfraktionen. Souverän klopfte er zweimal auf das Mikrofon zum Test. Seine Wangen glühten, und seine Zähne strahlten.

„Freunde!“, rief er in die Menge, und alle hörten zu. „Was nützt es denn, wenn wir uns streiten? Wir haben alle dasselbe Ziel: die Entwicklung unserer Gemeinde. Wir haben in der Vergangenheit Erfahrungen gemacht, die wir aufnehmen müssen und aus denen es hier und jetzt zu lernen gilt. Schauen wir doch vorwärts, nicht rückwärts oder seitwärts. Bringen wir neue Ideen ein. Anstatt uns gegenseitig das Leben schwer zu machen, sollten wir uns vielmehr auf das besinnen, was uns stark macht als Parteien und Fraktionen: auf unsere Gemeinsamkeit! Und die liegt in unserer tiefen Verantwortung als Ratsmitgliederinnen und Ratsmitglieder für das Wohl unserer Gemeinde: Nah bei den Bürgerinnen und Bürgern, mit den Bürgerinnen und Bürgern und, das sage ich ganz bewusst, für die Bürgerinnen und Bürger! Als euer künftiger Bürgermeister spüre ich tief hier drinnen“, er schlug mit der Faust auf sein Herz, „die permanente Gewissensverpflichtung, die Zukunft unserer Gemeinde machtvoll zu gestalten! Das ist eine Herkulesaufgabe, die da vor uns liegt, aber wenn wir zusammenstehen als Einheit, können wir es schaffen!“

Sämtliche Personen und Institutionen sind frei erfunden, und eine Ähnlichkeit mit lebenden oder verstorbenen Personen wäre rein zufällig. Einige Schauplätze im Roman sind real, andere hingegen fiktiv.

Pendragon Verlag
gegründet 1981
www.pendragon.de

2. Auflage

Originalausgabe
Veröffentlicht im Pendragon Verlag
Günther Butkus, Bielefeld 2018

Lektorat: Günther Butkus, Uta Zeißler
Umschlag und Herstellung: Uta Zeißler, Bielefeld
Umschlagillustration: Marcel Keller
Satz: Pendragon Verlag auf Macintosh
Gesetzt aus der Adobe Garamond
ISBN: 978-3-86532-623-2
Gedruckt in Deutschland